P.G.Wodehouse

ウッドハウス・コレクション

がんばれ、ジーヴス

Stiff Upper Lip, Jeeves

P・G・ウッドハウス 著

森村たまき 訳

国書刊行会

目次

がんばれ、ジーヴス

○登場人物たち

バートラム（バーティー）・ウースター………気のいい有閑青年。物語の語り手。

ジーヴス………バーティーに仕える紳士様お側つき紳士。

ダリア・トラヴァース（ダリア叔母さん）………バーティーの善良な叔母さん。

トーマス・トラヴァース（トム叔父さん）………ダリア叔母さんの夫。古銀器蒐集家。

オーガスタス（ガッシー）・フィンク＝ノトル………バーティーの学友。イモリ愛好家。

マデライン・バセット………ガッシーの婚約者。詩を愛する感傷家。

エメラルド・ストーカー………イギリスで画学生をしているアメリカの大富豪の娘。ポーリーン・ストーカーの妹。

ステファニー（スティッフィー）・ビング………マデラインの従姉妹。トトレイ・タワーズ在住。

ハロルド（スティンカー）・ピンカー牧師………スティッフィーの婚約者。バーティーの学友。

サー・ワトキン（パパ）・バセット………マデラインの父。スティッフィーの伯父。元ボッシャー街警察裁判所判事。古銀器蒐集家。

シドカップ卿／ロデリック・スポード………パパバセットの友人。黒ショーツ党元党首。マデラインを崇拝している。

プランク少佐………探検家。ラグビー愛好家。ホックレイ・カム・メストン在住。

ユースタス・オーツ巡査………トトレイ・イン・ザ・ウォルドの警察官。

バターフィールド………バセット家の執事。

アナトール………トラヴァース家のフランス人シェフ。

バーソロミュー………ビング家の犬。

1．再会の朝

僕は華麗なナイフさばきでもってトーストにマーマレードをひと塗りした。また、当該作業中にこんなにも「トゥラララ」と言ってしまいそうだったことがこれまであったとは思わない。つまり今朝の僕は絶好調の気分だったのだ。前にジーヴスが言うのを聞いたことがあるのだが、神、天にしろしめし、すべて世はこともなしであった（僕の記憶する限り、彼はそのあと更にヒバリとカタツムリについて何かヨタ話を続けたが、それは枝葉末節の問題であるし、ここで立ち入る必要はない）［ブラウニングの詩「ピパの歌」］。

バートラム・ウースターが出入りする人々の輪において、彼は夜更けて享楽騒ぎの進行中にあっては望みうる限り最大限に魅力的ではあるものの、朝食のテーブルにおいて火の玉でいることはごくごく稀《まれ》だとは周知の事実である。エッグス・アンド・ベーコンに対峙《たいじ》するとき、あたかもそれが皿から飛び上がって食いついてきはしまいかと恐れるがごとく用心深げにそれをつっつく傾向が彼にはある。もの憂《う》げな、といった言葉でだいたい約言し得ようか。威勢のよさなどほぼ皆無《かいむ》である。

だが今朝は大いにちがった状況が現出していた。生気横溢《おういつ》、という言葉で正しければだが、気力活力が血気盛んだった。うむ、お昼ごはんの苦力《クーリー》労働者をむさぼり食らうジャングルのトラみたいにソーセージを数本ぺろりとたいらげた後、先述したとおり、ただいま僕はマーマレード付きトーストに立ち向かわんとするところであったと述べたなら、それ以上の説明は不要であろう。

こうしたたんぱく質炭水化物観向上の理由は簡単である。ジーヴスが帰ってきてくれた。元の持ち場で今ひとたび、週休袋を稼いでいる。執事が何やら軽病ということで、僕の善良で感心なダリア叔母さんが、ウースターシャーにある彼女の住まいブリンクレイ・コートにて開催されるハウス・パーティーの手伝いに彼を借り出したのだ。それで彼は一週間以上我が家を離れていた。むろんジーヴスは紳士様お側付き紳士であって執事ではないが、いざ招集の呼び声のかかりなば、最高の執事として働きぶりを見せてくれる。そういう血が流れているのだ。彼のチャーリー叔父さんは執事である。間違いなく彼はこの叔父さんから執事技法のてびきを数多《あまた》得ているにちがいない。

しばらくすると残骸撤去がため彼が入室してきた。それで僕は彼にブリンクレイでは楽しく過ごせたかと訊《き》いた。

「きわめて快適でございました。有難うございます、ご主人様」

「君のいない僕よりも、快適に暮らせたということだな。僕は乳母を奪われた幼いみどりごみたいな気分だった。もし君のことを乳母呼ばわりしてかまわなければだが」

「一向に差し支えございません、ご主人様」

実のところ、僕はこういう言い方をしながら、ちょっぴり得意な気分だった。割れビンを食い破り満月の夜には狼人間に変身する僕のアガサ伯母さんは、常々ジーヴスのことを僕の飼育係と呼んでいるのだ。

「ああ、君がいなくてひどく寂しかった。それでドローンズの連中とバカ騒ぎする気にもなれなかった。戯れから戯れへと連中は……このギャグはどう続くんだったっけか？」

「さて、ご主人様？」

「フレディー・ウィジョンの話をしていて君がそいつに言及したのを聞いた憶えがあるんだ。奴がまた誰か女の子に振られた時にさ。急いでなんとかってことだった」

「あ、はい、ご主人様。戯れから戯れへと人われを急がしむる。わが痛恨を鎮めんがため――」

「わが笑《え》みを勝ち得たとき、われ忘れたりと人思う［ヴィクトリア時代に愛唱された歌の歌詞］。そいつだ。もしかして君の作ってことはないな？」

「いいえ、ご主人様。古い英国応接間歌謡のひとつでございます」

「そうなのか？　ふん、僕もそんなふうだったんだ。まあいい、ブリンクレイのことをぜんぶ話してくれ。ダリア叔母さんは元気だったか？」

「トラヴァース夫人におかれましては常のご壮健でおいであそばされました、ご主人様」

「それでパーティーはどんなだったんだ？」

「ほどほどに満足のゆく次第でございました、ご主人様」

「ほどほどなのか？」

「トラヴァース様のご態度お佇《たたず》まいが、ことの流れに隠々滅々さとでも申しますものを投じておりました。トラヴァース様におかれましては、意気ご消沈のご様子でおいであそばされました」

「ダリア叔母さんが家じゅうを客人でいっぱいにすると、叔父さんはいつもそうなるんだ。建具内にひとつ異物が入り込んでるだけで、叔父さんにしてみれば苦杯を喫するに等しいんだな」

「おおせのとおりと存じます、ご主人様。しかしながら今回におきましては、トラヴァース様の意気ご消沈は、主としてサー・ワトキン・バセットのご逗留に起因いたすところであったと拝察申し上げます」

「まさかあのクズ親爺《おやじ》が招待されてたって言うんじゃないだろうな?」僕は言った。激しくなんてこったをやりながらだ。つまりトム叔父さんが腹の底から嫌悪してやまない人物が一人いるとしたら、それはこのバセットだということを僕は知っていたからだ。「僕は驚いたぞ、ジーヴス」

「わたくしも、同紳士様がブリンクレイ・コートにおいであそばされるのを拝見して一定の驚きを覚えましたことを告白申し上げます。しかしながらトラヴァース夫人におかれましては、バセット様のおもてなしにご返礼あそばされるご責務ありとお考えになられたところと拝察いたします。サー・ワトキンが先ごろあなた様とトラヴァース夫人をトトレイ・タワーズにてご歓待されたことは、ご記憶であそばされましょう」

僕は顔をしかめた。おそらくは僕の記憶を新たにさせるために、彼はむきだしの神経に触れたに過ぎないのだろう。ポットには冷めたコーヒーがいくらか残っていたから、僕は心の平静を回復するため、それを一口すすった。

「〈ご歓待〉という言葉は不適切だろう、ジーヴス。人を寝室に監禁して、もうちょっとで手かせをはめるところで、窓下の芝生には地元警官隊を駐留させてそいつがシーツを結び合わせて窓から逃げないよう見張らせるなんてことが、君の考えるご歓待だっていうんじゃなけりゃな。僕の考えはそれとはちがう。全面的にだ」

読者諸賢におかれては、どれほどウースター記録書庫《アーカイヴ》に通じておいでかはわからない。とはいえちょっとでもその中を拾い読みしていただいたことがおありなら、おそらくサー・ワトキン・バセットと彼のグロスターシャーの館への僕の訪問に関する悲惨な顛末《てんまつ》をご想起いただけることだろう。彼と僕のトム叔父さんはいわゆるオブジェ・ダールというか美術品のライバル・コレクターというやつで、あるとき奴はわが縁戚より銀のウシ型クリーマーとして知られる薄気味悪いシロモノをくすね盗《と》ったのである。そしてダリア叔母さんと僕とがそいつを奪還しにトトレイに向かった。最終的には成功の栄冠に飾られた――という表現でよかったと思うのだが――とはいえ、その大仕事のとき僕はもうちょっとでムショ送りにされるところだったのだから、あの恐怖の館のことを思うとき、僕はまだポプラのごとく震える。もしポプラで正しければだが。

「君は悪夢を見たことがあるか、ジーヴス？」顔しかめをやり終えたところで僕は訊いた。

「頻繁《ひんぱん》にはございません、ご主人様」

「僕だってだ。だが悪夢を見るとき、設定はいつだっておんなじだ。僕はトトレイ・タワーズに舞い戻っていてサー・W・バセットと奴の娘のマデライン、ロデリック・スポード、スティッフィー・ビング、ガッシー・フィンク＝ノトルと犬のバーソロミューといっしょにいる。それで目が覚めると、朝食直後にこんな言い方をするのを許してもらえればだが、僕はすべての毛穴から大汗を吹いているんだ。あれはなんとか言った時だった、なんだったかな、ジーヴス？」

「魂の試練の時、でございます、ご主人様」

「まさしくどんぴしゃりそのとおりなんだ。サー・ワトキン・バセットとはなあ」もの思うげに僕は言った。「トム叔父さんが嘆き悲しんで心に慰安のなかりけりだったのもむべなるかなだ。叔父さんの立場に置かれたら、僕だって意気消沈してたことだろう。ご参集の皆さんは他には誰がいたんだい？」

「バセットお嬢様、ビングお嬢様、ビングお嬢様のご愛犬、そしてフィンク＝ノトル様でございます、ご主人様」

「うひゃあ！　トトレイ・タワーズのギャング連中ほぼ全員集合じゃないか。スポードはいなかったのか？」

「はい、ご主人様。閣下にまでご招待は及ばなかった模様でございます」

「閣下だって？」

「ご記憶であらせられましょうか、スポード様は先ごろシドカップ卿のご称号をご継承あそばされました」

「そうだった。忘れてた。とはいえシドカップだろうがなかろうが、僕にとって奴はいつだってスポードだ。悪役ってのはいるんだ、ジーヴス」

「確かにいささかご強烈なるお人柄のご人物でいらっしゃいます、ご主人様」

「僕の活動範囲に二度と入ってもらいたくはない」

「ご心情は容易に理解申し上げるところでございます、ご主人様」

「また自ら進んでサー・ワトキン・バセット、マデライン、スティッフィー・ビング、犬のバーソロミューと一同めでたく再会したくだってない。ガッシーならかまわないんだ。奴はさかなみたいな顔をして寝室の水槽でイモリを飼っていはするが、古い学校友達のそんなところは大目に見てやるものだからな。オックスフォード時代の旧友、H・P・ピンカーの物に蹴《け》つまずいていろいろひっくり返す習性を大目に見てやるのとおんなじようにさ。ガッシーはどんなだった？　とっても元気だったか？」

「いいえ、ご主人様。フィンク＝ノトル様におかれましても、意気ご消沈のご様子でいらっしゃいました」

「イモリが一匹扁桃腺炎になったとかそんなところだろう」

「さような可能性もあろうかと存じます、ご主人様」

「君はイモリを飼ったことはないだろう、どうだ？」

「ございません、ご主人様」

「僕もない。また、僕の知る限り、アインシュタインも、ジャック・デンプシー［アメリカの元世界ヘビー級チャンピオン・ボクサー］も、カンタベリー大司教にだってない。わずかに三人例を挙げればだが。しかしガッシーは連中といっしょにいることを大いに楽しみ、連中と丸くなっている時くらいに幸せな時もないんだ。蓼《たで》食う虫も好き好きとはよく言ったものだな、ジーヴス」

「おおせのとおりでございます、ご主人様。ご昼食は家内にてお召し上がりでございましょうか？」

「いや、リッツでデートの約束があるんだ」僕は言い、英国紳士の外殻を身にまとうべく立ち上がった。

着替えながらも、僕の思いはバセットのことに戻っていた。いったい全体どうしてダリア叔母さんはブリンクレイ・コートの清浄な空気をサー・ワトキンとその一味たちなんかに汚染させることを許したのだろうかと考えていた。と、電話が鳴り、僕は玄関ホールに行ってそれに応えた。

「バーティー？」

「やあ、ハロー、ダリア叔母さん」

この愛すべき声を聞き間違えるわけがない。僕らが電話で話すときはいつもそうなのだが、その声はもうちょっとで僕の鼓膜を突き破るところだった。この叔母はかつて狩猟界において令名を馳《は》せた人物であって、鞍上に跨《また》がるとき、その声は彼女がたまたまいるところの野原や草地においてのみならず、隣接諸州にあっても聞かれたところだと話に聞いている。今はキツネ狩りの現役から退いてはいるものの、依然彼女は甥に対し、以前ならば職務を離れてウサギを追っかけた猟犬を叱《しか》りつける時用にお取り置きしてあった音量で呼びかける傾向があるのだ。

「ふん、あんた起きて活動中なのね、そう？」彼女はその声を轟《とどろ》かせた。「まだベッドの中で頭が吹っ飛ぶくらいにいびきをかいて寝てるんだと思ってたわ」

「僕がこんな時間に流通中でいるのはちょっと珍しいことだ」僕は同意した。「だけど今朝の僕はヒバリと、確かカタツムリといっしょに目覚めたんだ。ジーヴス！」

「はい、ご主人様」

「君は前にカタツムリは早起きだと僕に言わなかったか？」

「はい、ご主人様。詩人のブラウニングが『ピパの歌』におきまして、時は午前七時と明確に記した上で更に続け、〈揚雲雀《あげひばり》名のりいで、カタツムリ枝に這《は》い〉とつまびらかにしたところでございます」

「ありがとう、ジーヴス。僕の言ったとおりだ、ダリア叔母さん。僕がシーツの間をすべり出た時、雲雀は名のりいでていて、カタツムリは枝に這っていたんだった」

「いったい全体あんた何わけのわかんないこと言ってるの？」

「僕に訊かないでくれ。詩人のブラウニングに訊くんだ。僕はただ早起きしたってことが言いたいかっただけだ。ジーヴスの帰還を寿《ことほ》ぐために僕にできるせめてものことをしたいって思ったんだ」

「彼は無事に帰ったのね？」

「ブロンズ色に健康に日焼けしてさ」

「彼はうちで類まれなる働きぶりを見せたのよ。バセットはたいそう感銘を受けていたわ」

僕を悩ませ続けていた謎を解く好機の到来を僕は歓迎した。

「ねえ」僕は言った。「貴女《あなた》は僕がものすごく知りたい問題に触れてくれたね。いったい全体どうして貴女はパパバセットをブリンクレイにご招待したりなんかしたのさ？」

「妻子がためにそうしたのよ」

僕は、えっ何だってをやった。「悪いけどもっと詳しく言ってくれる？」僕は言った。「ご趣旨があんまりよくわからないんだけど」

「トムのためって意味よ」僕を根底より揺さぶる大笑付きで、彼女は応えて言った。「トム言うところの不公正課税のせいで、あの人このところずいぶん落ち込んでたの。あの人がお金とさよならするのがどんなに嫌いかは知ってるでしょ」

よく知っている。もしトム叔父さんにやりたいだけやらせたら、税務署は彼の金なんかひと目だって拝めないはずだ。

「それでね、バセットと仲良くしなくちゃいけなくなったら、あの人の気分も変わるんじゃないかって思ったの——あの人に世の中には所得税よりもっと悪いものがあるのよってことを教えてあげるってことね。うちの主治医のアイディアなの。患者に砒素《ひそ》を与えて治療するホジキンス病って病気のことを話してくれたの。おんなじ原理よ。あのバセットの野郎ったらほんとに限界なの。今度会った時に黒琥珀《こはく》の小彫像の話をしてあげる。あいつが買ってコレクションに加えたばっかりの品なんだけど、そいつをうちでトムに見せびらかしては悦《えつ》に入《い》ってたの。トムの艱難辛苦《かんなんしんく》如何《いか》ばかりだわよ。可哀そうなあの人ったら」

「叔父さんは意気消沈してたってジーヴスが話してくれた」

「そりゃそうでしょ。もしあんたがコレクターで、あんたが特別だいっきらいな他のコレクターが、そいつを手に入れるためだったら何を犠牲にしたってかまわないってようなシロモノをゲットしたってことになったらね」

「言ってる意味はわかるよ」僕は言った。驚嘆しつつだ。つまりこれまでもしょっちゅうそういうことはあったのだが、僕だったらそんなものを抱えてドブで死んでるところを見つかったら絶対いやだと思うようなシロモノを、トム叔父さんが後生大事にすることときたら驚くばかりだからだ。先述したウシ型クリーマーもそのひとつで、するに事欠いてよりにもよって不気味なウシの形なんぞをしたミルク注《さ》しである。僕は常に何恐れることなく主張してきたところであるが、モノを蒐《しゅう》集《しゅう》する連中の魂のふるさととは、キチガイ病院の保護房であろう。

「おかげでトムはこないだロブスターを食べさせられたとき以来最悪の消化不良を起こしてるの。そうそう、消化不良と言えばだけど、あたし明後日ロンドンに一日行って、あんたに昼食をおごってもらうことにしてるから」

その点は対応しようと僕は請け合い、それから二、三、儀礼的やり取りをした後、彼女は電話を切った。

「ダリア叔母さんからだった、ジーヴス」電話のところから戻ってくると、僕は言った。

「はい、ご主人様。トラヴァース夫人のお声と拝察申し上げております」

「あさっての昼食を僕にご馳走して欲しいということだ。うちで食べたほうがいいんじゃないかと思う。叔母さんはレストラン料理はそんなに好きじゃないからな」

「かしこまりました、ご主人様」

「叔母さんの言ってた黒琥珀の小彫像ってのは何のことだ？」

「そのご説明はいささか長うございます、ご主人様」

「それじゃあ今はやめといてもらおう。急がないと、デートに遅れそうなんだ」

僕は手を伸ばして傘と帽子を取り、戸外へと向かった。と、ジーヴスがもの柔らかな咳払いをするのが聞こえ、振り返ると、歓喜に満ちた再会のこの日に黒い影のいま落ちんとしていることを知ったのだった。僕を注視する彼の目のうちに、伯母さんめいたきらめきを僕は見てとったし、またそいつはいつだって彼が何かしらを是認していないことを意味するのである。そして彼がじめじめした声で、「ご寛恕《かんじょ》を願います、ご主人様。しかしながらあなた様におかれましては、そちらのお帽子にてリッツ・ホテルにご入館あそばされるご所存でいらっしゃいましょうか？」と言った時、バートラムにおいてはかくも遍《あまね》く知られるところである持ち前の鉄の意志堅固を示さねばならぬ時の来《きた》れりであることを僕は理解したのだった。

頭頂のお愉《たの》しみの問題に関して、ジーヴスは現代の進歩的思想の理解者ではない。彼の態度はおそらく頑迷固陋《がんめいころう》、という言葉でもって最もよく言い表せようか。またそもそもの最初から僕は、留守中に購入したこのピンクの羽飾り付きのブルーの登山帽《アルペン・ハット》に対する彼の反応はどんなかなあ、と自問していたのだ。今わかった。彼がこれを徹頭徹尾嫌悪していることが、僕にはひと目で見てとれた。

　他方、僕はこのアルペン・ハットにぞっこんベタぼれである。それが田舎にいる際の装用品としてより適切であることは百歩譲って認めるとしても、しかし、にもかかわらず、この帽子が僕の容姿にまごうかたなきディアブレリというか悪魔的魅力を加えてくれる事実を考慮せねばならない。また僕の容姿というのはあたう限り最大限の悪魔的魅力を加える必要のある容姿であるのだ。したがって、このとき応える僕の声は、いささかの鋼鉄感を帯びていたのだった。

「ああ、ジーヴス。要するに僕はそういうことをしようとしているんだ。君はこの帽子がきらいなのか？」

「はい、ご主人様」

「うむ、僕は好きなんだ」と、気の利いた切り返しをしたところで、左目の上にほんのちょっぴり陰影ができるような具合にそいつを斜めにかぶって僕は表に出た。そうやると、まるきり効果がちがうのだ。

2. 迫り来るトトレイ・タワーズ

リッツでの僕のデートのお相手というのはエメラルド・ストーカーだった。娘のポーリーンと僕とを結婚させようとの意図の下、かつてこの僕を彼のヨットに略取監禁した御仁《ごじん》、カリブの海賊パパストーカーの末娘である。長い話であるし、ここでは立ち入らない。ただこの間抜けの親爺《おやじ》さんは、僕たちはいわゆる良いお友達でしかなかったにもかかわらず、盲愛する娘と僕との関係を完全に間違ったアングルから眺めていたと、述べるに留めたい。幸いすべてはハッピーエンドで終わった。このかわい子ちゃんは我が旧友チャフネル卿マーマデュークと婚姻の絆《きずな》にてあい結ばれ、僕らは相変らず良いお友達でいる。僕は彼女とチャッフィーのところで時折週末を過ごすし、彼女がロンドンに出てきてショッピングで散財とかあれこれする時には、十分カロリー摂取ができるよう尽力することになっている。であるからして、彼女の妹のエメラルドがスレイド美術学校［ロンドン大学のカレッジのひとつとして創設された美術学校］にて絵画を学ぶべくアメリカよりやって来たとなったら、妹を監督してたまには昼食をご馳走してやってねと僕が頼まれるのは至極当然の事と言ってよろしかろう。親切な旧友バートラム、家族ぐるみのお友達、ということだ。

すでに述べたように、僕の逢瀬《おうせ》の場所到着は少々遅れ、着いたとき、彼女はもうそこにいた。彼女に会うたびに僕はあらためて驚くのだが、同じ家族の一員でありながら人がかくも異なり得るというのは何と不思議なことであろうか。すなわち、メンバーAとメンバーB、そしてまたメンバーBとメンバーCの容貌《ようぼう》の違い、ということを僕は言いたい。僕の言わんとする趣旨をご理解いただければだが。たとえばストーカー一党を例にとろう。彼らを見たとて、一同が血の縁《えにし》にて結ばれているなどと人は思う由もない。ストーカー親爺はギャング映画でチンピラ役をやる連中に似ている。ポーリーンは絢爛《けんらん》豪華な麗人で、通りを歩けばたくましき男たちに口笛を吹いてよこされずにはいられない。一方きわめて対照的に、エメラルドはごく普通の子でそこいらにごまんといる他の善良な女の子たちとまるで違わない。鼻の辺りにペキニーズ犬みたいなところがちょっぴりあって、普通よりかなり余計にそばかすがある他はだ。

僕はいつも彼女との食事を楽しんでいる。彼女にはちょっと母親的なところがあって、心安らぐ気持ちがするのだ。彼女は手をとって頭をなでてくれること間違いなしと安心して心配事を打ち明けられる、癒《いや》し系の、同情心に富んだ女の子である。僕はジーヴスとアルペン・ハットのことでまだ心中穏やかでなかったから、もちろん彼女にその話をぜんぶした。また彼女の態度はこの上なく趣味のよいものであった。彼女はジーヴスはまるで自分の父親みたいな言い方をすると言った――彼女は一度も会ったことがない――ジーヴスにという意味だ――彼女の父親にという意味ではない――むろん彼女は父親と頻繁《ひんぱん》に顔を合わせている。それで僕がビロードの手を鉄の手袋に包んでみせた――いや、逆だったろうか――のは、実に正しい態度だったと言ってくれた。親分風を吹かされっぱなしでいるなんてのは絶対にいけないことだからだ。彼女の父親はいつも誰彼なしに親分風を吹かしたがりで、彼女の考えるところいつか誰か傲慢《ごうまん》な人物が身を引いて構えて親爺さんの鼻をぶん殴る日が来るだろう——またそれはたいそう父親のためになることだろう、と彼女は言い、僕はその点に同意した。

彼女のこういうやさしい言葉に僕はものすごく感謝したから、もしよかったら明日の晩いっしょに劇場にでかけようと僕は言った。評判のいいミュージカルの切符を二枚くらい手に入れられるところを知っていたからだ。だが彼女は都合が悪いのでだめと言った。

「わたし今日の午後から田舎の知人のうちに行ってしばらく滞在するの。パディントン駅四時の列車に乗るのよ」

「長いこと行ってるのかい？」

「一月くらいね」

「ずっと同じうちにいるの？」

「もちろんよ」

彼女はこともなげにそう言ったが、僕は彼女を見つめる僕の目に一定の敬意のこもるのを意識せずにはいられなかった。僕の話をすればだが、僕の滞在を一週間以上我慢できる主人にも女主人にも、僕は会ったことがない。実際、一週間よりはるか前に、晩餐《ばんさん》テーブルの話題はロンドン行きの列車の便がどれほど結構であることかに傾きがちになるのが習わしである。つまりその場にいる人々は明らかに、バートラムがそれを利用してくれぬものかと切なく願ってやまずにいるということだ。二時三十五分のところに大きくバッテンをして「最高の列車。強くお勧め」と添え書きされた時刻表が僕の部屋に置かれているのは言うまでもなくである。

「バセットって名前なの」僕は目に見えてギクッとした。「グロスターシャーに住んでるのよ」僕は目に見えてギクッとした。「その館の名は――」

「トトレイ・タワーズだ」

彼女は目に見えてギクッとした。これで目に見えてギクッは全部で三つになったわけだ。

「あら、あちらの皆さんのこと知ってるの？　まあよかった。だったら皆さんのこと教えてもらえるわね」

これにはいささか驚いた。

「どうして。連中のこと君は知らないの？」

「わたし、ミス・バセットに会っただけなの。他の人たちはどんななの？」

その件についてなら僕は十二分に情報を持っていた。しかしこんなか弱き女の子に自分がこれから向かおうとしている所がどんな場所かを明かしてやるべきだろうかと自問して、一瞬僕は逡巡《しゅんじゅん》した。それから真実は語られねばならないし、何事も包み隠すべきではないと決意した。事実を隠してトトレイ・タワーズに覚悟なしで向かわせるのは酷である。

「当該隔離病棟の入院患者には」僕は言った。「サー・ワトキン・バセット、娘のマデライン、姪のステファニー・ビング、スポードって名の、最近シドカップ卿って名乗り始めた野郎、それとスティッフィー・ビングの飼ってるアバディーン・テリアのバーソロミューがいる。この犬が足首の近くにいる時には絶対安心できない。奴は蛇のごとく咬《か》み、蝮《まむし》のごとく刺すんだからな［『箴言』二三・三二］。それじゃあ君はマデライン・バセットには会ってるんだな？　彼女のこと、どう思った？」

彼女はこの問いを考量しているふうだった。彼女が意識中から浮上してくるまでに一瞬かそこら、間があった。しゃべり始めた彼女の声には、いささかの警戒心が感じられた。

「彼女ってあなたの大のなかよし？」

「とんでもない」

「うーん、あの人わたしには、つまらない人って思えたわ」

「彼女はつまらない人だ」

「もちろんあの人、とっても可愛らしいわ。その点は認めなきゃならない」

　僕はパンを振りたてた。

「見た目なんかがすべてじゃない。血気盛んなスルタンかパシャが、M・バセットをお宅様のハーレムの人材に加えませんかって訊《き》かれる機会があったら問答無用でOKするだろうってことは僕も認める。だけど一週間もしないうちに、彼はその衝動を後悔するはずだ。あの娘はいわゆるお涙ちょうだい娘で、頭のてっぺんから足の先まで奇ッ怪な考えが染みついてるんだ。彼女はお星様は神様のヒナギクの首飾りで、ウサギちゃんたちは妖精の女王様に仕えるノーム［地中の宝を守る地の精で老人姿の小人］で、妖精さんが鼻をかむたびに赤ちゃんが生まれるとの見解を保持している。むろんそんな話はみんな事実無根だ。彼女は全面的に感傷家なんだ」

「ええ、わたしもそう思った。『ペイシェンス』に出てきた恋わずらいの娘の一人みたいよね」

「へっ？」

「『ペイシェンス』よ。ギルバート・アンド・サリヴァンの。あなた観たことないの？」

「ああ、わかった。思い出したよ。僕のアガサ伯母さんに言われて息子のトーマスを連れて行かされたんだ。ぜんぜん悪くないショーだった。ちょっぴりご高尚だったけどね。それじゃあサー・ワトキン・バセットに話を移そうか。マデラインの父親だ」

「ええ、お父様のことは話してらしたわ」

「もちろんそうだろう」

「どんな方なの？」

「地球外からやってきた恐怖の生命体ってやつだな。誰についてだってそんなふうに言うのは困難だって思うかもしれないけど、僕はサー・ワトキン・バセットを、君のお父上よりももっとクサレ野郎に格付けするものだ」

「あなた、わたしのお父様をクサレ野郎呼ばわりするの？」

「本人の前じゃあ言わない。おそらく」

「お父様、あなたのことキチガイだって思ってらっしゃるのよ」

「お父上のハートに神の恵みのあらんことを」

「それでお父様が間違ってるとは言えないわ。とにかく、お父様ってそんなに悪い人じゃないのよ。うまいこと撫《な》で撫でしてあげたならね」

「きっとそうなんだろう。だけど僕みたいに忙しい男に木目に沿ってであれ逆らってであれ、君のお父上を撫で撫でしてやってる暇があると思ったら大間違いだ。ところでクサレ野郎《スティンカー》で思い出した。トトレイ・タワーズ暮らしの欠点を埋め合わせてくれる要素が一つあったんだ。隣村のH・P・(〝スティンカー〟)ピンカー牧師のことだ。地元の副牧師なんだ。奴のことは気に入るはずだ。前はイングランド代表のラグビー選手だったんだ。だけどスポードには気をつけろよ。あいつは身の丈二メートル四十センチくらいあって六十歩離れたところから牡蠣《かき》の殻を開けられるような目の持ち主なんだ。君が今まで会ったゴリラのことを思い出してみて。それでだいたい感じはわかるはずだから」

「あなたってほんとにいいお友達をお持ちみたいね」

「友達じゃあない。とはいえスティッフィーのことは好きだし、いつだって我が胸に彼女をかき抱く用意はある。彼女がまた何かやらかしてくれない限りだけど。だが彼女ときたらいつだって何かしらやらかしてくれるんだな。さてとこれで名簿登録はおしまいだ。いや違った、ガッシーがいた。ガッシーのことを忘れてた」

「その人誰？」

「僕が長年知ってる奴さ。こいつはマデライン・バセットと婚約してる。ガッシー・フィンク＝ノトルって名前の男だ」

「その人べっ甲ぶちのメガネをかけてる？」

彼女は鋭いキーキー声を上げた。

「ああ」

「大量にだ。どうしてだい？　奴を知ってるの？」

「それでイモリを飼ってるでしょ？」

「会ったことがあるの。スタジオ・パーティーで会ったのよ」

「奴がスタジオ・パーティーに行ったことがあるなんて知らなかった」

「そこには来てたの。それでわたしたちほとんど一晩中おしゃべりしたのよ。わたしあの人って仔ヒツジちゃんだと思うわ」

「おさかなちゃんだろ」

「おさかなちゃんじゃないわ」

「奴はさかなに似ている」

「あの人さかなになんか似てないわ」

「うーん、好きにするがいいさ」僕は寛容に言った。一晩じゅうガッシー・フィンク＝ノトルと差し向かいで過ごして奴のことをさかなに似ていると思わない女の子に理の当然を説いたところで益無しと了解したからだ。「それじゃあこれで全部だ。これがトトレイ・タワーズさ。野生馬に引っ張られたって僕はあんなとこへは行かない。野生馬がほんとにそんな真似をすると思うわけじゃないけどね。とはいえ君は十分楽しい時を過ごすことだろう」僕は言った。彼女を闇雲に落ち込ませたりしたくはなかったからだ。「あそこは美しいところだし、君はウシ型クリーマーをくすね盗《と》りにでかけてくわけじゃあないんだからな」

「何をしにですって？」

「なんでもない、なんでもない。別のことを考えてただけさ」僕は言い、別の話に話題を転じた。

別れた時、彼女はちょっぴりもの思いがちでいるような印象を受けた。またその点僕は十分に理解するものだ。僕とてもの思いがちでいなかったわけではない。僕にはちょっと迷信深いところがあって、バセット一党がその醜悪な鎌首をもたげてくる様が――と言っておわかりいただければだが――不吉に思われたのだ。僕は……何と言ったっけか？……よ、で始まる言葉だ……よなんとか……予感、そいつだベイビー……僕の守護天使が、トトレイ・タワーズが僕の人生に再びかかずらわり合いになろうとしているから、足許に注意して目をよおく瞠《みは》っていたほうが身のためだぞ、と、こっそり知らせてくれているような予感がしたのだった。

したがって半時間後、ドローンズ・クラブの喫煙室にてマルヴォアジエ［甘口のマディラ・ワイン］の聖水盤をもてあそぶバートラム・ウースターは、もの思いに沈むバートラム・ウースターであった。僕を戯《たわむ》れから戯れに急がせようとする仲間たちの申し出に対して、僕は聞こえぬ耳を向けた。僕は考えたかったからだ。また僕は自分に、このトトレイ・タワーズ問題はたんなる偶然で何事も意味しないと言い聞かせようとしていた。と、喫煙室のウェイターがそっと近寄ってきて、紳士様がお一人、あなた様とご面会をご希望でお待ちでいらっしゃいますと告げた。聖職にお就《つ》きの紳士様でお名前はピンカー様でいらっしゃいます、と彼は言い、またもや僕は目に見えてギクッとした。あの予感は今までに増していっそう強力化した。

　聖人ピンカーに何か不服だというのではない。僕は奴のことを兄弟のごとく愛している。僕らはオックスフォードでいっしょだった。また僕らの関係はダビデとヨナタン［『サムエル記上』十九以下］の線できっちり良好でいる。だが、厳密に言えばトトレイ・タワーズの住人ではないものの、奴は隣接するトトレイ・イン・ザ・ウォルドの村にて教区牧師が地元の田舎者連中の魂の面倒を見るのを助けているわけだし、奴が突然現れたというだけで、僕が感じていた嫌な予感を更に強めるには十分だったのだ。これでサー・ワトキン・バセット、マデライン・バセット、ロデリック・スポードと犬のバーソロミューが手に手をとってのんびりそぞろ歩いてきたら、もういっぱいいっぱいだと僕は思った。僕の守護天使の洞察力への尊敬は最高値を更新した。暗い見解を持ちがちで人の肌に粟《あわ》を生ぜしむる性向の著しい陰気な奴ではあるものの、彼が自分の仕事をわきまえていることは否定のしようがない。

「通してくれ」僕はぼんやりと言った。そしてまもなくＨ・Ｐ・ピンカー副牧師が敷居をどすどす跨《また》いで来、手を差し出して前進しながら足に蹴《け》つまずいて小テーブルをひっくり返した。家具のある部屋にて奴が任意のある地点からある地点へと移動する際の、ほぼ不変のいつもの慣行である。

3．悲劇の予兆

考えてみればおかしなことだ。ラグビー業界では四年連続で大学代表となり、イングランド代表も六年務めた後、迷える魂を救済する仕事の土曜休みが取れた日には、奴は今でもハーレクインズ［オックスフォードとケンブリッジの出身者からなるラグビー・チーム］に出向いている。それでラグビーをする時には牡ジカだったかノロジカだったか何であれ脚に蹴《け》つまずいて転んで物をひっくり返したりはしない動物みたいに堅実無比でいられるのである。僕は球技場での奴を何度か見たことがあるが、その妙技には深く感銘を受けたものだ。ラグビー・フットボールというのは僕には封印された書物も同然であるし、一度もプレイしたことはない。しかしそんな僕にすら、奴がすごいのはわかった。奴があちこち動く敏捷《びんしょう》さは実に印象的だったし、いわゆるタックルと呼ばれる動作をする時の殺人狂的熱情にもまた心打たれた。カナダの騎馬警官みたいに奴はいつだって相手を捕まえたし、奴がそうする時には観衆中の葬儀屋連中が死体に競り値をつける興奮の叫びで大気は鳴動したものだった。

奴はスティッフィー・ビングと婚約している。また長年のラグビー経験は、必ずや彼女と家庭を築くための最高の準備態勢を整えてくれていることだろう。つまりだ、僕が思うに、ほっそりした少年時代から、毎土曜日土曜日にスパイクシューズを履《は》いたならず者たちに顔の上で『シャッフル・オフ・トゥー・バッファロー』［シンコペイティッド・ダンスの名前］を踊られてきた男は、きっと何物も恐れぬ境涯に至っていることだろうし、たとえスティッフィーみたいな女の子と結婚することだって恐れはしまい。彼女ときたらごく幼少のみぎりより、人々の頭を白髪に転ぜしむるべく企図された何かしらキチガイじみた計画に着手しないことには日の沈む日の一日とてないのである。

Ｈ・Ｐ・ピンカー副牧師は余計なまでに巨大かつ雄大である。子供の時分から縫い目を引き破って体重計を破壊してきたにちがいないと僕は想像する。成年に至って、奴はロデリック・スポードの双子の兄弟と言ったって通るくらいになった。むろん筋肉、体力、重量に関してのみの話である。つまりロデリック・スポードはむさぼり食らう餌食《えじき》を探しながら辺りをうろうろうろつきまわる通行人および往来車両への常なる脅威であるが、他方スティンカーはハーレクインズ・ラグビー・フットボール・クラブがライバルチームの選手を血祭りにあげてバラバラ惨殺死体にする助けをする際には疑問の余地なく人間のかたちをした悪魔であるものの、私生活にあっては子供と一緒に遊ぶ心優しき人なのである。実際、奴が子供と遊ぶ姿を僕は見たことがある。

この神の僕《しもべ》に会うとき、奴はいつでもほほえんでいる。奴の陽気な笑顔はトトレイ・イン・ザ・ウォルドの名物の一つにちがいないと僕は思う。オックスフォードのモードリン・カレッジで僕らがいっしょだった時にもそうであったように。しかし、いま奴の佇《たたず》まいに、僕はある種の重力を見てとった。あたかも会衆のうちに一人の教会分離論者を見つけたか、聖歌隊の少年が何人か教会の庭でタバコを吸ってるところを見つけたとでもいうみたいにだ。奴は心に憂《うれ》いを抱えた重量九十キロの副牧師であるとの印象を僕に与えた。別のテーブルをひっくり返しながら、奴は席に着き、僕を捕まえられてうれしいと言った。

「ドローンズで見つけられるんじゃないかと思ったんだ」

「見つけられたとも」僕は請け合った。「帝都へは何の用で来た?」

「ハーレクインズの委員会の例会があって来た」

「そっちのほうはどんな具合だった?」

「ああ、大丈夫だ」

「そりゃあよかった。僕はいつもハーレクインズの委員会のことを死ぬほど心配してるんだ。それで、調子はどうなんだ、スティンカー?」

「大丈夫だ」

「晩飯はいっしょにできるのか?」

「すまん。トトレイに帰らなきゃならない」

「残念だなあ。ジーヴスが、サー・ワトキンとマデラインとスティッフィーがブリンクレイの僕の叔母さんのところに滞在してたと言っていた」

「ああ」

「みんなもう戻ってるのか?」

「ああ」

「スティッフィーは元気か?」

「ああ、元気だ」

「バーソロミューは?」

「ああ、元気だ」

「お前の教区民たちは？　きっと元気でやってることだろうな？」

「ああ、みんな元気だ」

読者諸賢におかれては、ここに記録したギヴ・アンド・テイクの一片より何事かを感じておいでではなかろうかと思う。感じ取っていない？　まさかそんなはずはない。つまりだ、ここなる我々は、スティンカー・ピンカーとバートラム・ウースターで、ほぼタマゴの頃からの親友と言っても過言でないのだ。その二人が汽車の中で会話を始めた見知らぬ乗客みたいな話し方をしている。少なくとも、奴はそうだ。それで奴の胸がのしかかる危機的状況でどんなに一杯か［『マクベス』五幕三場］を、僕はますます確信した。こういう言い方をジーヴスがしたのを、前に聞いたことがあるのだ。

僕は奴の心のコルク栓を抜いてやろうと努力を続けた。

「なあ、スティンカー」僕は言った。「何か変わりはないか？　パパバセットはお前に牧師館を譲ってくれたのか？」

これで奴の口の蓋《ふた》はちょっぴり開いた。奴の態度はいくらか生気を帯びてきた。

「いや、まだだ。彼にはまだ決心がつかないようだ。譲ろうという日もあれば、次の日にはやっぱりわからないからもう一ぺん考え直さないと、と言うんだ」

僕はひたいをしかめた。こういうぐずぐずした態度を僕は非とするものだ。そういうことがスティンカーを窮地に追い込み、奴に警戒と落胆をもたらし、奴の外交政策全般をどんなにめちゃくちゃにするかは理解できた。副牧師の聖職給ではスティッフィーと結婚はできない。だから二人はパパバセットが権限を持つ牧師館を奴に与えるまで待たねばならない。また僕個人の意見を述べさせてもらえば、僕はスティッフィーのことがとっても好きではあるものの、この腫《は》れハグキ娘との結婚から逃げ出すためだったらきつい靴を履いて一キロ半だって走れるくらいだ。しかし奴が彼女との婚姻を強く望んでいることを僕は知っている。

「いつも何かどうか事が起きては決断が延び延びになるんだ。ブリンクレイに行く前に商談成立かと思ってたんだが、ものすごく運の悪いことに、僕は彼の大事にしている高価な花瓶にぶつかってそいつを壊しちゃったんだ。その遺恨がまだ残っているらしい」

僕はため息をついた。雛菊《ひなぎく》の花を摘み合えり幼なじみ［ロバート・バーンズ『遠き昔』］より、事は願っていたほどうまくは進んでいないと聞かされることは、ジーヴスの言い方を借りるなら、きわめて不快である。僕はこのピンカーの将来の活躍を少なからぬ興味を持って見守り続けようと心に決めていたが、しかし現在の事の様相からすると奴には見守るべき将来の活躍もなさそうな雲行きであるように思われた。

「お前は不思議なかたちで驚異を実現してくれるなあ、スティンカー。お前はゴビ砂漠を横断してたって何かしらにぶつからずにはいられないんだろうな」

「僕はゴビ砂漠に行ったことはない」

「うん、行くな。危険だ。スティッフィーは腹を立ててるんだろうな……何て言ったっけ?……誘拐犯じゃなくって……優柔不断だ。きっと彼女はバセットの優柔不断に苛立《いらだ》ち、諺《ことわざ》に出てくる哀れなねこみたいに親爺《おやじ》さんが〈したい〉よりも〈できぬ〉を先にしてる［『マクベス』一幕七場「魚は欲しいのに濡れるのはいやだという猫のように」］のに反感を覚えてるにちがいない。ところでこれは僕が言ってるんじゃない。ジーヴスの言い方だ。彼女はじゃんじゃん湯気を上げて怒ってるんだろう、どうだ?」

「そのとおりだ」

「僕は彼女を責めない。女の子だったら誰だってイライラして然《しか》るべきだ。そんなふうに真実の愛の行く手を妨害する権利はパパバセットにはないんだ」

「そうさ」

「あいつのズボンのお尻に蹴りを入れてやらなきゃな」

「そうさ」

「もし僕がスティッフィーだったら、親爺さんのベッドにカエルを入れるかスープの中にストリキニーネを入れてやってるところだ」

「そうだな。スティッフィーの話をすればだが、バーティー――」

奴は言葉を止め、僕は奴をじっと見た。危機的状況に関する僕の想像が正しかったことに疑問の余地はない。奴の胸にはそいつがぎっしり詰まっているのだ。

「何か問題があるんだな、スティンカー」

「いや、ないさ。どうしてそんなふうに言うんだ？」

「お前の様子がおかしいからだ。お前の態度は主人に何か伝えようと顔を見上げてる忠実な飼い犬を思わせる。お前は僕に何か言いたいことがあるのか？」

奴は一、二度息を吸い込み、顔色はその濃さを増した。またそれにはちょっとばかり手間が要った。というのはつまり、奴は魂の平安の時にすら、いつも赤カブの聖職者みたいに見える男であるからだ。後ろ留めにしたカラーのボタンが奴を窒息させているとでもいうみたいにだ。しゃがれ声で奴は言った。

「バーティー」

「ハロー？」

「バーティー」

「ここにいるぞ、我が友よ。お前の話を一心不乱に聞いているぞ」

「バーティー、お前はいま忙しいか？」

「いつもより忙しいってことはない」

「一日、二日、家を空けられないか？」

「何とかなるんじゃないかなあ」

「それじゃあトトレイに来られないか？」

「お前のうちに泊まるってことか？」

「いや違う。トトレイ・タワーズに泊まるんだ」

　僕はこの男をまじまじと見つめた。瞠目《どうもく》して、という言い方でよかったと思う。奴がほとんど禁酒主義者で、ライトラガーより強いものはめったに飲まないし、四旬節《レント》の間はそれすら飲まないことを知らなかったら、我が傍らに座るこの副牧師は、二、三杯きこしめしてきた副牧師であるとの結論に僕は跳《と》びついていたことだろう。僕の眉毛は前髪を乱すくらいに逆立っていた。

「どこに泊まるだって？　スティンカー、お前、どうかしてやしないか。でなきゃそんな世迷い事は言えないはずだ。僕がこの前トトレイ・タワーズに行ったときに遭った試練のことを、お前が忘れたわけがないじゃないか」

「わかってるさ。だがスティッフィーがお前にやってもらいことがあるって言うんだ。それが何か僕には話してくれない。だけどものすごく重大なことで、お前にあそこに行ってそれをやってもらわないといけないって彼女は言うんだ」

僕はすっくりと身を起こした。僕は冷たく、毅然《きぜん》としていた。

「お前はバカか、スティンカー！」

「どうしてそんなことを言うんだ、わからないなあ」

「それじゃあお前の計画がぺしゃんこに崩れ落ちるところを説明してやろう。まず第一に、我々の間に起こったことの後じゃあ、他の目の上のたんこぶを全部ないことにするくらいの目の上のたんこぶであるこの僕に、サー・ワトキン・Bが招待状を出してくれるわけがないだろう？　自分が下の道を行くときに僕に上の道を行ってもらう［スコットランドの歌『ロッホ・ローモンドのボニーボニーバンクス』の歌詞］ことに大賛成する人物が一人いるとしたら、それはこのバセットだ。奴の考える幸福な一日とは、バートラムとの間の距離が百六十キロ離れたところで過ごす一日のことなんだ」

「マデラインに一日かそこら泊まりに行ってもいいかと頼む電報を送れば、彼女がお前を招待してくれるさ。彼女は客人のことをサー・ワトキン・バセットに相談したりはしない。彼女が家に招きたい者なら誰でも招待していいっていうのがあの家の了解事項なんだ」

その点は真実であることを僕は知っていた。だがその指摘を無視し、更に無慈悲に僕は続けた。

「第二に、僕にはスティッフィーのことがわかっている。可愛らしい娘だし、さっきエメラルド・ストーカーにも言ったんだが、僕はあの子をいつだってこの胸にかき抱く用意がある。少なくとも、もしお前と婚約してるんじゃなかったらばだ。だが彼女ときたら時限爆弾とポルターガイストを足して二で割ったような娘だ。女の子が備えているべきバランス感覚あふれた判断力を欠いている。彼女は思いつきで行動する。それでその思いつきを奇想天外と呼びたけりゃそれで結構だ。思い出してもらうまでもないだろうが、この前トトレイ・タワーズを訪ねたとき、あの子はお前を煽動《せんどう》してユースタス・オーツ巡査のヘルメットをくすね盗《と》らせたんだ。副牧師が英国国教会で出世したかったら、絶対にご免こうむりたい仕事だ。要するに彼女は、かつて髪型をウィンド・スウェプトにした女の子中で一番頭のどうにかしたエビ娘なんだ。彼女がどういう任務とやらを念頭においているものか、我々にはわからない。しかし、予想紙の言うところじゃ、人間の食用にはまるっきり適さないシロモノだってことはわかる。その性質について、お前にヒントさえ言ってないのか？」

「ああ。もちろん僕は訊《き》いたさ。だがお前に会うまでは秘密にしておきたいって言うんだ」

「彼女が僕に会うことはない」

「お前はトトレイに来てくれないのか」

「あのゴミ溜めの半径八十キロ以内には近づかない」

「彼女はものすごくがっかりすることだろうなあ」

「お前がスピリチュアルな癒《いや》しを与えてやればいい。そういうのがお前の仕事だろう。こういうことは我々に試練として与えられたんだって言うんだな」

「彼女は泣くだろうな」

「神経系にものすごくいいんだ。何だったか忘れたけどリンパ腺の何かに効くんだな。ハーレー街の有名医に誰でもいいから訊いてみろよ」

僕の鋼鉄の前線防衛に揺るがしようはなしと、奴は見てとったのだろう。これ以上僕にその話を勧めようとはしなかったからだ。靴底から湧《わ》き上がってくるようなため息をひとつつくと、奴は立ち上がり、さよならを言い、僕が気分爽快《そうかい》を得ていた飲み物のグラスをひっくり返すと、去っていった。

バーティー・ウースターが助けを必要とする友達をがっかりさせることをどれほど忌《い》み嫌うかをご存じでおいでの読者諸賢は、おそらくこの悲惨な場面の後、僕が心弱っていたこととお思いでおいでだろう。しかし、実のところ、そいつは浜辺の一日みたいに僕を元気いっぱいにしたのだった。

現状況をおさらいしてみよう。朝食時以来、僕の守護天使はトトレイ・タワーズが僕の人生に再登場するべく準備万端でいるぞと言葉を尽くしては僕を死ぬほど恐怖させてきた。そしていまや明確にわかるのだが、再びその地に赴《おもむ》けとのこの嘆願の切迫度が高ければ、弱気になった瞬間に僕が良識に逆らって説得されてしまうやも知れないと彼は思ったにちがいない。その危機は今や去った。トトレイ・タワーズは飛びかかってはきたものの、的を何キロも外したのだ。そしてもはや僕には慮《おもんぱか》ることのなかりけりである。僕はダーツに興ずる者たちの仲間に入ると、熟練の妙技で苦もなく大勝してみせた。クラブを発って家路に向かったのは三時近かった。また我が家のあるアパートメントに到着したときには、三時半くらいになっていたにちがいない。

建物の前には荷物を満載したタクシーが停まっていた。窓からはガッシー・フィンク゠ノトルの頭がのぞいていた。また僕はそのとき再び、エメラルド・ストーカーが奴について言ったことがどれほど大間違いであったかと思ったのを憶えている。彼を総体としてではないにせよ、着実に見たならば、奴の外観には仔ヒツジの面影なんか影も形もないことを僕は看破したし、もし奴がべっ甲縁のメガネを掛けてなかったらものすごくオヒョウに似て見えていて——オヒョウはそういうものは滅多に掛けないものだ——僕は魚の呼び売り商人の屋台から無断外出中の何かを見ているんだろうなあと思ったかもしれないのだ。

僕は心安いヨーデルを奴に向けて発した。それで奴は僕の方向にメガネを向けた。

「やあ、ハロー、バーティー」奴は言った。「お前のうちに行ってきたところなんだ。ジーヴスにメッセージを残してきた。お前の叔母さんが、あさってロンドンに来るからお前に昼食をご馳走してもらいたいそうだ」

「ああ、今朝その趣旨の電話をもらった。お前がきっと知らせ忘れるって思ったんだろう。うちに入ってちょっとオレンジジュースでも飲んでいってくれ」僕は言った。つまりこの男が歓声をあげて飲むのはそんな飲み物だけだからだ。

奴は腕時計を見た。そしてオレンジジュースと聞いた時に奴の双眸《そうぼう》に宿る輝きは、消えてなくなった。

「そうしたいんだが、そうもできない」奴はため息をついた。「汽車に遅れちゃう。パディントン駅四時の汽車でトトレイに行かなきゃならないんだ」

「ああ、そうか？　それじゃあお前の友達を探してみるんだな。彼女もそいつに乗ってるはずだ。エメラルド・ストーカーだ」

「ストーカー？　ストーカー？　エメラルド・ストーカーだって？」

「そばかす顔の女の子だ。アメリカ人だ。上等なペキニーズ犬に似ている。前にお前とスタジオ・パーティーで会ったと言ってた。お前はイモリの話をしたそうだ」

奴の表情は明るく晴れ渡った。

「もちろん憶えてるとも。誰だかわかった。その日、彼女の名前は聞けなかったんだ。ああ、僕らはイモリについて長いこと話したんだった。彼女は子供の頃自分でも飼ってたことがあるんだそうだ。だけどグッピーって呼んでたんだそうだ。実に愉快な女の子だった。また会えるとはうれしいな。あれほど強く惹《ひ》きつけられる女の子には会ったことがない」

「もちろん、マデラインを除けばな」

奴の顔は暗く沈んだ。奴は別のオヒョウの無作法な発言に侮辱を感じているオヒョウみたいに見えた。

「マデラインだって！　マデラインのことはこれ以上言わないでくれないか！　マデラインと聞くと胸がむかむかする」奴は僕をなじって言った。「パディントン駅！」と、奴は運転手に向かって叫び、風と共に去りぬとなった。残された僕は当惑し、ぼうぜんと口を開けていた。

4. 決断

ではどうして僕が当惑してぼうぜんと口を開けていたかをお話ししよう。エメラルド・ストーカーとおしゃべりした際に聞かれた僕の批判からわかるように、僕はこのバセット娘にアレルギーを持っている。彼女は僕にとって、彼女の父親にとっての僕、ロデリック・スポードにとっての僕と遜色《そんしょく》ないくらい大型の目の上のたんこぶである。にもかかわらず、僕が彼女をよき時も悪しき時も生涯の伴侶として連れ添わねばならなくなりそうな重大な危険が存在するのである。

その事情は容易に説明できよう。バセットに夢中になったガッシーが、己《おの》が思いを彼女に伝えようとするのだが、その度に神経がだめになって気がつけばイモリの話をブツブツしゃべっている。どうしたものか途方に暮れた挙句、彼女の前でわがために愛を訴えてくれと僕に頼むことを思いついた。それで僕が愛を訴えてみたらば、かつてビスケットを砕いた中でも一番の間抜けであるこのバセットは、僕が僕自身のために愛を訴えているのだと思い込んでしまったのだ。彼女は本当にごめんなさいあなたを苦しめて、でも私の心はガッシーと共にあるのと言った。それはそれでたいへん結構であったはずであった。もし彼女が更に進んで、こう言っていなかったらばだ。すなわち、もしガッシーが男性中の王者だという私の確信を修正しなければならないようなことが何か起こって彼に愛想尽かしをせざるを得なくなるようなことがあったら、あなたは順番待ちの一番目で、あなたのことをガッシーを思うのと同じ情熱で愛することは決してできないけれど、私はあなたを幸せにするためにできるだけのことをして差し上げるわ、と。要するに僕は、今のところは大丈夫だけれど、大統領に何かあったら一瞬の通告で自分がその座に就《つ》くことになりかねないとわかっているアメリカ合衆国副大統領のような立場にあるのだ。

　であるならば、マデラインと聞くと胸がむかむかするというガッシーの発言がレンガ一トンのごとくに僕を打ちのめし、ヤッホーを言う間もなく僕を家に駆け込ませてジーヴスを怒鳴り声で呼ばせたのも驚いたことではない。これまでもごくしばしばそうだったように、僕の唯一とるべき道はわが身をハイヤーパワーの手に委ねることだと僕は思ったのだ。

「はい、ご主人様？」姿を現しながら、彼は言った。

「恐ろしいことが起こった、ジーヴス！　破滅が迫っている」

「さようでございますか、ご主人様。さように伺いまして遺憾に存じます」

　ジーヴスを賞賛しないといけない点が一つある。彼は死に去りし過去のことは死に去りし過去にしておいてくれる。彼と若主人様はピンクの羽飾りのついたアルペン・ハットに関しては見解を違えたかもしれない。しかし若主人様が途轍《とてつ》もなく過酷な運命の石つぶてとか矢とかが飛んでくる［『ハムレット』三幕一場。ハムレットの独白］矢面《やおもて》に立っているのを目にする時、彼は憤慨の剣を鞘《さや》に収め、最大限の封建精神に満ち満ちて馳《は》せ参じてくれるのである。そういうわけで今は冷たく他人行儀でよそよそしくいる代わりに――もっと低劣な人物であったらそうしたことだろう――、彼は最大限の憂慮と気遣いを顕《あら》わにしてくれていた。すなわち彼は片側の眉毛をおそらくは三ミリくらい上げていたということである。これは彼が感情の昂《たかぶ》りを表す最大限の方法であるのだ。

「問題とはいかなる事でございましょうか、ご主人様？」

僕は椅子に沈み込んで前頭骨表面を拭《ぬぐ》った。これほどの困惑に陥った日もそうはない。

「ガッシー・フィンク＝ノトルに会った」

「はい、ご主人様。先ほどフィンク＝ノトル様がご来訪あそばされたところでございます」

「表で奴に会ったんだ。タクシーに乗っていた。それでどうしたかわかるか？」

「いいえ、ご主人様」

「たまたま僕はバセット嬢の名前を口にした。すると奴は言った――注意してよく聞いてもらいたい、ジーヴス――奴は言った――引用するぞ――〈マデラインの話はよしてくれ。マデラインと聞くと胸がむかむかする〉引用終わりだ」

「さようでございますか、ご主人様？」

「これは愛の言葉ではない」

「はい、ご主人様」

「これは何らかの不分明な理由で恋人にうんざりした男の言葉だ。その理由が何かに立ち入っている時間はなかった。つまり一瞬後、奴は火傷《やけど》したねこみたいに大慌てでパディントン駅に向かっていったんだからな。だがなんとかかんとかの中に亀裂が生じたのは間違いない。リで始まる」

「お探しの語はリュートではございますまいか、ご主人様？」

「そうかもしれない。賭けていいくらいの確信はないんだ」

「詩人のテニスンがリュートの中の亀裂につきましていささか語っております。すなわち、それは楽の音を次第に弱め、ゆっくりと沈黙を広める、と「「マーリンとヴィヴィアン」」

「それじゃあリュートなんだろう。そしてその問題のリュートがオシャカになったらどういうことが出来《しゅったい》するかを僕らは知っている」

僕らは意味ありげな一瞥《いちべつ》を交わし合った。また彼は剝製《はくせい》のカエルみたいな顔をしていた。分をわきまえて言葉を控える時の、いつもながらの彼の習性である。彼は僕とM・バセットがどういう関係にあるかを知っている。しかし、意味ありげな一瞥と剝製のカエル顔のお約束以外に、僕らがそれ以上語り合うことはない。つまりだ、そういうことは声に出して論じ合うべきことではない。そういうことが女性の名を軽々しく口にすることになるかどうか、僕にはわからない。しかしそれは礼儀にかなった振舞いではないし、ウースター家の者は礼儀にかなった振舞いをすることについては頑迷固陋《がんめいころう》なのである。また、こういう問題に関しては、ジーヴスもそうなのだ。

「僕はどうすべきかなあ、君はどう思う？」

「さて、ご主人様？」

「そこに突っ立って〈さて、ご主人様？〉なんて言ってる場合じゃない。善良なる者みな集《つど》いて朋《ほう》友《ゆう》の助けをなす時が今すぐ来《きた》るって状況が出来してるのが、君にだって僕とおんなじくらいわかってるはずだ。ガッシーの婚約がダメにならないことが肝要なんだ。何か手を打たなきゃいけない」

「さようにいたすことが賢明でございましょう、ご主人様」

「だけどどういう手を打ったらいい？　もちろん僕は戦場に急ぎ駆けつけ平和のハトが活動開始するよう奮闘努力するつもりだ——換言すれば、若き二人を再び結びつけるためにやさしくて親切な世故に長《た》けた男にできることだったら何でもやってやろうってことだ。と言って君にわかってもらえればだが」

「あなた様のおおせあそばされました事柄は完璧に理解いたしております、ご主人様。管見の限り、あなた様のお役目は、フランス人がレゾヌール［説明役］と呼び習わすところのものでございましょう」

「きっと君の言うとおりなんだろう。だがこの点に注意してもらいたい。トトレイ・タワーズの屋根の下を再び訪なうと思うそれだけで、胃袋が凍るくらいの恐怖だって事実は別にしても、もう一つ問題があるんだ。僕はたった今スティンカー・ピンカーと話してきたところなんだが、奴が言うにはスティッフィー・ビングが何か彼女のために僕にしてもらいたがってるってことだ。うむ、君はスティッフィーが僕にしてもらいたがってることってのがいつも大抵どういうことかはわかっているだろう。オーツ巡査のエピソードは憶えているな？」

「きわめて鮮明に記憶いたしております、ご主人様」

「彼女の愛犬バーソロミューに嚙《か》み付かれて自転車をひっくり返されてドブに落っこちて傷と打撲を負ったってことを、オーツがワトキン伯父さんに報告したんで彼女の不興を買ったんだ。それで彼女はカラーを後ろで留めてる聖職者ハロルド・ピンカーを説得して、彼女のためにオーツのヘルメットをくすね盗《と》らせたんだ。それでそんなのはスティッフィーにとっては比較的まだましな所業なんだな。彼女がこうと思い込んだら彼女の思いつくことには文字通り全然まったく限界なんかなしなんだ。彼女が僕のためにどういうことをでっち上げてるかと思うと、想像力のほうで怖れをなすってものじゃないか」

「あなた様のご懸念もじゅうじゅうごもっともと拝察申し上げます、ご主人様」

「そういうことだ。僕はなんとかの角に挟まれている。人を挟むのは何だったたっけ？」

「ディレンマでございます、ご主人様」

「そうだ。僕はディレンマの角に挟まれている。僕は自問する。リュート修理方面で何事かをなせぬものか行って見てくるべきだろうか？　それとも動かずじっとして、偉大な癒《いや》し手たる『時』の采配を信じて大自然のなりゆきにまかせておくべきだろうか？」

「もしわたくしに提案をお許しいただけますならば、ご主人様」

「どんどん言ってくれ、ジーヴス」

「あなた様におかれましては、トトレイ・タワーズにはおでかけあそばされ、しかしながらビングお嬢様のご依頼はお断りあそばされるというご方策は実行不可能でございましょうか？」

僕はこの提案を考量した。そいつは名案だと僕には思えた。

「ノッレ・プロセクウィ［手続き停止の訴え］を発するということだな？　彼女にどこかへ行って頭を茹《ゆ》で上げてこいって言うんだな？」

「まさしくさようでございます、ご主人様」

僕はうやうやしく彼を見つめた。

「ジーヴス」僕は言った。「いつもどおり、君は方途を見いだしてくれた。行ってもいいかと依頼する電報をバセット嬢に出すことにしよう。それでダリア叔母さんにはロンドンを離れるからランチはご馳走できないって電報を出そう。スティッフィーには、彼女が何を考えてるにせよ、僕の奉仕と協力は得られないって言ってやろう。そうだ、ジーヴス、君の言うとおりだ。僕はトトレイに行く。その展望に肌は粟立《あわだ》つといえどもだ。そこにはパパバセットがいる。スポードがいる。ステイッフィーがいる。犬のバーソロミューがいる。死の谷に迷い込む半リーグ、半リーグ［テニスンの詩「軽騎兵隊の突撃」冒頭］とかいう連中がどうしてあんなに持て囃《はや》され騒がれるものか、考えさせられるじゃないか。連中の行く手にはパパバセットが待ち構えてたわけじゃあないのになあ。まあいい、最善を祈ることにしよう」

「それが唯一の方途と存じます、ご主人様」

「がんばれ、ジーヴスだ。上くちびるをかたくして平然を装おうじゃないか、どうだ？」

「疑問の余地のなきことでございます、ご主人様。かような申しようをお許しいただけますならば、その意気で行こう、でございます」

5．トトレイ・タワーズふたたび

スティンカーが予測したとおり、マデライン・バセットは僕のトトレイ・タワーズ訪問に何の障害をも課することはなかった。僕の招待おねだり状を受け取ると、すぐさま彼女は僕に青信号を送ってよこした。それで彼女の電報の到着後一時間ほど経過したところで、ブリンクレイからダリア叔母さんが電話してきた。たった今僕から帝都を留守にするから彼女が予算計上していた昼食はご馳走できないとの電報を受け取ったが、それはいったい全体どういうわけか究明せんとの熱意に満ち満ちつつだ。

彼女から電話が来ても、僕は驚かなかった。ブリンクレイ前線においては何らかの活発な動きがあることだろうと予期していたのだ。この血を分けたる肉親は、かわいいバートラムを心より愛してやまない明朗な人物であるが、専制的な精神の持ち主たる女性でもあるのだ。彼女は自らの意志を挫《くじ》かれることを嫌う。彼女の声は一斉に吠《ほ》え立てる猟犬の一群みたいに轟《とどろ》きわたった。

「バーティー、この景観破壊若造ったら！」

「もしもし」

「あんたの電報、受け取ったわよ」

「そうじゃないかと思ったんだ。とっても有能だよね、電報サービスってのは」

「あんた、街を離れるってどういう意味よ？　あんたうちに来てアナトールの料理に惑溺《わくでき》するほかは、街を離れることなんかないじゃないの」

彼女が言及しているのは彼女の雇用する比類なきフランス人シェフのことだ。その名を聞くだけで条件反射的に口によだれが湧《わ》いてくる。胃液への神よりの賜《たま》わりものと、僕はしばしば彼を呼んできた。

「どこへ行くのよ？」

僕の口のよだれは湧き上がるのを止めた。僕はトトレイ・タワーズに行くのだと言い、すると彼女はじれったそうな鼻息を立てた。

「このクソいまいましい電話線は、どこか故障してるみたいねえ。あんたがトトレイ・タワーズに行くって言ったように聞こえたんだけど」

「行くんだ」

「トトレイ・タワーズに？」

「今日の午後発つ」

「いったい全体どうして連中があんたを招待するのよ」

「してないさ。僕が自分で自分を招待したんだ」

「つまりあんたはわざわざ自ら進んでサー・ワトキン・バセットとのご交際を求めたってこと？　あんたってこのあたしが思ってたよりまだバカだったのね。あたしはあの食わせ者ジジイを一週間以上うちで我慢したばかりの女性としてこう言っているのよ」

彼女の言う趣旨は理解できた。僕はあわてて説明した。

「パパバセットが限界オーバーだってことは認める」僕は言った。「また状況のなりゆきのせいでそう余儀なくされたんじゃなけりゃ、奴のことはそっとしとくのが一番賢明だ。だけど僕の身の上に猛烈な危機が襲いかかってるんだ。ガッシー・フィンク゠ノトルとマデライン・バセットの間が、すべて世はこともなしって具合になっていない。二人の婚約が流動的状態によろめき向かっている。またこの婚約が僕にとってどういう意味を持つかを、貴女《あなた》は知っているはずだ。僕は現地に向かい、この亀裂を調停しようとしているんだ」

「あんたに何ができるの？」

「僕の役目は、フランス人言うところのレゾヌールってことだと理解している」

「それでそれはどういう意味なのよ？」

「ああ、そこまでだ。だけどジーヴスが僕がそういうものになるって言ったんだ」

「あんた、ジーヴスを連れてくの？」

「もちろんさ。僕が今まで彼なしででかけたことがあった？」

「ふん、気をつけなさいな。あんたのために言えるのはそれだけだわ、気をおつけなさい。あたしたまたま知ってるんだけど、バセットは彼に申し出をしてるのよ」

「申し出ってどういう意味さ」

「あんたから彼を盗もうとしてるってこと」

僕はよろめいた。またそのとき座っていなかったら、倒れていたかもしれない。

「信じしない！」

「信じられないって意味で言ってるなら、あんた間違ってるわよ。あいつがうちにいた間、ジーヴスの魅力にどんなにぞっこんだったかは話したでしょ。彼が執事仕事をこなす間、あの男は、ねこがアヒルを見るみたい、ってアナトールだったら言うような目で彼を追っかけてたわ。そしたらある朝あの男が決定的な申し出をしてるのを耳にしたの。あら？　あんたどうしたの？　倒れちゃった？」

　僕の一瞬の沈黙は彼女の言葉が僕を驚愕《きょうがく》させたという事実のゆえであると、僕は彼女に告げた。すると彼女はバセットを知っているなら、どうしてそんなに驚くのかわからないと言った。

「あの男がどうやってアナトールを奪い取ろうとしたか、あんた忘れてるわけがないでしょう。どんなに卑劣な真似だってあの男にできないことはないの。良心なんてぜんぜんないんだから。あんたトトレイに行ったら、プランクっていう男に会いに行って、サー・ワトキン・クソ・バセットのことをどう思いますかって訊《き》いてみることだわ。あの男、そのプランクさんって可哀そうな人から騙《だま》し取ったのよ。あらやだ！」歌うがごとき声が「三分です」と言うのが聞こえると、齢《よわい》重ねたこの親戚はこう言って電話を切った。そしてあたかも彼女がその方面の才能については既に触れた僕の守護天使であるかのように、たちまちに僕の肌は粟立《あわだ》ったのだった。

　その日の午後、トトレイ・イン・ザ・ウォルドに向かってスポーツモデルの愛車のハンドルを握る際にも、僕の肌は相変わらず盛大に粟立っていた。むろんジーヴスが現雇用者との関係を悪化させようなどと絶対に夢にも思わないでくれていると僕は確信しているし、このクソいまいましいバセットにそうせいと唆《そそのか》された時には、必ずや耳の聞こえない毒ヘビ［『詩編』五八・五―六］みたいに耳を閉ざしてくれることだろう。なお、この毒ヘビというのは、おそらくご存じだと思うが達者なヘビ使いの声に操られることを努めて拒むのである。しかし問題は、人はどんなに確信している事柄についてだって、それについてつくづく考えてみた時にはひどくビクつくことができるということなのだ。愛車のアラブ馬にトトレイ・タワーズの門をくぐらせ、玄関に停車する僕の気分は、およそまったく穏やかではなかった。

もしやこういう賛美歌をご存じでおいでだろうか。そのコーラスはこんなふうだ。

タムタムティータム
タムティディータム、ポン、島
すべて眺望は好ましけれど
ひとり人のみ下劣なり［ヒーバー僧正作の賛美歌『グリーンランドの氷の山から』］

でなかったとしてもこんなような歌詞だった。とにかくその記述がトトレイ・タワーズに壁紙みたいにぴたりと当てはまるのだ。そのファサード、その広大な庭園、なだらかに起伏する園地、滑らかに刈り揃えられた芝生やらはひとえにみんなお母さんの手作りみたいに素敵だった。しかし、その内にて何が待ち構えているかを知っているという時、そんなものが何になろうか？　眺望がどんなに好ましかろうと、そこに付属する連中がそれを貶《おとし》めているならば、全然まったく何の役にも立たないのだ。

ここなるパパバセットのねぐらは、なかなか立派な英国の大邸宅というやつである。物の本に出てくる、部屋が三百六十五、階段が五十二、中庭が十二あるような名所旧跡とは違うとはいえ、ぜったいにバンガローなんかではない。奴はいくらか前に現金不足のなんとか卿から、そいつを家具付きで買い取ったのだ。今日びよくある話である。

しかしパパバセットは現金不足ではない。人生の黄昏時《たそがれ》にあって、奴は十分以上にそいつを持ちあわせている。実際、うんざりするほど大金持ちと呼んだとて過言ではあるまい。成年に及んでより人生の大半を、奴は帝都の警察裁判所判事として費やしてきた。そしてその権限においてかつて僕に、軽い譴責《けんせき》でじゅうぶん済むはずのボートレースの夜のごくお気楽な微罪に過ぎぬ行為に対し、大枚五ポンドもの罰金を科したことがある。それからまもなく親類が一人亡くなって奴に莫大な遺産を残した。少なくとも表向きの話はそういうことになっている。もちろん実際には、治安判事として長年勤務する間に罰金をズボンのポケットに着服し、どっさり蓄財したということだろう。こっちで五ポンド、あそこで五ポンド、という具合にやっていたら、たちまち宝の山を拵《こしら》えられるというものだ。

僕らは快調に道路を進み、四時四十分になるかどうかの頃にはもう玄関ベルを押していた。ジーヴスが車を厩舎《きゅうしゃ》の方に回し、そして執事が――名前はバターフィールドといったと思い出した――僕を居間へと案内してくれた。

「ウースター様」僕を同室内に解放しながら、彼は言った。

お茶の時間が進行中であるのを見ても、僕は驚かなかった。部屋に入る前に紅茶茶碗のカチャカチャいう音が聞こえていたからだ。マデライン・バセットが操縦席を占めており、僕にしなしなと手を差し出してよこした。

「バーティー！　会えてなんて嬉しいこと」

ちょっと見の傍観者ならば、僕がこの娘と結婚すると考えると具合が悪くなると打ち明けたら、眉を上げ、どう理解したものかまるでわからないと言うことだろう。つまり彼女はほっそりしなやかで金髪やらなにやら完全装備のまごうかたなき美人であるからだ。しかしそのちょっと見の傍観者が大間違いをしているのは、彼女のぐっちゃりべちょべちょの感傷的態度、あともうちょっとで赤ちゃんしゃべりを開始しそうな微妙な気配、を見逃している点だ。彼女は二日酔いの朝、朝食の席に這《は》いずってやってくる夫の背後から手を回して目隠しし、「だーれだ?」と言うような女の子なのである。

僕は前に新婚の友達の家に滞在したことがある。奴の花嫁は居間の暖炉上のおよそ見逃しようのない場所に、大きな文字で「二人の恋人がこの愛の巣を紡《つむ》いだ」との銘文を刻み込んでいた。夫婦のかたわれは部屋に入るたびにそれを目にし、その時その目に浮かぶ物言わぬ激しい苦悶《くもん》の表情を、僕はいまだに忘れられない。マデライン・バセットが婚姻状態に及んだとき、そこまで恐ろしい過激な振舞いに及ぶか否《いな》かは不明である。しかしそういうことは大いにありそうであるし、また僕としては彼女とガッシーとの関係を和解させるにあたっては、いっさい手を抜くことなく持てる力のすべてを傾注しようと固く心に決めている。

「ピンカーさんはご存じでいらっしゃるわね」彼女は言った。それで僕はスティンカーがこの場にいるのに気づいた。奴は椅子に安全に収納されており、見える限りではまだ何にもひっくり返してはいない様子だった。だが奴は跳躍に備えて身をかがめ、まもなく活動開始する態勢でいるとの印象を僕に与えた。マフィンとキューカンバー・サンドウィッチを満載した折りたたみテーブルがあったから、僕の予想ではこれが奴を磁石みたいに引きつけるはずだった。

僕を見ると、奴は目に見えてギクッとし、半分食べかけのマフィンの載った皿を落っことした。奴の目は皿のように見開かれていた。もちろん奴が何を考えているか僕にはわかった。僕がここにいるのは考えを変えたせいに相違ないと思っているのだ。歓喜せよ。われ迷える仔ヒツジを見つけたり、と、間違いなく奴は自分の胸につぶやいているにちがいない。スティッフィーが僕のためにお取り置きしてくれているクソいまいましい任務とやらが何であれ、僕にそいつを押し付けられるものなぞ何もないと知ったら、奴はどんなにひどいショックを受けることだろうと考えて、この哀れな男のために僕は心の中でちょっぴり悲しみに暮れた。奴とスティッフィーがどれほどスピリチュアルに悲嘆しようと、この点に関しては強硬な態度でいこうと僕は決めていた。幸福で成功した人生の秘訣《ひけつ》とは、この天災娘の首謀する計画をきっぱり回避して生きることだと僕が学んでからずいぶんになる。

そのあと続いた会話は、いわゆるなんとかいった調子だった……なんと言ったかは忘れたが、さで始まる。つまりだ、マデラインに話の聞こえるところにスティンカーがいて、僕としては肝心の点に話を進めるわけにはいかなかったから、我々はただとりとめもなくおしゃべりした……散漫だ。この言葉が言いたかった。僕らはただ散漫な具合に、とりとめないおしゃべりをしただけだった。スティンカーは来《きた》るべき学校のお楽しみ会についてサー・ワトキンと話し合うことがあってここに来たと言い、僕は「ああ、学校のお楽しみ会があるのか？」と言い、マデラインはそれは明後日にあって、教区牧師がご病気だからピンカーさんがお一人でご担当なさるのよと言い、するとスティンカーは、あたかもそのことは考えたくないというみたいに、ちょっとたじろいでみせた。

マデラインは僕に、ここまでのドライブは快適だったかと訊き、僕は「ええ、最高でしたよ」と言った。スティンカーは僕が来てスティッフィーがどんなに喜ぶことだろうと言い、僕は持ち前の微妙なほほ笑《え》みでほほ笑み返した。それからバターフィールドがやってきて、サー・ワトキンがただいまピンカー様にお会いになられますと言い、スティンカーはそっと出ていった。そして副牧師と執事の背後でドアが閉まった瞬間、マデラインは両手をしっかり握り合わせ、僕に例のべっとりべちゃべちゃした目つきを向けると、こう言った。

「ああ、バーティー、あなたはここに来るべきじゃなかったの。あなたの切ない嘆願をお断りすることは私にはできなかった――あなたがどれほど私に焦がれ会いたがっているか――どれほど一刹《せつ》那《な》であれ、どれほど希望がなくっても――私にはわかっているわ。だけどそれって賢明なことかしら？　ただ傷口にナイフをねじ込むだけではなくって？　私のそばに来ることは、必要のない苦痛を感じるだけのことではなくって？　私たちは良いお友達以上には決してなれないことがわかっているのだから。無理よ、バーティー。希望を持ってはだめ。私はオーガスタスを愛しているの」

じゅうぶんご想像いただけるように、彼女の言葉は僕の耳には音楽に聴こえた。彼女とガッシーの間に本当に深刻な問題があったら、これほど決定的なことは口にすまいと僕は思った。マデラインのことを考えると胸がむかむかするとかいう奴の軽口は、おそらく彼女が奴にタバコを吸いすぎると言ったとか何かそんなせいで感じた一瞬の不機嫌の結果の、たんなる束の間のなんとかかんとかいうやつに過ぎないのだろう。いずれにせよだ、リュートの中に亀裂を拵えたものが何であったにせよ、それは今やきれいさっぱり忘れ去られ許されたのであり、この様子だと明日の朝食のすぐ後には、ここからとんずらできる次第となりそうだと、僕は胸の中で言っていた。と、その時彼女の苦痛の表情が顔じゅうに広がり、双眸《そうぼう》が露に濡《ぬ》れていることに僕は気づいたのだった。

「あなたの絶望的な愛のことを思うと、私とっても悲しくなるの、バーティー」と、彼女は言った。蛾《が》がお星さまに恋焦がれてどうかした［シェリーの詩「ある一つの言葉」］とか、僕には意味のわからないことを付け加えながらだ。「人生って本当に悲劇的で、本当に残酷だわ。でも私にどうすることができて？」

「何もしなくていいさ」心の底から僕は言った。「僕にかまわずいってくれよ」

「だけど、それでも私の心は痛むんだわ」

これだけ言うと、彼女はしばしば制御不能な泣きじゃくりと呼ばれる状態に突入した。彼女は椅子に沈み込み、両手で顔を覆った。また僕としては頭を撫《な》でさすってやるのが礼儀正しい振舞いであるように思われたから、同行為をただいま遂行した。で、今にして振り返ってみればわかるのだが、これは間違いだった。泣きじゃくる女性の頭をかつて撫でさすったことがあり、気がついたらすぐ背後に彼女の婚約者がいてすべてを注視していた、という経験のあるドローンズ・クラブのモンティ・ボドキンがかつて僕に話してくれた。この頭撫でさすり行動の欠点は、最大限の注意を払わないでいると、手を離すのを忘れてしまうところにある、と。人は対象者のオツムに手を載せっぱなしにしてしまいがちで、それは観衆に口をすぼめさせる展開となりがちである。

モンティはこの誤りを犯したが、僕もそうだった。それで口をすぼめる方の仕事はというとスポードによって担当された。奴はたまたまこの瞬間に部屋に入ってきたのだ。かわい子ちゃんが泣き濡れている姿を見て、奴は全身をくまなく律動させた。

「マデライン！」奴は吠えたてた。「どうしたのかい？」

「なんでもないの、ロデリック。なんでもないわ」彼女は声を詰まらせて答えた。

彼女はあわてて立ち去った。必ずや目を洗うためにであろう。そしてスポードは、ぐるりと身体を翻《ひるがえ》すと突き通すような目を僕に向けた。最後に会った時から、奴がまたちょっぴり成長していることに僕は気づいた。今や身長はおよそ二メートル七十センチにまで及んでいる。ご記憶でおいでかどうか、エメラルド・ストーカーに奴の話をした際、僕は奴をゴリラと比較した。そのとき僕が念頭に置いていたのは、普通の通常品のゴリラであって、大型エコノミーサイズのゴリラではなかった。今、奴はキング・コングに見えた。奴のこぶしは握り締められ、奴の双眸はぎらぎらと輝き、バートラムに注目するこいつがご機嫌気分でいないことは、どれほど鈍重な観察者とて察しられたところであろう。

6．黒琥珀の彫像

この緊張を緩和せんがため、僕は奴にキューカンバー・サンドウィッチはどうかと訊《き》いたのだが、しかし奴は熱情的な身振りにて、自分はキューカンバー・サンドウィッチ受領希望市場には参入していない旨を示唆した。とはいえそいつはとっても美味《おい》しかったから、食べないのはもったいないよと言ってやったってよかったのだが。

「マフィンはどうだい？」

うむ、マフィンもいらないらしい。奴はダイエット中であるようだ。

「ウースター」奴は言った。奴の顎筋は盛大に活動していた。「貴様の首をへし折ってやるべきかやらないべきか、決めかねているところだ」

「やらない」に僕は一票を投じるべきであったのだろうが、奴は僕にそう述べる間をくれなかった。

「マデラインから、貴様が厚顔無恥にも当家の招待をねだってきたと聞いて自分は驚愕《きょうがく》した。むろん貴様の動機は明白だ。貴様は彼女の愛する男への信頼を傷つけ彼女の胸に猜疑の種を蒔《ま》いてやろうとここに来たんだ。こっそり忍び寄るヘビみたいにな」奴は付け加えて言った。また僕としては、ヘビとはそういうことをするものかと知ることができて興味深く思った。「貴様は初歩的な良識すら持ち合わせちゃいない。彼女が選択をしたら、その決心を受け入れて自分は姿を消すという良識をな。貴様はフィンク＝ノトルから彼女を奪い取ろうとしているんだ」

そろそろ僕も何か言うべき時だと感じて、僕は「僕は――」まで言ったが、奴はまた例の熱情的な身振りで僕を黙らせた。これほど会話を独り占めしたがる人物には、会ったことがないと思う。

「間違いなく貴様は、自分の愛はあまりにも圧倒的すぎるから、彼女に訴え、懇願《こんがん》したいという衝動を抑え切れないのだと言うことだろう。まったくのナンセンスだ。見下げ果てた弱さだ。言わせてもらおう、ウースター。自分はあの女性を長いことずっとずっと愛し続けてきたが、それをあの方にほのめかすようなことは言葉や顔にいっぺんだって出したことはない。彼女があのフィンク＝ノトルと婚約したことは途轍《とてつ》もないショックだった。だが自分はその状況を受け容れた。なぜならそれが彼女の幸せだと思ったからだ。驚愕はしたものの、自分は終始――」

「上唇をかたくしつづけたんだな？」

「――己《おの》が感情を隠し続けた。自分は――」

「忍耐の碑のごとく我慢したんだ［『十二夜』二幕四場］」

「堪え忍んだ。そして自分の気持ちを窺《うかが》わせるようなことは一切口にしなかった。重要なのは彼女が幸福でいることだ。フィンク＝ノトルを彼女の夫としてふさわしいと思っているかと訊かれたら、思っていないと率直に答えよう。自分の目にあいつは最低人間の具備すべき特性をすべて備えているように見えるし、また同様の見解を彼女のお父上もお持ちでいらっしゃると付け加えさせてもらう。しかし、彼女の選んだ男は奴なのだし、自分は彼女の選択に従うまでだ。自分はフィンク＝ノトルの背後に忍び寄って、彼女にあいつに対する偏見を持たせようなんて真似を金輪際《こんりんざい》することはない」

「実に賞賛できる」

「なんだと？」

　奴の行為は賞賛に値すると言ったのだと僕は言った。実に高潔な態度だと思うと僕は言った。

「ああそうか？　ふん、自分が提案してやりたいのはな、ウースター。貴様も自分の例に倣《なら》えばいいってことだ。自分は貴様をしっかり監視してやる。また部屋に入ってみたら貴様があああいう頭撫《な》でをやってるなんて真似は、これ以上一切なしにしてもらいたい。もしそういうことがまたあったら、自分は――」

　奴がどういうことをするつもりでいるかは、明かされることはなかった。とはいえだいたいのところ見当はつく。この瞬間に、マデラインが戻ってきたのだった。彼女の目はピンク色がかっており、全体的印象はワイン、スピリッツ類中では下のほうにあるように見えた。

「お部屋にご案内しますわ、バーティー」彼女は儚《はかな》げな、聖人みたいな声で言った。するとスポードが警告するように僕を見た。

「注意しろよ、ウースター。くれぐれも注意することだ」僕たちが部屋を出るところで、奴は言った。

　マデラインは驚いた様子だった。

「どうしてロデリックはあなたに注意しろって言うのかしら？」

「ああ、まったくわからないなあ。僕が寄木張りの床で足を滑らせるのを心配してくれているんじゃないかかな？」

「あなたのことを怒ってるような言い方だったわ。あなたたち、喧嘩《けんか》していたの？」

「そんなことがあるもんか。僕たちの会談は最大限友好的な雰囲気の下で行われたんだ」

「あなたがここにいらしたことで、彼、気を悪くしてるんじゃないかと思ったの」

「正反対だ。彼の『トトレイ・タワーズにようこそ！』くらいに温かいものなんてあり得ない」

「そう伺ってとってもうれしいわ。あなたと彼がいがみ合うくらい、私にとって苦しいことはないのよ……あら、パパだわ」

僕たちは二階の廊下に到着していた。と、サー・ワトキン・バセットが軽く曲をハミングしながら、自室から出てきたところだったのだ。僕を見た瞬間に彼の唇から歌は消えた。僕を見つめ、茫然自失して彼は立ち尽くしていた。彼の姿は、幽霊屋敷で一夜を過ごした翌朝、すさまじい恐怖の表情を浮かべて死亡しているのが発見された男の話を僕に思い起こさせた。

「あら、パパ」マデラインが言った。「お話ししておくのを忘れてたわ。私、バーティーに何日かうちに来るようにってお願いしたのよ」

パパバセットは苦しげに息を呑《の》んだ。

「何日かというと……」

「少なくとも一週間はいていただきたいわ」

「なんともはや！」

「それより長くはご無理としても」

「なんたること！」

「居間にお茶が出てますわ、パパ」

「お茶よりもっと強いものを頂きたい」パパバセットは、低く、しゃがれた声で言った。そして打ちのめされた体《てい》にて、よろよろと歩き去った。飲み物の待つ下層階へと降り下る彼の頭が視界から消えるのを見て、僕は子供のときに読んだ詩を思い出した。その大半は忘れたが、そいつは海上の大あらしに関する詩で、キメ台詞《ぜりふ》は「〈我ら敗れたり〉」と船長叫び、階段をよろめき下った」［T・J・フィールズの詩「船長の娘」］だったのだ。

「パパはなんだかお気がご動転でいらっしゃるみたいね」マデラインが言った。

「そういう印象を発しておいでだね」険しい顔で僕は言った。つまりこのイボ爺《じい》さんの態度に僕は感情を損ねていたからだ。彼の気持ちは理解できる。規則正しい生活を送る人物ならば、自宅のど真ん中にウースターを突然見いだしたくはないのは当然であるからだ。しかしそれでもなお、彼は耐える努力をもっとすべきであったと僕は感じた。レッド・インディアンのことを考えるんだ、バセット、と、われわれの関係がもっと良好であったらば僕は言ったことだろう。両面をこんがり焼かれたとき、彼らはけっして元気いっぱいではいなかったはずだと指摘しつつだ。

この苦痛に満ちた邂逅《かいこう》は、スポードとの対話――あれを対話と呼んでよろしければだが――の直後に起こったから、きっと僕のことを落ち込ませたとお考えでおいでかもしれない。しかしそういうことはまったくなかった。M・バセットとG・フィンク＝ノトルの関係がきわめて良好との公式ニュースを聞いて、僕はものすごく意気揚々としていたから、そんなことは気にもかけなかった。むろんその家の主人が僕を一目見ただけでどん底まで打ちのめされ、気つけを得ようと酒ビンのある場所へと突進せずにはいられないというのはけっして理想的な境遇ではないが、しかし我々ウースター家の者は清濁併《せいだくあわ》せ呑む寛容の持ち主である。そしてしばらくして晩餐《ばんさん》の銅鑼《どら》が鳴ったとき、僕は最善最高の心的状態にあった。タイをまっすぐにしてご馳走をいただきに向かう僕の姿は、どこから見ても唇に歌持てる人であった。

ディナーとはいつだってバートラム・ウースターの最善最高の姿をお目にかけられるひとときであるし、またそれは僕が最も楽しんでやまない食事である。我が最善の時がスープ、魚、キジとか何かしらそんなようなもの、スフレ、季節の果物、それからポートちょっぴりを友として過ごされてきたものだ。それらは僕のうちの最善の部分を明らかにしてくれる。僕を知る人は時としてこう語る。「ウースターは日中はまるで使い物にならないかもしれない。だが世界を宵闇につつみ、ソフトな照明を灯し、シャンパンの栓を開けてディナーを彼に押し込んでみよ。さすれば人は驚倒しよう」と。

しかし、僕が魅力をきらめき放ち生きとし生けるものを魅了するためには、ひとつ条件がある。すなわち、席を同じくする人々が、気持ちのいい仲間であるということだ。またこのとき同席したお仲間くらいに気持ちのよくない連中に、僕はまず会ったことがない。僕がこの地にいることを知って明らかに依然動揺していたサー・ワトキン・バセットは、晩餐を楽しく進める陽気なご領主様ではははじめっから全然なかった。グラス越しに僕にチラチラと一瞥《いちべつ》を送ってき、僕が現実の存在であると信じることがどうしてもできないというふうに目をパチパチさせ、身震いして目を逸《そ》らす他は、彼はジーヴス言うところの理性の饗宴《きようえん》魂の交歓には何ひとつ貢献するところなしだった。そこに強靭で寡黙なスポードと、陰気にうなだれたマデライン・バセット、これまた明らかに陰気なガッシー、ある種の白日夢の中にいるらしきスティッフィーを足し合わせよ。さすればあんまり陽気でないお通夜の席に似通ったものが出来あがろう。

沈鬱《ちんうつ》、僕が思い出そうとしていた言葉はこれだ。その場の空気は沈鬱だった。このどんちゃん騒ぎ全体は、僕のアガサ伯母さんが僕に、息子のトーマスの精神を向上させるためにと時々奴を連れて行かせるオールド・ヴィックで演っているロシア演劇――そいつは広く知られているように、させたい放題精神を向上をさせてくれるのだ――の一場面だとしたってよかったくらいだった。

食事も半ばに近づき、誰かが何かを言ってもいい頃合と感じ、僕はパパバセットの注目をテーブル中央の装飾に向けた。普通の家ではそういうところには花を盛った水盤とかを飾ってあったりするものだが、しかしここはトトレイ・タワーズであるからして、そいつは僕には何だか見当もつかない何かしらの材料でできた小さな黒い彫像であった。それはありとあらゆる意味でどうしようもなくひどく恐ろしいシロモノだったから、最近御大《おんたい》が蒐集《しゅうしゅう》した何かしらに相違ないと僕は推測した。

僕のトム叔父さんもいつだって似たように醜悪なシロモノを手に販売会から帰ってくる。

「あれは新しい蒐集品ですね、どうです?」と、僕は言い、すると彼は激しくギクッと跳《と》び上がった。おそらく彼は僕はたんなる幻覚に過ぎないのだとうまく自分に言い聞かせようとしていたところで、僕が生身の実物なのに気づいてでんぐり返しするくらいにギョッとしたのだろう。

「テーブルの真ん中にある、ミンストレル・ショー〔白人が黒人の扮装をして演ずる歌と笑いのショー〕の舞台の端っこにいるお笑い芸人みたいに見えるそれですよ。あれは最近ご入手された……あー……僕が以前こちらにうかがった後に手に入れられたものですよね?」

おそらく、前回の訪問のことを彼に思い出させたのは軽率であったと思う。僕はそういう話を持ち出すべきじゃなかったんだろう。だがこういうことはついうっかり口に出てしまうものである。

「さよう」彼は言った。一瞬身を震わせる間をひとつおいてからだ。「わしのコレクションの最新蒐集品じゃ」

「パパはここからそんなに遠くないホックレイ・カム・メストンに住んでおいでの、プランクさんとおっしゃる方からそれを買われたのよ」マデラインが言った。

「魅力的な工芸品ですね」僕は言った。そんなモノは見るのも苦痛だったが、奴におべんちゃらを言ったとて失うものは何もないと思ったからだ。「まさしくトム叔父さんが欲しがりそうなモノですね。ああ、そうだ」思い出して僕は言った。「ダリア叔母さんが昨日電話でそのことを言ってたんでした。それを自分のコレクションに加えるためなら、トム叔父さんは何を差し出したって惜しくないって話をしてましたよ。なるほどですねえ。価値のあるものに見えますよ」

「一千ポンドの値打ちがあるの」昏睡《こんすい》状態から目覚め、はじめて口をきいたスティッフィーが言った。

「そんなにですか？　うひゃあ！」長年人に罰金を科してはその金を貯め込んできただけで、治安判事というのはそんなにも巨額の大金が支出できるようになるのかと思って驚愕し、僕は言った。「何でできてるんです？　石鹼石《せっけん》ですか？」

僕は間違ったことを言ったようだ。

「琥珀《こはく》じゃ」パパバセットがぴしゃりと言った。ボッシャー街警察裁判所の被告人席で彼の前に立った折に山盛りどっさり僕にくれたような目つきでだ。「黒琥珀じゃ」

「もちろんそうですとも。そうダリア叔母さんが言ってたんでした。思い出しましたよ。それのことをすごく褒《ほ》めてました。言わせてください。ものすごく褒めてましたよ」

「さようか？」

「ええ、絶対的にですよ」

このちょっとした対話がいわゆる会話の口火を切り、それで本で読む旧世界のサロンの野郎どもと女たちがするみたいな、からかいの言ったり言い返したりが始まることだろうと僕は期待していたがちがった。沈黙が再び辺りを包み、そしてやがて、とうとうやっと、食事は終了して二分後には僕は自室に向かう途上にあった。今宵の残りは自分の部屋で、持参のアール・スタンレー・ガードナーと共に過ごすつもりだった。ここの連中と居間にて交流し、スポードににらまれ、パパバセットに鼻であしらわれ、寝る時間までマデライン・バセットにイギリス古謡を歌って聞かされたとてなんの意味もないと思ったのだ。こうしてこっそり静かな逃亡を遂行することにより、僕はエチケット本の著者に眉をひそめさせるような社交的無礼をしているとは認識していたものの、しかし我々が人生から学ぶ偉大な教訓とは、物事の中心にいるべき時といるべきでない時とをわきまえることなのである。

7．消えたエメラルド

　さてと、これまで他の問題にかかずらわりきりでいたせいで述べてなかったのだが、しかしご想像されておいでのように、ディナーの間じゅうあるひとつのことが少なからず僕を困惑させ続けていた。すなわち、エメラルド・ストーカーはいったい全体どうしてしまったのかという謎である。二人でした昼食のとき、彼女ははっきりと、その日の午後四時の汽車でトトレイに向かうと明言した。そいつの進行がいかにのんびり遅々としたものであろうとも、もう同駅には到着したはずである。なぜならガッシーがそいつに乗っており、ちゃんとご到着済みでいるのだから。だがこの地には彼女のいる気配がまったく認められなかった。証拠から理解する限り、彼女がウースター氏をかついでいたという結論に到達するより他はない。

　しかしなぜ？　どのような動機で？　アール・スタンレー・ガードナーの待つわが部屋に向かい忍び足で歩く僕が自問し続けたのがこれだった。僕の様子を困惑し混乱していたと表現されたければ、していただいて完璧に大当たりである。

　僕が到着するとジーヴスが部屋にいて、紳士様お側つき付き紳士としての義務をあれこれ遂行中であった。そこで僕はこの問題を彼に委ねた。

『消えた貴婦人』〔邦題は『バルカン超特急』（一九三八年）アルフレッド・ヒッチコック監督〕という映画は観たことがあるか、ジーヴス？」

「いいえ、ご主人様。わたくしが映画上映を鑑賞いたします機会はめったにございません」

「うむ、そいつは消えた貴婦人に関する映画なんだ。と言ってわかってもらえればだが。僕がそいつを持ち出すわけは、僕の女友達が明らかに大気中に消えたにちがいないからだ。君が前に使った言い方をすれば、跡形も残さずに、というわけなんだ」

「きわめて不可解なことでございます、ご主人様」

「そのとおりなんだ。僕は解答を求めているが得られない。僕が昨日彼女に昼食をご馳走したとき、彼女は四時の汽車でトトレイ・タワーズに向かいその地に滞在すると話してくれた。それで僕が強調したい点は、彼女は到着してないってところなんだ。僕がリッツで昼食を食べた日のことは憶えているだろう？」

「はい、ご主人様。あなた様はアルペン・ハットをご装用でいらっしゃいました」

「アルペン・ハットのことを持ち出す必要はない、ジーヴス」

「はい、ご主人様」

「君が本当に知りたいなら言うが、ドローンズ・クラブじゃあそいつをどこで手に入れたのかって何人もに訊《き》かれてるんだ」

「必ずやその帽子店を避けようとの意図をもってのことでございましょう、ご主人様」

つまらない議論をしたとて得るところなしと僕は理解し、もっと気持ちのよい、もっと見解の相違の生じる余地のない話題へと話を転じた。

「ああそうだ、ジーヴス。すべては大丈夫だと聞いたら、君には喜んでもらえるんじゃないかな

だ」

「例のリュートの件だ。亀裂はなしだ。まったく申し分ない状態なんだ。僕は馬の口から直接、バセット嬢とガッシーは今でも恋人さってことを聞いてきた。その安堵《あんど》ときたら途方もないほどなんだ」

「さて、ご主人様?」

彼が手をぱちぱち叩いて跳びはねて回るだろうと期待はしていなかった。彼はそういうことは決してしないからだ。とはいえ彼がこのホットなニュースをこんなふうに受けとめようなどと、僕は予想していなかった。つまり、彼は僕の陽気な気分にぜんぜん同調してくれなかったのである。

「おそれながら、ご主人様、あなた様はあまりにも楽観的でいらっしゃいます。バセットお嬢様のご態度はあなた様の述べられたとおりやもしれませぬ。しかしながらフィンク゠ノトル様の側におかれましては、遺憾ながら少なからぬ不満と憤慨とが存在いたしております」

僕の顔を二分割していた笑《え》みは勢いを失った。ジーヴスが言うことを基礎英語に翻訳することが容易であったためしはないが、僕はこの意味をただちに把握することができた。そして僕の信ずるところフランス人がフリッソン、すなわち戦慄《せんりつ》と呼ぶものが、一服の塩のごとく僕を貫き通した。

「つまり君は、彼女のほうじゃ今も恋人よだけど、奴のほうは違うって言いたいのか?」

「まさしくさようでございます、ご主人様。わたくしが厩舎《きゅうしゃ》に自動車を駐車いたしておりました折、フィンク゠ノトル様とたまたまお目にかかりまして、あの方よりご問題をお打ち明けいただきました。あの方のお話はわたくしに深刻なる不快を生ぜしめたところでございます」

僕の全身をもうひとつフリッソンが走り抜けた。脊柱を大量のムカデ類がのそのそ歩くときに感じられる不快を、僕は感じた。僕は最悪の事態を恐れていた。

「だけど、どういうわけなんだ?」僕はたどたどしく言った。たどたどしい、という言葉でよければだが。

「遺憾ながらお報せ申し上げます、ご主人様、バセットお嬢様はフィンク゠ノトル様にベジタリアン・ダイエットをご実行なされるよう強くご主張あそばされたのでございます。あの方のご心境は当然ながら不機嫌かつ反抗的となっております」

僕はよろめいた。一番陰気でいたときですら、僕はそんなにも恐ろしい事態を予想すらしていなかった。奴を見たって誰もそうは思わないが――つまり奴は小柄でエビみたいでけっして体重を増やさないからだ――ガッシーは食べることが好きだ。ドローンズで奴が食料をたいらげる様を見たら、達人の面前であると了解し、サナダムシだってうやうやしく帽子を上げることだろう。であるからして、ローストやボイルドや、とりわけ大好きなコールド・ステーキ・アンド・キドニー・パイを取り上げたら、奴は――誰かさんが言ったみたいに――反逆やら謀略やら強奪やら向きの何ものか「『ヴェニスの商人』五幕一場」、すなわち、その顔を一目見たらばたちまち婚約を解消したくなるような男に成り果ててしまうことだろう。入室した瞬間、僕はタバコに火を点けようとしていた。そして今、感覚を失った僕の手からライターがぽろりと落ちた。

「彼女は奴をベジタリアンにしようとしてるだって?」

「さようとフィンク゠ノトル様はご報告くださいました、ご主人様」

「チョップスはなしか?」

「はい、ご主人様」

「ステーキはなしか？」

「はい、ご主人様」

「ホウレンソウとか、そんなようなゴミ草ばっかりか？」

「さようと伺っております、ご主人様」

「だけど、どうして？」

「わたくしの理解いたしますところ、バセットお嬢様は近頃詩人シェリーをお読みであそばされ、肉食はスピリチュアルでないとする同詩人の見解にご宗旨替えあそばされたのでございます。詩人シェリーはこの問題につきましては、強硬なる見解を有しておりました」

僕は一種のトランス状態にて、ライターを拾い上げた。マデライン・Bがお星さまとかウサギちゃんとか妖精さんがちっちゃいお鼻をかんだらどうなるかとかについて途轍《とてつ》もなくキチガイじみた見解を持っていると承知はしていたが、しかし彼女の間抜けがそれほどまでの段階に至っていようとは、思ってもみなかった。だが晩餐《ばんさん》の食卓で浮かぬ顔で間違いなくホウレンソウみたいに見えるモノをフォークでつっついていたガッシーの姿が脳裡《のうり》に浮かび上がるにつれ、彼の話が本当にちがいないことが僕にはわかった。精神の苦悶《くもん》のあまりガッシーが、マデラインと聞くと胸がむかむかすると言ったとて道理である。動物園の大ニシキヘビが毎日のウサギの代わりにチーズ・ストローを餌としてあてがわれたら、飼育係のことをどう言うかとおんなじであろう。

「だけどこれは恐ろしいことだぞ、ジーヴス！」

「確かにいささか不快でございます、ご主人様」

「もしガッシーがむかつきで煮えくり返っているとしたら、なにが起こったっておかしくない」

「はい、ご主人様」

「僕らにできることはあるんだろうか？」

「あなた様がバセットお嬢様をご説得あそばされることが可能やもしれません、ご主人様。かように論の運ばれるのがよろしゅうございましょう。すなわち医学的研究によれば、理想的食生活とは動物食と野菜食のバランスの取れた食事であることが明らかになっております。厳格なベジタリアン食は医者の大多数の推奨するところではございません。なぜならそれは十分なたんぱく質を欠き、とりわけ必須アミノ酸にて構成されたたんぱく質を含有していないからでございます。これらの欠乏に由来する精神疾患の症例を挙げる有能な医師もおいでございます」

「君は彼女にそう言うのか？」

「有効であるやもしれません、ご主人様」

「どうかな」ため息でタバコの煙の輪っかを作りながら、僕は言った。「それで彼女の意志が揺らぐとは思えない」

「熟慮いたしましたところで、わたくしもさようと拝察いたします、ご主人様。詩人シェリーはこの問題を人道的観点から考察したもので、身体的健康の観点より考察したものではございません。詩人はわれわれ人間は他の生命相にも敬意を示すべきであると主張したところでございますから、バセットお嬢様はさような見解に強くご共感あそばされたのでございましょう」

僕はうつろなうめき声を放った。

「詩人のシェリーなんかコン畜生だ！　ほどけた靴ひもに足をひっかけて転んでクソいまいましい首を折ったらいいいんだ」

「今や遅しでございます、ご主人様。かの詩人はもはやこの世にはおりません」
「野菜なんかクソ食らえだ！」
「はい、ご主人様。あなた様のご不興はごもっともでございます。わたくしがフィンク＝ノトル様のご窮状を告げましたところ、当家のコックもほぼ同様の見解を表明いたしておりました。フィンク＝ノトル様のご悲嘆に同情し、彼女の心はとろけておりました」

とろけていようがいまいが、僕はコックの心なんぞについて聞かされたい気分ではなかった。それで僕がそう言おうとしたところで、彼が続けてこう言ったのだった。

「彼女はわたくしに、もしフィンク＝ノトル様に一家の寝静まった深夜の台所へとご訪問いただけるならば、よろこんでコールド・ステーキ・アンド・キドニー・パイをご提供する旨ご伝言申し上げるようにと指示をいたしたところでございます」

あたかも太陽が雲間よりほほ笑《え》み照らしたか、あるいは僕が大金を賭けた穴馬が最終十ヤードで叩き合ってハナ差で競り勝ちしたかのような心持ちがした。つまり、バセット／フィンク＝ノトル枢軸を断絶せんとする不吉な危機が回避されたということだ。僕はガッシーのことなら何から何まで知っている。奴にたんぱく質、アミノ酸断ちをさせてみよ。さすれば奴の常なら温厚な性格はひねくれいじけ、もっとも近しく最も愛する人々に嚙《か》みつき嚙みつき続けることを望んでやまぬ、人類同胞を嫌悪する気難し屋へと変貌《へんぼう》することだろう。しかし奴にこれなるステーキ・アンド・キドニー・パイ供給路を与え、奴をしていわゆる正当なる願望充足を果たさしめたあかつきには、立腹は消えうせ、奴は再びかつての愛すべき人物となることであろう。暗い渋面は柔和なニコニコ笑いに取って代わられ、甘ったるい言葉に気難しさも雲散霧消《うんさんむしよう》し、奴の恋愛生活方面は全面的にふたたびご機嫌で幸せいっぱいとなることだろう。すばやい機知にて問題解決し、大成功を収めたそのコックへの感謝で僕の胸は一杯にふくれあがった。

「その人は何というんだ、ジーヴス？」

「さて、ご主人様？」

「その人命救助をしてくれたコックのことだ。僕の夕べの祈りの中で彼女の名前を特別に挙げたいんだ」

「そのコックはストーカーなる女性でございます、ご主人様」

「ストーカーだって？　君はストーカーと言ったか？」

「はい、ご主人様」

「変だなあ！」

「さて、ご主人様？」

「なんでもない。ただのちょっとおかしな偶然だ。そのことはガッシーには言ってあるのか？」

「はい、ご主人様。あの方はたいそうご協力的でいらっしゃいました。深夜を過ぎたらばただちに台所に向かわれるご予定でいらっしゃいます。むろんコールド・ステーキ・アンド・キドニー・パイは、一時しのぎの食物に過ぎませんが――」

「ぜんぜん反対だ。ガッシーの大好物なんだ。ドローンズのカレーの日にさえ、奴がそいつを頼むのを見たことがあるくらいだ。奴はあれが大好きなんだな」

「さようでございますか、ご主人様？　それはたいそう結構なことでございます」

「ほんとに結構なことだ。このことの教訓はさ、ジーヴス、けっして絶望するなかれ、けっして夕オルを投げて降参して、顔を壁に向けるなかれ、なぜならいつだって希望はあるんだから、だな」

「はい、ご主人様。これ以上のご用はございましょうか？」

「全然なしだ。ありがとう。僕の用事はぜんぶ済んだ」

「それならば、おやすみなさいませ、ご主人様」

「おやすみだ、ジーヴス」

彼が行ってしまった後、半時間ばかりアール・スタンレー・ガードナーを読んで過ごしたのだが、しかし話の筋を追って手がかりに注意し続けることに僕は困難を覚えていた。僕の思いはこのエポックメイキングなコックのことにさまよいがちだった。おかしなことだ、と、僕は思った。彼女の名前がストーカーだとは。おそらく親戚か何かなのだろう。

僕はその女性のことをごく正確に想像できた。頑丈で、赤ら顔で、メガネを掛けていて、もしケーキを焼いている時やソースについて熟考している時に邪魔されたらばちょっぴり短気だが、しかしその心はバターのごとく柔らかいのだ。きっとガッシーの弱々しい顔つきが彼女に訴えたのだろう。「あの子にちゃんとおなか一杯食べさせてあげなくっちゃ、かわいそうな坊やだこと」と思ったか、あるいは彼女は金魚が好きで奴を見ると金魚のことを思い出すから奴に惹《ひ》かれたとか、そんなようなところだろう。あるいは彼女はガールスカウトだったのかもしれない。いずれにせよ、彼女の一日一善の背後にどんな動機があるにしても、彼女はバートラムより賞賛を受けるに値する。この館を発つときには巨額のチップを弾むことと、僕は自分に言い聞かせた。金の財布が気前よく撒《ま》き散らされねばならない。

僕はそんなようなことをあれこれ考えふけっていて、毎分より一層慈悲の心を豊かにしていた。

と、その時、誰あろうガッシーがひょっこりやってきて、それでだが、奴の顔つきを弱々しいと描写した点で僕は正当だった。奴はまごうかたなき数週間連続ホウレンソウ食べ続け男の顔をしていた。

奴はトトレイ・タワーズで何をしているのかと僕に訊きにきたのだろうと僕は了解した。その点不審に思って当然であろう。だがそんなことは奴の関心外であるらしかった。奴はただちに、僕が今まで聞いたことがないくらい強烈な野菜界の人材非難糾弾に突入した。また奇ッ怪なことに、主題の眼目となると予想されたホウレンソウよりも、芽キャベツとブロッコリに対していっそう奴は辛辣《しんらつ》であった。僕が言葉を挟めるまでにはだいぶ時間が要った。しかしそうする僕の声は、あふれんばかりの同情に満ち満ちていた。

「ああ、そのことならジーヴスが話してくれた」僕は言った。「それで僕のハートはお前のために血を流しているんだ」

「ああ、もちろん流してもらうようじゃなきゃいけない――バケツに何杯もだ――もし君に人間らしい感情のひとかけらでもあるならな」奴は熱を込めて言い返してきた。「言葉なんかじゃ僕の苦しみを言い表すことなんかできやしないんだ。ブリンクレイ・コートに滞在していた時にはなおさらだった」

僕はうなずいた。その試練がどれほど過酷なものであったか、僕にはよくわかる。ダリア叔母さんの比類なきシェフ、アナトールがスキレットを揮《ふる》うブリンクレイは、この世の中でベジタリアン・ダイエットを一番したくない場所である。わが親戚の饗応《きょうおう》を享楽しながら、今宵の献立をいただける胃の腑《ふ》がこの身にひとつしか備わらぬことを、幾度となく僕は悔やんだものだ。

「来る夜も来る夜も、僕は比肩するものなきアナトールの料理を謝絶しなきゃならなかった。それで二晩続けて彼はミニョネット・ド・プーレ・プティ・デュックを出してくれて、それでタンバル・ド・リ・ド・ヴォ・トゥールージアンを出してくれた時もあったと述べたなら、僕の通り過ぎてきた試練のことはわかってもらえるだろう」

通りすがりにささやかな幸せを振り撒《ま》くことが僕の常なるポリシーであるからして、僕はすかさず本状況の希望の曙光《しょこう》を指摘した。

「お前の苦難は途轍もなく恐ろしかったにちがいない」僕はその点に同意した。「だけど勇気だ、ガッシー。コールド・ステーキ・アンド・キドニー・パイのことを考えるんだ」

僕は適切な発言をしたようだ。奴の険しい顔つきがやわらいだ。

「ジーヴスが君にその話をしたのか？」

「コックが準備万端お前を待ち構えていると言っていた。それを聞いた時、その女性は女性の中の女性にちがいないって思ったのを憶えている」

「そんな言い方じゃまだ足りない。彼女は人間のかたちをした天使だ。彼女を見た瞬間に、僕はそのすばらしい美質に気づいたんだ」

「お前、彼女に会ったことがあるのか？」

「もちろん会ったことがあるとも。僕がパディントンに今向かおうとしてタクシーに乗ってた時にした会話を忘れてるわけがないだろ。とはいえ彼女がペキニーズ犬に似てるだなんて考えを、君がどうして思いついたものかは理解しかねるが」

「へぇっ？　誰がだって？」

「エメラルド・ストーカーさ。彼女はこれっぽっちもペキニーズ犬なんかに似ちゃいない」

「エメラルド・ストーカーが何の関係があるんだ？」

奴は驚いた様子だった。

「彼女、君に話してないのか？」

「何をさ？」

「彼女はトトレイ・タワーズでコックの職に就《つ》くんでこっちへ向かう途中だって」

僕は目をむいた。長らくの欠乏がこのイモリ愛好家男の脳みその具合をぐらつかせているのだと、一瞬僕は思った。

「お前、コックと言ったか？」

「彼女が君に言ってなかったとは驚いたな。君が秘密を守れるような男じゃないと思ったんだろうな。もちろん彼女は最初っから君のことをおしゃべり屋だって見抜いてたんだ。そうさ、彼女はコックをやってるんだ」

「だけどどうして彼女がコックをやらなきゃならない？」持ち前の単刀直入さでレス、というか本質に鋭く切り込みながら、僕は言った。

「汽車の中でそのことはしっかり説明してくれた。彼女はニューヨークにいる父親から毎月の小遣いをもらって暮らしている。それでいつもならだいたいそれでまあ余裕でやっていけるんだが、今月始め、競馬場で不幸な投資をしたんだな。ケンプトンパーク、三時のレースのサニージムだ」

奴が言及した馬のことは憶えている。賢明にもどたん場で考え直さなかったら、僕もあの馬に賭けていたところだった。

「出走馬七頭のレースでその馬は六着だった。それで彼女はささやかな有り金ぜんぶを失ったんだ。かくして彼女は父親に浅はかな行動を洗いざらい告白して資金提供を頼むか、何らかの実入りのいい職を見つけ、彼女の言うところの、合衆国海兵隊が到着するまで急場をしのぐかの二者択一を迫られることとなった」

「僕かポーリーンに無心してくれたらよかったんだ」

「このアホめ、彼女みたいな女の子は金を借りたりなんかしないんだ。誇り高き女性なんだ。彼女はコックになろうと決心した。彼女の話では、決断するまでに三十秒もかからなかったそうだ」

僕は驚かなかった。男親に洗いざらい白状するとなったら、途轍もなく最悪の惨状が招来されよう。パパストーカーは娘がレースで有り金全部すってんてんにすって丸裸になったと聞いて、甘い顔してにっこり笑うような父親ではない。娘の素行を知ったならば、彼は間違いなく怒髪天《どはつ》を衝《つ》いて激怒し、彼女の地位を五等級格下げすることだろう。僕はあのトンデモ親爺《おやじ》が怒り心頭でいるところに居合わせたことがあるが、彼の沸点は低いと証言できる。彼女が沈黙が一番と判断したのは、実に賢明だった。

わが事件簿中のエメラルド・ストーカーの謎を解決済みの方に整理でき、心の重荷がひとつなくなって僕は安心した。つまり僕は当惑した状態でいるのは好きじゃないし、その件はずっと僕の胸に重くのしかかっていたからだ。だがまだはっきりさせておきたい小さい点が一、二あった。

「どうして彼女はよりにもよってトトレイに来ることになったんだ?」

「僕のせいかもしれない。スタジオ・パーティーの時、サー・ワトキンがコックを探しているって話をしたのを憶えてるんだ。それで僕が彼女に彼の住所を教えたんじゃなかったかなあ。だって彼女は応募してそのポストを獲得したんだから。ああいうアメリカ娘ってのは、冒険心に富んでいるんだな」

「彼女はその仕事を楽しんでるのか？」

「ジーヴスによると、徹底的にだ。彼女は執事にラミーを教えてる」

「執事の身ぐるみ剝《は》がしてやったらいいんだ」

「金を賭けてプレイできるまでに腕を上げたら、きっと剝がすことだろうさ。それに彼女は料理が大好きだって話してくれた。彼女の料理はどんなだろう？」

その質問には答えることができた。彼女は一、二度、自宅フラットで手作りディナーをご馳走してくれたことがあり、そのできばえは非の打ちどころのないものだったのだ。

「口の中でとろけるとも」

「まだ僕の口の中ではとろけたことがないんだ」ガッシーが苦々しげに言った。「ああ、そうだった」奴は付け加えて言った。もの柔らかな光が奴の双眸《そうぼう》に宿った。「いつだってステーキ・アンド・キドニー・パイがあるさ、だったな」

かくしてずっと幸福げな様子にて、奴は部屋を去っていったのだった。

8. ステーキ・アンド・キドニー・パイへの道

アール・スタンレー・ガードナーの熟読を終え、巻を措《お》いた瞬間に落ちた浅い眠りより目覚めた時には、夜もだいぶ更けていた。トトレイ・タワーズはずいぶん前から本日はこれにて終了となっており、家内はしんと静かで、ただ僕の体内より面妖《めんよう》なグルグル音が聞かれるだけであった。この音にしばし耳を傾けた後、何がこれを発せしめたかを僕は理解した。僕はディナーの席にてわずかばかり給餌されたのみで、よって途方もなく空腹になっていたのである。

同じようなご経験がおありかどうか知らないが、いつも感じるのは、僕の食欲をそぐのは簡単だということである。ランチなりディナーなりの雰囲気が、いわゆる困難なものであったとしよう。それだけで僕の食欲は減退する。僕のアガサ伯母さんと食事する際、しばしばそういうことが起こるのだが、今夜の食事においてもそれが起こった。パパバセットと目が合い、あわてて反対側を向くとスポードと目が合い、またあわてて反対側を向くとパパバセットと目が合い、というのをずっと続けた緊張のゆえ、僕はエメラルド・ストーカーの賞賛すべき料理に正当な対応をすることができなかったのだ。供された料理をいたずらに弄《もてあそ》ぶのみ、あるいは手をつけずに皿を押し返す誰かさん、という話を本でお読みになられたことがおありだろうが、僕がしたのが実質上これだった。そういうわけでただいま、あたかも何か隠れた手が僕の内臓をテーブルスプーンで掻《か》き出したみたいに不可思議な空虚感が出来《しゅったい》したわけなのだ。

この有無を言わさぬ生存欲求は、アール・スタンレー・ガードナーを読んでいた間にもおそらく訪れていたのであろうが、しかし僕は殺人に使用された銃と替え玉の銃とペリー・メイスンが植え込み中に隠した銃の動向に目を光らせるのにあまりにも集中していたため、それに気づかなかったのだ。今になってはじめて、飢餓の激痛が真に幅をきかせてのしてきたのであり、この痛みの増幅するにつれ、僕の眼前には台所にあるステーキ・アンド・キドニー・パイの夢まぼろしがますます鮮明に立ち現れてきた。それはさながら僕に呼びかけるもの柔らかな声が「取りにいらっしゃい」というがごとしであった。

いわゆる災い転じて福となるということがいかに頻繁《ひんぱん》に起こるか、というのは奇妙なことだ。これこそがその適切な例である。僕はいつだってトトレイ・タワーズへの前回訪問を丸々大損いいとこなしと考えてきた。いま僕にはその間違いがわかった。それは神経系を極限まで酷使する試練ではあったものの、勘定書きの貸し方に記載できる項目がひとつだけあったのだ。僕が言おうとしているのは、その経験が僕に台所への行き方を教えてくれたという事実である。そこは階段を降り、玄関ホールを通り抜けて食堂に入り、後者の突き当たりのドアを抜けた先にある。ドアの向こうには、おそらく何かしら廊下とか通廊といったようなものがあって、それから先はステーキ・アンド・キドニー・パイ圏だ。簡単な行程である。僕がかつて通り経てきた幾多の暗夜行路とは比ぶるべくもない。

ウースター家の者は、思考即実行である。二分もしないうちに僕は旅路についていた。

階段は暗く、玄関ホールもそれより暗くはないにせよ、同じくらいに暗かった。だが僕はじつに申し分のない前進を遂げ、後者を半分ほど通過済みでいた。と、予期せぬ障害が発生したのだった。僕は人間の肉体にぶち当たった。通り道で出遭おうとはまったく予測もしていなかった物体である。そして一瞬……うむ、すべてが真っ暗になったとは言わない。なぜならすでにすべては真っ暗であったわけだから。とはいえ僕はだいぶ狼狽《ろうばい》した。僕の心臓はバレエ・リュスでニジンスキーがするのが慣わしだった目を瞠《みは》らんばかりの跳躍をやった。ここではないどこか別のところにいたかった、という強烈な願望を、僕は意識した。

しかし、別のところにはいなかったわけだから、僕はこの深夜の襲撃者に立ち向かうほか選択の余地はない。それでそうしてみたところで、そいつが少年期の喫煙のせいで成長を阻害されたらしき人物であることがわかって僕はうれしかった。そいつにはエビとの類似性があり、その点が実に心強かった。こいつの咽喉を絞めて降参させるのは簡単だと思えたから、心からの誠意を込めてそうしてやろうとしたところで、僕の手が、明らかにメガネであるモノに触れ、時同じくして押し殺した「おい、僕のメガネに気をつけてくれ！」の声が、僕の診断がぜんぜん間違いであったことを教えてくれた。こいつは夜盗ではない。そうではなくて、僕が幼少期にしばしば最後の残り一個のチョコレートを半ぶんこした旧友であったのだ。

「やあ、ハロー、ガッシー」僕は言った。「お前だったのか？　夜盗だと思ったんだ」

「ふん、ちがうさ」

返答する奴の声にはちょっぴりとげとげしさがあった。

「ああ、今ならわかる。とはいえ、許される誤りとは、認めてもらわなきゃならない」

「君はもう少しで僕を心臓麻痺《まひ》にするところだったんだぞ」

「僕だって不意を衝《つ》かれたんだ。お前が突然現れて、僕ほどびっくりした人物もいない。僕は行く手に障壁なしって思ってたんだ」

「どこへの行く手だ？」

「訊《き》くまでもないだろう？　ステーキ・アンド・キドニー・パイだ。もしお前が食べ残してくれてればだが」

「ああ、まだたっぷり残ってる」

「おいしかったか？」

「美味だったとも」

「それじゃあ僕は行かせてもらう。おやすみ、ガッシー。驚かせてすまなかった」

前進を続けながら、僕はちょっぴり方向感覚を失ってしまったのだと思う。きっと今さっきの遭遇で動揺したせいだ。こういう鉢合わせには代償がいる。いずれにしても、長い話を短くすればだ、壁沿いを手探りで歩きながら、僕はグランドファーザー・クロックに衝突したのだった。そんなものの存在を僕は予算計上していなかった。それでそいつは温室のガラス屋根経由で石炭を何トンも配達したような音立ててガラガラと倒れたのだった。ガラスが割れ、滑車装置やら何やらが係留場所を離れ、それで僕が立ち尽くして僕の心臓と前歯のこんがらがりを引き離そうと躍起になっていたところで、明かりが閃《ひらめ》き、サー・ワトキン・バセットの姿が見えた。

それは困惑に満ちた一瞬だった。深夜に家内徘徊《はいかい》中を招待主に見つかるだけでもじゅうぶん悪い。たとえその招待主が我が熱き崇拝者にして個人的な親友であるという場合であってすらだ。それですでにじゅうぶん明らかにしたと思うのだが、パパバセットは僕のファンの仲間ではない。昼日中の明かりの中ですら僕の姿に我慢できない彼である。夜中の一時の僕はもっとひどい具合に見えていることだろうと僕は思った。

眉間をカスタード・パイでぺしんとはたかれたような感覚は、ガウン姿の彼を見て更に強まった。彼は小男である……人は彼を見たら、治安判事を製造中に彼の番にきたら材料があんまり残ってなかったのだなという印象を受けることだろう……また、説明困難な理由ゆえ、元治安判事が小さくなれば小さくなるほど、ガウンの柄はいつだってよりやかましくなるものである。彼のは明るい紫地で黄色いモール刺繍《ししゅう》が施してあった。それでそいつが強打のごとく僕を打ちのめし、言葉を失わせたと述べたとて、読者諸賢を欺いたことにはならない。

もっとも、もし彼が濃紺のもっと地味な格好をしていたら、僕が彼とおしゃべりしたい気分になったというのではない。その人物の前でかつて自分が被告人席に立ち「はい、閣下」とか「いいえ、閣下」とか言って、それで彼からは罰金刑への換刑なしの十四日の拘禁《こうきん》でなく罰金で済んだのはきわめて幸運だったと言い含められたことがあるという時、その人といっしょにいると心の底から安らげるなんてことがあり得ようなんて僕は信じない。このことは、もしあなたがたった今グランドファーザー・クロックを破壊してしまったところで、その時計の福祉は間違いなく彼のハートのごく近くに位置するという時にはとりわけそうである。いずれにせよ、そんなふうであったわけだから、会話の口火を切るのは彼であって僕ではなかった。

「なんたること！」彼は言った。恐怖の感情をありありと表しながらだ。「お前か！」

僕にはどうしてもわからないし、これから一生わかることはないであろうことは、誰かが僕に

「お前か!」と言った時に何と言うべきか、という問題である。穏やかな「やあ、ハロー」が、今回、僕にできた最善のところだった。それでその時に、これじゃあダメだと僕は感じた。無論、「いやあヤッホー、バセット!」よりはマシだ。しかしそれでも良くはない。

「こんな時間にここで何をしておいでかと伺ってもよろしいですかな、ウースター君?」

うむ、僕としては陽気に笑って「グランドファーザー・クロックを倒しちゃったところなんですよ」と答えて、いわば軽くやり過ごすことだってできた。と言っておわかりいただければだが。しかしそれじゃあそんなにはうまくいかないよと何かが僕にささやきかけてきたのだ。僕は霊感と呼ぶに値するひらめきを得た。

「本を取りに降りてきたんです。持ってきたアール・スタンレー・ガードナーを読み終えてしまって、それでなかなか眠れなかったものですから、お宅の書棚から何かお借りできないかなって見に来たんです。それで暗闇で時計にぶつかってしまったんですね」

「さようか?」彼は言った。人を小バカにして鼻であしらうというやつを、その言葉のうちにどっさり盛大に盛り込みながらだ。このチビのクソいまいましい親爺《おやじ》さんに関してあらかじめ述べておくべきだった点は、裁判官席にあった時代、彼は不快で皮肉屋な治安判事で、犯罪者階級よりひろく嫌悪されてきた人物であったということである。こういうタイプのことはおわかりいただけよう。彼らの発言はいつもだいたいカッコ付きの(笑)を伴って夕刊紙の紙面を飾る。それで連中ときたら不運なスリや惨めなアル中や風紀紊乱《びんらん》者に、自分は人間のチーズくずだみたいな思いをさせてやらないことには夜も日も暮れないのだ。ボッシャー街警察裁判所で二人向かい合い、最初の二分間で僕をネタにベタな冗談を三回言って聴衆を戦慄《せんりつ》させ、僕を困惑の淵にどっぷり浸からせたあの日の経験から、僕にはそのことがわかっている。「さようか？」彼は言った。「それではどうして貴君は文学研究を暗闇にて遂行しているのかと伺ってもよろしいかな？　明かりのスウィッチを押すくらいのことは、貴君の限りある知力のじゅうぶん範囲内と思われるが？」

むろん、痛いところを衝かれた格好だ。僕にはそんなことは思いつかなかったと言うのがやっとで、すると彼は意地悪げに鼻をフンと鳴らし、まさしく僕はそんなことも思いつかない脳みその死滅したあほんだらであるとの趣旨をつまびらかにしてくれた。然《しか》る後、彼は時計の問題に話を転じたが、僕としてはこの件は論じ合わずに済ましてぜんぜん構わないところだった。彼はそいつのことをつねづね高く評価してき、目の中に入れても痛くないくらいにいとおしんでいたと言っても過言でないくらいだったと述べた。

「わしの父親がずいぶん昔にそれを買ったんじゃ。父はどこへ行くにもそれを持っていったものじゃった」

ここでもまた僕としては、お父上は腕時計をされたほうが楽チンだとは思われなかったのでしょうかと訊いてこの場を明るくしたってよかったのだが、でも彼はそういう気分でないようだと、またもや思い直した。

「わしの父は外交官で、しょっちゅう海外転勤を繰り返していた。父は一時たりともその時計と離れることはなかった。それは父に伴ってローマからウィーン、ウィーンからパリ、パリからワシントン、ワシントンからリスボンへと、完璧に無事に旅してのけた。その時計は破壊不能だと言う者すらあった。しかしまだそれはウースター氏との邂逅《かいこう》という、至上の試練を通過せねばならなかったのじゃ。そしてその試練は、それには過酷すぎるものじゃった。ウースター氏には思いつかなかった……人は何もかも思いつけるわけではない……スウィッチを押せば明かりがつくということが。そして彼は……」

ここで御大《おんたい》は言葉を止めた。言わねばならないことを言い終えたからではなく、会話のこの時点で、われわれがいた場所から二メートル前後離れたところにあった大型引き出しタンスに僕が跳《と》び乗ったからだ。移動中に僕は一回くらいは床にタッチしたかもしれないが、二回以上ではないしその一回だって触れたくて触れたのではない。熱いレンガの上のねこだって、これよりすばしこくは動けなかったはずだ。

こうするに至った僕の動機には確固たる根拠がある。時計に関する御大の所見表明も後半に差し掛かったところで、僕は次第に面妖な物音を意識し始めていたのだ。あたかもこの界隈で誰かがうがい薬をガラガラやっているかのような音である。それで辺りを見回せば、自分が犬のバーソロミューの目を覗《のぞ》き込んでいることに気づいたのだった。奴の目はというと、この血統の生き物特有の邪悪な意志を帯びて僕にしっかりと据えられていた。アバディーン・テリアというのは、おそらくはその濃い眉毛ゆえ、特別に厳格なスコットランドの宗派の教会の説教壇から、あなたのことを教会席の一番前列に座っている評判の悪い教区民であるかのように見つめる老牧師みたいに、いつだって見えるものなのだ。

僕に奴の目がよく見えたというのではない。というのは僕の関心は奴の歯に釘付けだったからだ。こいつは見事に揃った歯並びの持ち主で、そいつを剝《む》きだしにしていた。そうしたところで、これまで聞いてきた、まず最初に嚙《か》んでみてそれから質問するという奴の傾向性のことがたちまちに僕の脳裡《のうり》を駆け巡ったのだった。であればこその必死の跳躍である。ウースター家の者は勇敢ではあるが、無茶な真似はしないのだ。

　パパバセットは明らかに虚を衝かれた様子だった。彼の視線がバーソロミューに向かったところでようやく初めて、緊張のあまりバートラムの気が違ったので、一刻も早く優秀な精神科医に見せるべきであるというそもそもの自説を変更するに至ったのだった。御大はバーソロミューを冷たく見つめ、あたかも奴が自分のところの警察裁判所の被告人であるかのように呼びかけた。

「行くんだ、シッシッ！　横になれ、シッシッ！　行け！」焦慮したふうに、彼は言った。焦慮、という言葉で正しければだが。

　うむ、僕としてはアバディーン・テリアに向かってそういう調子の声で呼びかけたってだめだよと、言ってやりたかった。つまり、おそらくはドーベルマン・ピンシャーを除いて、この犬種以上に感情を害されやすい血統もないからだ。

「まったく、わしの姪がこの地獄じみた動物に好き勝手に徘徊《はいかい》させとることときたら……」

「この家じゅうを」と、彼は言おうとしているのだと僕は思ったが、その語は言われぬまま終わった。言葉ではなく、迅速なる行為が必要な瞬間であったのだ。ガラガラうがい音はボリュームを増し、バーソロミューは筋肉をほぐして行動開始した。彼は動き、彼は揺れた。彼は踵《かかと》に生命の奔流を感じているようだった［ロングフェローの詩「船の建造」］。と、誰かさんが言ったみたいにだ。それでパパバセットは僕が思いもしなかった機敏さで、鳩の翼を身に着けて［『詩編』五五・七］たんす上の僕の隣に舞い降りたのだった。僕のタイムを一、二秒短縮したかどうかは判然としないところだが、しかし僕としてはした、と考えたい。

「まったく耐え難い！」僕が礼儀正しく彼のために場所を空けてやると、御大は言った。また僕としても彼の立場より物事を見ることができた。しこたま財を成した後となって、彼が人生に望むのは、バートラム・ウースターから可能な限り離れて暮らすことだ。それなのにここなる不快なたんす上で、彼はウースター氏とぴたりと密着している。いささかの不機嫌は不可避であろう。

「あんまりよくはないですね」僕も同意した。「間違いなく、批判される余地があります。あの動物の行動ですが」

「あいつは頭がどうかしたにちがいない。わしのことを完全によく知っておるくせに。毎日顔を合わせておるんじゃぞ」

「ああ」彼の論証の弱いところをすかさず指摘して、僕は言った。「でもそのガウンを着てらっしゃるところは見たことがないんじゃないですか」

僕は率直にものを言い過ぎたようだ。彼はすみやかに自分が立腹したことを僕にわからせてくれた。

「わしのガウンのどこがいかん？」御大は熱くなって訴えた。

「ちょっときらびやか寄りですよね、そうは思われませんか？」

「思わん」

「うーん、神経過敏な犬にはそう見えるんですよ」

ここで僕は言葉を止め、もの柔らかに含み笑いをした。すると彼はいったい全体どうして貴君はへらへら笑っているのかと訊いてきた。僕は説明した。

「僕はただ、あの神経過敏な犬をぶってやることができたらなと思っただけです。こういう状況で問題なのは、いつもこういう時に人は武器を持ってないってことなんです。何年か前、ハートフォードシャーの僕のアガサ伯母さんの家で怒れる白鳥が僕と友人を追いかけて、ある種のボートハウスの屋根上に追い詰めた時もそうでした。その白鳥にレンガを投げつけてやるか、かぎ竿《ざお》でぶん殴ってやれたらそんなにも嬉しいことはなかったんですが、僕たちにはレンガもなければかぎ竿もなかったんでした。僕たちはジーヴスが来てくれるまで待つしかありませんでした。やがて僕らの叫び声を聞きつけて彼は来てくれたんです。あの時のジーヴスの姿をご覧になったら、貴方もきっとわくわくされたはずですよ。彼は勇猛果敢に前進し、そして……」

「ウースター君！」

「はい僕です」

「貴君の回顧録のご披瀝《ひれき》はなしにして頂けんかな」

「僕はただ、こう言っていただけで……」

「いや、もう結構」

沈黙が辺りを支配した。僕のほうは、傷心の沈黙だった。彼が不快なことを考えなくても済むようにと、僕は努力して楽しいおしゃべりをしてやっていただけなのだ。僕はこれ見よがしに彼から数センチ身体を離した。ウースター家の者は、望まぬ者に会話を強要したりはしないのである。

その間ずっと、バーソロミューは一連の精力的な跳躍を繰り返しつつ、僕たちに仲間入りしようと躍起になっていた。さいわい、無限の叡智《えいち》を備えたる天の摂理はスコットランド犬に短足を授け給うた。それで勝利への意志に満ち満ちてはいたものの、奴は何ら建設的なことは果たし得なかったのだ。アバディーン・テリアが雪と氷のただ中で、エクセルシオールという奇妙な印の旗を担おうとも［ロングフェローの詩「エクセルシオール」］、嫌な目つきと鋭い情熱的な吠《ほ》え声で満足するより他なかったのである。

何分か後、僕のご同僚も沈黙のうちより現れ出た。おそらく僕のつんけんした態度が奴を小心にしたのだろう。というのは、彼の声にはそれまでなかったもの柔らかさがあったからだ。

「ウースター君」

僕は冷たく振り向いた。

「僕をお呼びですか、バセット?」

「何か我々にできることがあるに相違ないですぞ」

「あの犬に五ポンドの罰金を科してやったらどうです」

「わしらはここに一晩中いるわけにはいかん」

「どうしてです? 何が僕らを止められるって言うんです?」

これは効いた。彼は再び沈黙へと落ちていった。そして僕たちは二人のトラピスト修道僧みたいに並んで座っていた。と、その時、「んっまあ、なんてこと!」という声がして、スティッフィーが我々のお仲間入りしたことを僕は知った。

むろん、遅かれ早かれ彼女が現れるのは驚いたことではない。スコットランド犬の来《きた》りなば、スティッフィー遠からじ、と僕は言っていて然《しか》るべきだったのだ。

9．スティッフィーの嘆願

その起床活動時間の大半が無辜《むこ》の第三者をスープ中に叩き込むことに費やされているという事実に鑑《かんが》みれば、スティッフィーは正当な権利の範囲をはるかに越えて可愛らしすぎると言えよう。彼女は小柄である――専門用語ではプティ、と言ったと思う――また彼女とスティンカーが祭壇に向かって並んで歩く時には――もしそうできたらの話だが――二人の身長格差はかぶりつきの信者席より笑いの一つ二つは稼げそうなはずである。これなるステファニーを汝《なんじ》の妻とする覚悟があるかと訊《き》かれたら、スティンカーがすべき正しい回答は「ええ、もちろんっすよ。彼女に何があろうとも」であろうと、一度ならず僕は思ったものだ。

「いったい全体二人して何してるつもり？」彼女は聞き質した。伯父と旧友とが今現在の位置にあることに、当然ながら驚きつつだ。「どうして二人とも家具をひっくり返したりなんかしているの？」

「ああそいつは僕なんだ」僕は言った。「僕がグランドファーザー・クロックにぶち当たっちゃったんだ。スティンカー並みにヘマだよな、いろんなものにぶち当たってまわってさ。ハッハッハ」

「ハッハッハはやめてちょうだい」彼女は熱くなって言い返してきた。「それとハロルドのことをあなたと同じ次元で言うのはやめて。ふん、だからってあなた方二人が木のてっぺんのハゲタカ夫婦みたいに並んでそこに座ってる説明にはならないわ」

パパバセットがクチバシを入れてきた。ものすごく険悪な口調でだ。彼女が彼をハゲタカに見立てたことは、完璧に正当ではあるものの、彼を怒らせたようだ。

「わしらはお前の獰猛《どうもう》な犬に攻撃されたんじゃ」

「攻撃されたっていうよりは」僕は言った。「いやな目でにらまれたっていうほうが近いな。僕らはこいつに本腰で仕事に掛かられる前にその影響圏から脱出するのが最善と判断し、攻撃する隙を与えなかったんだ。こいつはここ二時間というもの、というか少なくとも僕らには二時間くらいに思えたんだけど、僕らを攻撃しようとやってたんだぞ」

彼女は速やかに物言わぬ親友の擁護に出た。

「まあ、どうして可哀そうなエンジェルちゃんを責めることができて？　もちろんこの子はあなたたちのことをモスクワに雇われた国際スパイだって思ったんだわ。こんな時間に家の中をうろうろしてるだなんて。バーティーがそういうことをするのはわかるのよ。だって赤ちゃんの時に頭から落っことされたんですものね。だけどワトキン伯父様、貴方《あなた》のことは驚きましたわ。どうしてベッドでお休みでいらっしゃらないの？」

「よろこんでベッドで休ませてもらいたい」パパバセットは堅苦しい口調で言った。「お前がご親切にその動物を片付けてくれたらばの。その犬は公共の脅威じゃ」

「きわめて神経過敏なんだ」僕は付け加えた。「僕らはたった今その点に論評を加えていたところだ」

「この子は大丈夫よ。あなたたちがわざわざ動揺させてくれたりなんかしなくちゃね。バーソロミュー、バスケットにお戻りなさい、かわい子ちゃん」スティッフィーは言い、そして彼女の人間性の魔法ゆえに、犬は一言も発さぬまま回れ右をして夜陰に消えていったのだった。

パパバセットはタンスから這《は》い降り、治安判事風のうさん臭げな目つきを僕に向けた。

「おやすみ、ウースター君。もし破壊なさりたいと望まれる家具がまだおありなら、どうぞご奇矯《ききょう》なご嗜癖に惑溺《わくでき》されるのは完璧に貴君のご自由とお考えいただきたい」と、彼は言い、やはり夜陰に消えていった。

「あたし、ワトキン伯父様はあなたのこと好きじゃないと思う、バーティー。伯父様がディナーの間じゅうあなたのことをゾッとするような目でずっと見つめてたの、あたし気が付いたもの。まあ、あなたが来て伯父様が衝撃を受けたとしたって驚いたことじゃないわよね。あたしだってびっくりしたもの。あなたが水底から浮かび上がった水死体みたいに突然ひょっこり現れた時くらいに驚いたことは、あたしの人生で一度だってなかったわ。ハロルドがあなたにここに来てくれって嘆願したけどどうにもならなかったって話してくれたの。どうして気が変わったの?」

前回のトトレイ・タワーズ滞在の際、必要に迫られ僕と彼女の従姉妹《いとこ》マデラインとの間の事情はこの娘には打ち明けてあった。したがって今機密情報を伝えることに躊躇《ちゅうちょ》はなかった。

「マデラインとガッシーの間に危機発生と聞いたんだ。それからわかったところじゃ、彼女が奴に詩人シェリーの範に倣《なら》ってベジタリアンになれと強要したせいなんだそうだ。それで僕にレゾヌールとして何事か果たせないかと思ったんだ」

「ナニヌールですって?」

「ああ、君の理解の範囲をちょっと超えてたかなとは思ったんだ。フランス語の表現で、僕の信じるところ——とは言ってもジーヴスに確認してみないといけないんだが——愛し合う二人に亀裂が生じた時、間に入って元通りに仲直りさせる温厚で親切な世知に通じた男のことだ。現在の危機においては絶対不可欠の存在だな」

「もしマデラインがガッシーに解雇通知を手渡したら、あの子あなたと結婚するって言うの?」

「広い意味において、そういうことだ。それで僕としてはマデラインを崇拝し尊敬してやまないものの、残る人生じゅうコーヒーポットの向こうから彼女の笑顔がにっこり覗《のぞ》いてるってことでやってくのには絶対反対なんだ。そういうわけで僕は何事か果たせぬものかとここに来ている」

「まあ、来てもらうのにこれより都合のいい時はなくってよ。来ていただいたとなったら、あなたにやってもらいたがってることがあるってハロルドが話してた例の仕事に、張り切って取り掛かってもらえるわね」

すみやかに〈蕾《つぼみ》のうち摘み取り作業〉をすべき時は来《きた》れりと僕は理解した。

「僕のことは勘定に入れないでくれ。僕はやらない。君がどういう人間かも、君の仕事がどんなふうかも僕にはわかってる」

「だけどとっても簡単なことなの。逆立ちしたってできるわ。それで陽光と幸福不足の可哀そうな人の人生に陽光と幸福を運び入れてやれるのよ。あなたボーイスカウトだったことはなくって?」

「ごく幼少期より一度もない」

「じゃあ今から遅れを取り戻して善行をする余裕はたっぷりあるわね。あなたにとってはだいじな第一歩になるはずだわ。事実を伝えるわね、以下のとおりよ」

「聞くつもりはない」

「それじゃあバーソロミューを呼び戻して、さっきのところからまた始めなさいって言ったほうがいい？」

ジーヴスが言うところの物の言い様を、彼女は心得ている。

「よしわかった。ぜんぶ話してくれ。だが短く頼む」

「長くはかからないわ。そしたらおねんねにバイバイできてよ。ディナーの時にテーブルに載ってたあの小さくて黒い彫像のことは憶えてるわね」

「ああ、目障りなシロモノだった」

「ワトキン伯父様はプランクって名前の人からそれを買ったの」

「僕もそう聞いた」

「ふーん、じゃあ伯父様が彼にいくら払ったかはご存じ？」

「一千ポンドって、君は言ってなかったっけ？」

「ううん、言ってないわ。あたしは一千ポンドの値打ちがあるって言ったの。だけど伯父様はこの可哀そうなプランクって人から、五ポンドで巻き上げたの」

「ウソだ」

「ほんとよ。伯父様は五ポンド支払ったの。そのことを隠そうともしてらっしゃらないわ。ブリンクレイにいる時、伯父様はトラヴァース小父様にあれを見せて、ぜんぶお話ししてらしたわ……どういうわけでプランクさんのお宅のマントルピースにそれがあるのをたまたま見つけて、それがどんなお宝かを見抜いて、プランクさんにそんなのは二束三文の値打ちしかないモノだけど五ポンドで買おうって申し出て、だって伯父様はプランクさんがどんなにお金に困ってるか承知してたんだから、って。伯父様は自分がどんなに賢いかってご満悦で、それでトラヴァース小父様は泡立て器みたいにじたばたのた打ち回ってらしたんだわ」

その話は信用できた。コレクターに血を吐くような思いをさせることがひとつあるとしたら、それは他のコレクターがお得なお買い物をした話を聞くことだ。

「プランクが金に困ってるだなんて、君はどうして知ってるんだ？」

「うーん、お金に困ってなかったら、何かを五ポンドで手放したりしないんじゃなくって？」

「もっともだ」

「ワトキン伯父様が卑劣な人間じゃないとは言えないわ」

「奴が卑劣男の第一人者じゃないなんて言う気は僕にはこれっぽっちもないし、また奴はいつだってそういう人間だった。僕のかねてよりの主張の正当性がこれで証明されたってことだな。治安判事がどこまで身を落としうるかに限度はないんだ。君が不審の目もて見やっているからって、僕は驚かない。君のワトキン伯父さんは最悪のタイプのペテン師だってことが証明された。だけどもちろん、だからといってどうしようもないんだ」

「あたし、そこまではわからないわ」

「どうして、何かやってみたのかい？」

「ある意味そうね。あたし、ハロルドがナボトのブドウ畑［『列王記・上』二一］に関するとっても強烈な説教をするようにって段取ったの。ナボトのブドウ畑のこと、あなたが知ってるなんて思わないけど」

僕はつんと顔を反らした。彼女は僕のアムール・プロプル、というか自尊心を侮辱したのだ。

「ロンドンおよびわが祖国全土において、ナボトのブドウ畑に関する事実をただちに徹底的につまびらかにできる人物が僕より他にいるとは思わない。君のところまではニュースが届いてないかもしれないけど、かつて僕は学校時代に聖書の知識で賞を取ったことがあるんだ」

「絶対ズルしたに決まってるわ」

「全然そんなことはない。純然たる実力だ。で、スティンカーは協力してくれたのか？」

「ええ、彼はそれは素晴らしいアイディアだって思って、いい声が出るようにってのど飴をなめて一週間過ごしたの。状況は『ハムレット』の劇中劇とおんなじよ。わかるわね。あっちは国王の良心とかそういうのに訴えようとしたんだけど」

「ああ、その戦略ならわかった。それでどう展開したんだい？」

「展開しなかったの。ハロルドは郵便配達夫の奥さんのブートル夫人のコテージに住んでいるのね。そのうちにはオイルランプしかないの。説教の草稿はランプの置いてあるテーブルの上に載っていたんだけど、ハロルドがテーブルにぶつかってランプを倒してそしたら説教が燃えちゃって、彼には書き直してる時間はなかったから在庫の中から別の話を引っぱり出してくる他なくなっちゃったの。彼、ものすごくがっかりしていたわ」

僕は唇をすぼめた。それでもうちょっとで、およそこの世に存在する足に水かきのついたひっくり返し屋の中でも、H・P・ピンカーは遍《あまね》く知られた一等賞だと言いそうなところだったのだが、そう言ったら彼女の気持ちが傷つくかもしれないと思い直してやめておいた。僕が何より一番嫌ってやまないのはこの娘の心を傷つけることだ。バーソロミューを呼び戻そうかとかいう、先ほどの冗談を思い出したらば殊更《ことさら》である。

「だからあたしたちとしては別のやり方でやらなきゃならなくなったってことなの。そこであなたが登場するのよ」

僕は寛大な笑《え》みを浮かべた。

「君が言わんとしていることはわかる」僕は言った。「君は僕にワトキン伯父さんのところへ行って、奴の良心を起重機で引き起こしにかけろって言うんだな。〈正々堂々と勝負しろ、バセット〉と、君は僕に言わせたい。〈良心をお前の導き手とするんだ、バセット〉寡婦や孤児に一杯食わせるのがどんなに悪いことかを奴のオツムに叩き込んでやるんだな。ああ、僕は論証を強力にするためにプランクは孤児だって仮定してるだけで、おそらく寡婦じゃあないだろう。だけど見当外れのかわいい小エビお嬢さん、君は本当にパパバセットが僕のことを、いつでも容易に耳を傾けてくれる友であると同時に助言者だなんてみなしてくれてると思ってるのかい？　君自身ついさっき、奴がウースター魅力にどんなにアレルギー体質でいるかってことを強調してたじゃないか。僕が奴を説得するなんて無理な話だ」

「そういうことをしてもらいたいんじゃないの」

「それじゃあ僕に何をしろって言うのさ？」

「あなたにあのブツをくすね盗《と》ってプランクに返してもらいたいの。そしたらあの人はトラヴァース小父様に適正価格で売ればいいでしょ。ワトキン伯父様があれに五ポンドしか払ってないだなんて！　そんなインチキが通用すると思って欲しくないの。伯父様にはきつい お仕置きが必要だわ」

僕はもういっぺん寛大な笑みを浮かべた。この害虫娘は僕を面白がらせたのだ。何であれこの娘が誰かしらに言いつける仕事が、人間の食用には不適だと予測した点でなんと自分は正しかったことかと思いつつだ。

「おい、ちょっと、スティッフィー！」

僕の声のうちの静かなる非難は、彼女を恥辱と悔恨中にたっぷり沈めているはずであった。だがそうじゃなかった。彼女は僕に猛烈に言い返してきた。

「あなたがなんで、おい、ちょっとなんて言うのかわからないわ。あなたはいつだっていろんな物をくすね盗っているんでしょ、そうじゃなかった？　警官のヘルメットとか色々よ」

僕はオツムを縦に傾けた。僕がかつてアルカディアにあったのは事実である。

「君の言うことには」僕は認めざるを得なかった。「ある程度の実体的真実がある。若かりし頃、警官隊構成員の屋上階より被蓋物を取り払ったことが一、二度あることを認めるに僕はやぶさかじゃあない──」

「だったら、ねえ」

「──だがそれはボートレースの夜だけのことだし、ハートが今よりもっと若かった時代のことだ。僕とサー・ワトキンが初めて出会ったのもそういう出来事の折だった。だけど僕の言葉を信じてもらっていいんだが、もはや熱き血潮は冷却し、僕は更生した人間になった。君の提案に対する僕の答えは、ノーだ」

「ノーですって？」

「ノーノーノーだ」最低レベルの知性の持ち主にもはっきりわかるよう、僕は言った。「君が自分でそいつをくすね盗ったらどうだい？」

「うまくいかないわ。あたしプランクのところへブツを持っていけないもの。あたしこのボロ家に軟禁中なの。バーソロミューが執事を嚙《か》んだのね。それでスコットランド犬の罪は飼い主にも及ぶんだわ。あなた、考え直してくれるわよね、バーティー」

「希望なしだ」

「あなたってクズ男だわ！」

「クズ男だとしても、己《おの》が心を知り、どんなにもっともらしい論証や嘆願にも心揺らがぬクズ男だ」

彼女はしばらくの間無言だった。それから小さなため息をついた。

「ああやだやだ」彼女は言った。「じゃああたし、ガッシーのことマデラインに言わなくて済むといいんだけどな」

僕は得意技の目に見えてギクッとする跳《と》び上がりをやった。こんなにも響きの嫌な言葉は聞いたことがない。それは邪悪な意味に満ち満ちているように思われた。

「今夜何があったか知ってる、バーティー？　あたし、一時間くらい前に目が覚めたんだけど、どうして目が覚めたと思う？　こっそりした足音だったの。あたし、部屋をそっと抜け出して、するとガッシーが階段を忍び足で下りてゆくのが見えたの。もちろん辺りは真っ暗だったわ。だけど彼は小さい燭台を持っていて、その光がメガネに反射したの。あたしは彼の後をつけたわ。彼は台所に入っていった。あたしが覗き込むと、そこでは船に穀物を積み込む港湾荷役みたいに、コックが冷たいステーキ・アンド・キドニー・パイをシャベルですくってガッシーの口の中に放り入れていたんだわ。それでひらめいちゃったんだけど、もしマデラインがこのことを聞いたら、ガッシーが何がなんだかわからないでいるうちに、彼に突然解雇通知をつきつけることでしょうね、って」

「だけど男に芽キャベツとホウレンソウに専心しろって言ったら、そいつがステーキ・アンド・キドニー・パイの方になびいて行っちゃったって聞いただけじゃ、女の子は男に解雇通知をつきつけたりはしないんじゃないか」自分に言い聞かせようと僕は言ったが、ぜんぜん効き目なしだった。

「マデラインは絶対そうするわ」

よくよく考えてみると、僕もそう思った。マデライン・バセットみたいなうすら間抜けのことを、ふつうの基準で判断することはできない。一定の状況で正常なかわい子ちゃんがするであろうことと彼女がするであろうことは、まるきり違う別のことだ。ガッシーがマーケット・スノッズベリー・グラマー・スクールで表彰式をこれから執《と》り行おうという時に、ぜんぜん奴のせいじゃなくってべろんべろんに酔っ払ってしまったというだけで、彼女がガッシーとの関係を難化させたことは記憶に新しい。

「彼女の理想がどんなに高いかはわかってるでしょう。そうよ、今夜の饗宴《きょうえん》について誰かが不注意な言葉を一言でも漏《も》らしたら、二人のウエディングベルの鳴り響くことはなくなるんだわ。ガッシーはお払い箱で、それで彼女は空き場所を埋めるのに誰か他にいないかなって辺りを見回しはじめるんだわ。バーティー、さっきのご決断のこと、よくよく考え直さないといけないと思う。ちょっぴり余計にくすね盗りをやるだけのことなんだから」

「うひゃあ、なんてこった！」

そう言う僕の態度物腰は、狩場で追われ、ほてった身体を冷やそうと小川を求めあえぐ雄ジカのそれ［『詩編』四二・一］のようだった。僕よりはるかに洞察力を欠いた頭脳にだって、このクソいまいましいビングの奴が僕の首根っこを押さえ、戦術やら戦略やらを命令してよこす立場にあることは明瞭であろう。

　むろんこれは脅迫だ。だが手弱女《たおやめ》らは脅迫を愛するものである。一度ならず再々、僕のダリア叔母さんは、もし僕が言うことを聞かないと彼女のうちの食卓に着席禁止にして、アナトールのランチやディナーを僕の唇より剥奪《はくだつ》してやると脅《おど》しては、僕を彼女の意志に屈従せしめてきた。僕の前に誰でもよい、手弱女を一人連れてきていただきたい。しからば自分がたまたまその奉仕を必要とする一人の不幸な男性に対し、眉ひとつ動かさずに圧力をかけることのできる、無慈悲な犯罪界のナポレオンをお見せしよう。法律が存在して然《しか》るべきである。

「さいは投げられたようだな」不承不承、僕は言った。

「そうよ」彼女は請け合った。

「君の意志はほんとに堅いの？」

「これ以上堅くするのは無理くらいよ。あたしのハートは、プランクさんのために血を流しているんだもの。そしてあたしは正義が行われるのをこの目で見るんだわ」

「それじゃあ、よしきたホーだ。僕がやってみよう」

「そうこなくっちゃ。ぜんぶものすごく簡単で楽チンよ。あなたはブツをダイニングテーブルの上から持ち上げて、プランクのところにこっそり運ぶだけでいいの。あれを持って彼の家に入っていったら、彼の顔がどんなにパッと明るく輝くかを考えてみて。〈わが勇者よ！〉って、彼は言うはずだわ」

そして銀鈴を振るがごとく笑いながら――とはいえそれは僕の耳にはキーキー言う石筆みたいに響いたのだが――彼女はとっとと行ってしまった。

10．プランクさんこんにちは

自室に向かいシーツの間に潜り込み、僕は何とか心落ち着けて眠ろうとしたがあまり眠れず、せっかく落ちた眠りだってでこぼこの田舎道でサメの群れに追われる夢にだいぶ邪魔されてしまった。サメたちの一部はスティッフィー似で、一部はサー・ワトキン・バセット似で、残りは犬のバーソロミューに似ていた。翌朝ジーヴスが朝食のトレイを持ってゆらめき入ってきた時、僕は一刻も無駄にすることなく、僕がその下のカエルになっているところの当該鋤《すき》［キプリングの詩「パジェット議員」］に関する完全なる情報を彼に提供したのだった。

「状況はわかったろう、ジーヴス」僕は話を締めくくった。「ブツがなくなったことが発覚して大騒ぎが始まったら、即座に浮上する容疑者は誰だ？　バートラム・ウースターだ。当家において僕の名前はすでに泥まみれなんだ。また上の方の連中は容疑者を探して他を当たろうなんて絶対に思いもしないだろう。他方、もし僕が参加を拒めば、スティッフィーは侮辱されたと考えるだろうし、女性を侮辱するとどうなるかってことを、僕らはみんな知っている。彼女はマデライン・バセットにガッシーがステーキ・アンド・キドニー・パイのところにいたって言うだろうし、そしたら破滅と荒廃が続く。この勝負は勝ち目なしなんだ」

驚いたことに、いつものように眉を三ミリ上げて「きわめて不快でございます、ご主人様」という代わりに、彼はもうちょっとでにっこりほほ笑《え》むところだった。それはつまり、彼の唇の左端が通常位置に戻る前にほぼ知覚不能なくらいに震えた、ということを指す。

「ビングお嬢様のご要望に従われることは不可能でございます、ご主人様」

僕はびっくりしてコーヒーを啜《すす》った。彼の思考の道筋がわからなかったのだ。今の話を聞いてなかったにちがいないと僕には思えた。

「だけどもし従わないと、彼女はＦＢＩにタレ込むんだぞ」

「いいえ、ご主人様。なぜならばお嬢様におかれましては、あなた様にはお嬢様のご意志実現をご敢行あそばされることが物理的に不可能であるとお認めにならざるを得ないからでございます。本件彫像はもはや開放展示されるところではございません。ただいまはサー・ワトキンのコレクション・ルーム内の、頑丈な鋼鉄の扉の向こうに置かれております」

「なんてこった！　どうしてわかった？」

「食堂を通り抜けます際、たまたま不用意にもサー・ワトキンと閣下のご会話を漏《も》れ伺ったのでございます、ご主人様」

「奴のことはスポードでいい」

「かしこまりました、ご主人様。スポード様はサー・ワトキンに、晩餐《ばんさん》時にあなた様が当該彫像にお示しあそばされたご関心がお気に召さぬ旨のご所見をご表明でいらっしゃいました」

「僕はただ、パパバセットにゴマをすってやって、あの場の雰囲気を和らげようとしただけなんだ」

「おおせのとおりでございます、ご主人様。しかしながらあなた様の同物件が〈まさしくトム叔父さんが好きそうなもの〉であるとのご発言は、スポード様に深いご感銘を与えたのでございます。前回トトレイ・タワーズご滞在のご快適を大きく損ないましたウシ型クリーマーにまつわる不幸なエピソードをご想起あそばされ、スポード様はサー・ワトキンに、あなた様が当家にご滞在あそばされる理由はバセットお嬢様をフィンク゠ノトル様より強奪せんとなさらんがゆえであるとの当初のご見解をご改説されたとお告げあそばされ、あなた様ご来館のご動機はあの彫像に関係したところにあり、あなた様がトラヴァース様の御為に同彫像を強奪せんとご計画中であられる旨いまやご確信されておいでておいでの由お話しあそばされておいでてございました。サー・ワトキンはたいそうお心を動かされたご様子で、同説をそっくりそのまま鵜《う》呑みにされておいでてございました。本日深夜未明のあなた様とのご邂逅《かいこう》のゆえ、いっそうやすやすとさようなお考えをお受け入れあそばされたところでございましょう」

僕はうなずいた。

「ああ、僕らは玄関ホールで、おそらく、午前一時くらいに鉢合わせしたんだ。僕は例のステーキ・アンド・キドニー・パイをちょっぴりいただけないか、降りていってみたんだ」

「ご理解申し上げます、ご主人様。かような申しようをお許しいただけますならば、さようなお振舞いは無思慮なことでございました。しかしながらステーキ・アンド・キドニー・パイの誘引力はむろん最大限に強力でございます。それよりただちにサー・ワトキンは同彫像はコレクション・ルームにて施錠の下に管理されるべきであるとのスポード様のご提案に従われたのでございました。同物件はただいまそちらにご収蔵中で、泥棒の七つ道具あるいはトリニトロトルエンのフラスコを用いてのみ接近は可能であり、双方ともあなた様のご所有には係らぬ旨をビングお嬢様にご説明あそばされたならば、必ずやお嬢様におかれましては一理ありとご了解いただき、ご主張をご後退あそばされることでございましょう」

ひとえにその時僕がベッドの中にいたという事情ゆえに、僕はお気楽なダンスのステップを踏むのを思いとどまった。

「君の言うことは絶対的真実だ、ジーヴス。これで僕は自由の身だ」

「完璧にでございます、ご主人様」

「君に今スティッフィーのところへ行って事情を説明してもらえたらありがたいんだが。僕より君のほうがよっぽどうまく話が伝えられるだろうし、知っておくべき情報は可能な限り早く知るべきだからな。一日の今頃彼女がどこにいるかを僕は知らないが、きっとどこかでそこいらじゅうを引っかきまわしているのを見つけられることだろう」

「ビングお嬢様はピンカー様とごいっしょにご庭園にいらっしゃるお姿をお見かけいたしました、ご主人様。お嬢様はピンカー様に迫り来るご試練へのご覚悟をなされるようにとご激励されておいでの最中であったと拝察申し上げたところでございます」

「へっ？」

「ご想起をいただけますでしょうか、ご主人様、教区牧師様の一時的健康ご不快ゆえ、ピンカー様は明日の学校お楽しみ会の責任者をご一任されていらっしゃいます。またピンカー様の前途へのご展望は当然ながらご不安に満ち満ちております。トトレイ・イン・ザ・ウォルドの学童たちには無法の輩《やから》がいささか存在いたしまして、ピンカー様は最悪の事態を恐れておいでなのでございます」

「ふむ、檄《げき》飛ばし演説はちょっと休んで君からの伝達事項を聞くようにと、スティッフィーに言ってやってくれ」

「かしこまりました、ご主人様」

彼はしばらくの間部屋を空けた——実のところ結構長い間だったので、戻ってきた時、僕はもう着替えを済ませていた。

「ビングお嬢様にお目通りいたしてまいりました、ご主人様」

「それで——？」

「お嬢様はそれでも尚あなた様はプランク氏にご彫像をご返還あそばされるべきであると強くご主張なさいました」

「バカな。僕はコレクション・ルームに入れないんだ」

「さようでございます、ご主人様。しかしながらビングお嬢様におかれましてはご入室可能でいらっしゃいます。先般サー・ワトキンがたまたま鍵をお落としになられ、それをお嬢様がお拾いあそばされたもののサー・ワトキンにその旨お伝えすることはご懈怠《けたい》なされた由、わたくしにお話しくださいました。サー・ワトキンは合鍵をお作りになられましたが、元鍵はビングお嬢様のご所有に依然留まっております」

僕はひたいを押さえた。

「つまり彼女はいつだって入りたい時にあの部屋に入れると、そういうことか？」

「まさしくさようでございます、ご主人様。実を申しますと、ただいまさようになされたばかりでいらっしゃいます」

　そしてそう言いながら、彼は内ポケット中より件《くだん》の見苦しいブツをさっと取り出し、僕に手渡したのだった。

「ご昼食後本物件をプランク様のもとへお持ちになられるようにとのビングお嬢様よりのご提案でございました。持ち前のおどけたご調子にて、お食事があなた様に――お嬢様のお言葉を原文ママにてご引用申し上げます――必要な詰め物を詰め込んで度胸を据えさせることになるでしょうと……いささか早朝ではございますが、ご主人様、ブランデーを少々お持ち申し上げたほうがよろしゅうございましょうか？」

「少々じゃない、ジーヴス」僕は言った。「樽を持ってこい」

　エメラルド・ストーカーが絵筆とパレットを持ったらどんなふうか僕は知らない。彼女の作品を一度も見たことがないからだ。だが料理に関する限り、間違いなく彼女には天稟《てんぴん》がある。いかなる家庭も彼女をよろこんで雇い入れることだろう。彼女の供してくれたランチは最高だった。すべてがきわめて美味だった。

　しかしスティッフィーより言いつけられた恐ろしい任務が予定表に記載中とあっては、僕は彼女の出してくれた料理にほとんど食欲を覚えられなかった。眉間にはしわが寄り、態度物腰は上《うわ》の空で、胃の中にはチョウチョウがはたはた一杯だった。

「ジーヴス」食事終了後、車に向かう僕に伴い歩く彼に僕は言った。いくらか不機嫌な調子であったろう。なぜなら僕はいつもの陽気な僕じゃあなかったからだ。「乳幼児の死亡率がこんなにも高いにもかかわらず、スティッフィーが二十歳そこそこまで生存を許されたのはおかしいことだとは思わないか？　何か手違いがあったんだ。その下に座ると一仕事やってくれる木のことをどこかで読んだんだが、あれは何だったかな？」

「ウパスの木でございます、ご主人様」

「彼女は女性版のウパスの木〔近づいた人々をすべて毒殺するという伝説の木〕なんだ。近づいたら危険だ。ありとあらゆる方向に、彼女は災厄を撒《ま》き散らすんだ。それともうひとつ言いたい。彼女がぺらぺらと……でよかったっけか、言ってくれるのは結構なんだが」

「あるいはべらべらと、でございます、ご主人様。いずれも同義でございます」

「彼女がぺらぺらと、あるいはべらべらと〈このクソいまいましい目の毒をプランクに返しておやんなさい〉って言ってくれるのはたいへん結構なんだ。でも僕はどうやって彼を探したらいい？〈すみません、あなたはプランクさんですか？〉って言いながらホックレイ・カム・メストンじゅうの家のドアを全部ノックしてまわるわけにはいかないんだ。干草の山の中から一本の針を探し出すようなものじゃないか」

「きわめて鮮烈なる心象風景のご描写でございました、ご主人様。あなた様のご苦難は深く理解いたすところでございます。あなた様におかれましては地元郵便局におでかけあそばされ、同所にてご調査にご着手あそばされるがよろしかろうかとご提案申し上げます。郵便局員らは常に当該地域居住者の所在にまつわる諸情報を入手活用できるものでございますゆえ」

彼の言に誤りなしだった。ホックレイ・カム・メストン・ハイ・ストリートに車を止めてみて、郵便局が村の商店のひとつであることを僕は知った。そこでは郵便機能を享楽できることにかてて加えて、タバコ、パイプ煙草、羊毛、ロリポップ、糸、靴下、長靴、オーバーオール、絵葉書、黄色いノンアルコール飲料——おそらくはシュワシュワする炭酸飲料であろう——の入ったビンを購入できるのだ。僕の質問に応え、カウンターの向こう側の老婦人は来た道を八百メートルほど戻った辺りの赤いよろい戸の付いた大きな家でプランクを見つけられると教えてくれた。僕が情報を求めるのみで、靴下や糸玉を買う意志はないことを知って彼女は落胆したふうだったが、達観した体《てい》にてそれを堪え忍んだ。そして僕は車にぶらぶら戻っていった。

彼女が言っていた家が来る途中にあったのを僕は思い出した。広い敷地の堂々たる豪邸だった。このプランクなる人物は、その家の使用人か何かであろうと僕は見当をつけた。彼は頑丈でゴツゴツした老人で、水夫をしている息子が航海みやげに例の醜いシロモノを持ち帰ってきたのだろう、そして二人ともそいつが値打ちものだなんて、これっぽっちも思わなかったのだろう。「こいつはマントルピースの上に置いとくよ、父ちゃん」きっと息子はこう言ったのだ。「ここに置いたら立派に見えるべえ」親爺《おやじ》さんは応えて言ったのだろう。「あいやー、息子よ。マントルピースの上に置いたらばご立派に見えねえわけがねえだべさ」あるいはそんなような言葉だ。むろん僕は方言のことはわからない。それで二人はそいつをマントルピース上に置き、するとサー・ワトキン・バセットが街中風のこなれた身のこなしでやってきて、この親子からそいつを巻き上げていったのだ。そういうことはいつだって起こっているのである。

僕はその家に近づき、ドアをノックしようとした。と、四角い顔をして、日傘なしで日なたに座り続けていたみたいにごく日焼けした年配の紳士が急ぎ足でやってきた。

「おお、そこにいらっしゃったか」彼は言った。「長いことお待たせしたんでないといいんだが。ラグビーの練習をしとってな。時間の感覚を忘れてしまった。まあ入ってくれ、君、入ってくれたまえ」

言うまでもないことだが、まったく見知らぬ他人へのこうした熱狂的な歓迎は、僕の心をたいそう温めてくれた。彼の態度はグロスターシャーのもてなしの心の面目を施すものと感じながら、僕は彼に従ってライオン、ヒョウ、ヌー、その他各種動物相の頭部が各所に飾られた玄関ホールを通り抜け、前庭に向かいフランス窓の開け放たれた部屋へと至った。そこで彼は僕を部屋に残して飲み物を取りにいった。彼の最初の質問は、何か一杯いかがかなで、それに僕は少なからぬ熱意を込めていただきますと応えたのだった。彼が戻ってきた時、僕は壁に掛けられた写真を入念に検討中だった。その時僕の視線が注がれていたのは学校のラグビー・チームの写真で、ボールを持って中央に座っている非行少年が誰であるかを識別するのは難しいことではなかった。

「あなたですか?」僕は言った。

「ああわしじゃとも」彼は応えて言った。「卒業した年の写真じゃ。わしがチームの主将をしておった。スクラッビー・ウィルビーの奴がわしの隣に座っとる。素早いウイング・スリークウォーターじゃったが、リバース・パスのやり方がどうしても憶えられんかった」

「そうなんですか?」僕は言った。ショックを受けていた。彼が言っていることは皆目《かいもく》わからなかったが、彼が言ったことからこのウィルビーなる人物がきわめてうろんな人物にちがいないことがじゅうぶん理解できたのだ。そして更に続けて彼が可哀そうなウィルビーの奴はマレー連邦で肝硬変で死んだと言った時、本当には驚かなかった。リバース・パスのやり方を憶えないこういう輩は、おおむね不快な最期を迎えるものなのだろうと想像したのだ。

「反対側に座ってる男はスマイラー・トッドじゃ。プロップ・フォワードじゃった」

「プロップ・フォワードですか、はあ？」

「それで実に名手じゃった。その後、ケンブリッジ代表になった。君はラガーはお好きかな？」

「その人のことは知らないと思います」

「ラグビーじゃよ」

「あ、いえ、あ、一度もやったことがありません」

「ないのか？」

「はい」

「なんたること！」

僕に対する彼の評価が急降下したのがわかった。しかし彼はこの家の主人であるからして、僕の告白が催させた嫌悪の感情を抑えきった。

「わしはいつだってラグビーに夢中できた。学校を出た後は、西アフリカに赴任させられたから、あまりやる機会はなかったがな。向こうの原住民に教えてやろうとしたんじゃが、あきらめざるを得んかった。試合後どうしても血讐が起きて、死人が出すぎるんじゃ。退役してここに落ちついたところで、わしはここホックレイ・カム・メストンを近在で一番のラグビー村にしようとしておる。また村の連中も立派にやってくれておる。うちに必要なのは達者なプロップなんじゃが、見つけられんでおる。しかし君はこんな話は聞きたくなかろうの。君が聞きたいのはわしのブラジル探検の話じゃった」

「えっ、あなたはブラジルにいらっしゃったことがおありなんですか？」

しょっちゅうあることだが、僕は間違った発言をしたらしい。彼は僕をじっと見つめた。

「君はわしがブラジルに行ったことを知らんのか？」

「誰も教えてくれませんでした」

「社の方で説明があったものと思うが。何の取材か説明もせずにわざわざ記者を送ってよこすのは馬鹿げとろう」

僕はすごく洞察力のあるほうだから、何か誤解があったのだと理解した。

「記者の方をお待ちでいらっしゃったんですか？」

「もちろんじゃとも。君は『デイリー・エクスプレス』紙から来たんじゃないのか？」

「すみません、ちがいます」

「わしのブラジル探検のことでインタビューをしに来た御仁《ごじん》にちがいないと思ったんじゃが」

「あっ、あなたは探検家でいらっしゃるんですか？」

またもや僕は間違った発言をした。彼は明らかに腹を立てていた。

「わしを何だと思ってるんじゃ？　プランクの名は君にとって何も意味せんのか？」

「あなたのお名前はプランクさんとおっしゃるんですか？」

「もちろんそうじゃとも」

「うーん、なんて偶然なんでしょう」興味をそそられて、僕は言った。「僕はプランクなる名前の人物を探しているんです。あなたじゃありません。別の誰かです。僕が探しているのはおそらくゴツゴツ節くれだった頑丈な耕作民で、水夫をしている息子がいるんです。彼と同じ名前をお持ちでいらっしゃるからには、僕がこれから話す話にあなたももしかしてご興味を持たれるかもしれませんね。僕はここに」件の黒琥珀《こはく》のブツを取り出しながら、僕は言った。「こういうものを持ってきています」

彼は呆然《ぼうぜん》としてそれを見た。

「こいつをどこで手に入れた？　これはわしがコンゴで入手してサー・ワトキン・バセットに売った原住民の彫刻じゃ」

僕はびっくりした。

「あなたがこれを彼にお売りになられたんですか？」

「もちろんじゃとも」

「わあ、こいつはびっくりです！」

僕はボーイスカウト的興奮を覚えていた。僕はこのプランク氏が好きだ。そして僕は彼に、かつて人が他人に施した中で最大の善行をしてあげられる身の上にあることをうれしく思った。バートラム・ウースターに神の栄光あれ、と、あと数秒したら彼は言うことだろう。スティッフィーがこの任務に僕を送りつけたことを、初めて僕はうれしく思った。

「それじゃあお話があります」僕は言った。「もし僕に五ポンドお渡しいただければ――」

僕は言葉を止めた。彼は僕を冷たい、ひえびえとした目で見つめていた。間違いなく彼はこれと同じ目で、その遺骸の一部が表の玄関ホールの壁に掛けられている今は亡きライオン、ヒョウ、ヌーたちを見つめたにちがいない。ドローンズ・クラブの仲間が、クラブの百万長者ウーフィー・プロッサーに来週の水曜日までしのげるだけのはした金を貸してくれと頼もうとしたら、ちょうどこんなふうな目で見られたと僕に言ったものだ。

「ああ、そういうことか！」彼は言った。パパバセットその人とて、これより意地の悪い物の言い方はできなかったことだろう。「お前の話はわかった。お前みたいな連中には、世界中で顔を合わせてきとるからな。お前が五ポンド手に入れることは金輪際《こんりんざい》ない。お前はそこに座って動くな。わしは警察を呼んでくるとしよう」

「その必要はございません」礼儀正しい声がして、フランス窓からジーヴスが入ってきた。

11. ウィザースプーン警部登場

　彼の出現は僕からびっくり仰天の目玉みはり、ならびに驚愕《きょうがく》の叫びを引き出した。ここで会うとは思ってもみなかった人物であるし、一体どうやってここに来たものかも僕にはまるでお手上げだった。彼はインドの連中——ヒンドゥー教の苦行僧《ファキール》といったと思う——のようにボンベイでなんにもない宙に消え、五分後にぜんぶ部品を組み立て直してカルカッタに現れる、みたいに身体を非物質化させているにちがいないと僕は時々思うのだ。

　また、もしいわゆるテレパシーと呼ばれる力によってなされたのでないとしたら、若主人様が途《と》轍《てつ》もない苦境にあって彼の助力を切実に必要としていることがどうしてわかったものか、僕には理解不能である。いずれにせよ、彼は現にここにいて、後頭部をとび出させ、顔にはさかなをたくさん食べることに由来する穏やかな知性の表情を湛《たた》えており、そして僕は彼の登場を歓迎している。彼が虐《しいた》げられし者たちをスープの中より救出することにかけてどれほどの魔術師であるかを、僕は経験上知っている。そして僕がただいまどっぷりと浸かりきっているところこそ、ほかならぬスープの深みのどん底なのである。

「プランク少佐でいらっしゃいますか?」彼は言った。

プランクも目を瞠《みは》っていた。

「いったい全体君は誰だ？」

「スコットランド・ヤードのウィザースプーン警部です。この男はあなたから金員を引き出そうと試みておりましたのでしょうか？」

「今まさしくそうしようとしておったところじゃ」

「思ったとおりでした。彼には以前から目をつけていたのです。しかしながらこれまで現行犯で取り押さえることができずにおりました」

「悪名高き悪党ということかな？」

「まさしくそのとおりです。地下世界ではきわめて名の通った詐欺師なのです。家々を訪問してもっともらしい作り話をしては所有者から金員を騙取することを常習としております」

「こいつのやったことはそれ以上ですぞ。こやつは人の家からモノをくすね盗《と》ってはそいつを転売しようとしておる。こやつが持っておる彫像をご覧いただきたい。わしがトトレイ・イン・ザ・ウォルドに住むサー・ワトキン・バセットに売った品物じゃ。こいつは厚顔無恥にもうちにやって来てこいつをわしに五ポンドで売りつけようとしたんじゃ」

「さようですか？　ご許可をいただけるようでしたら、わたくしが本品を押収してまいりましょう」

「証拠品として必要ということかな？」

「おっしゃるとおりです。これからこの者をトトレイ・タワーズに連行し、サー・ワトキンに突き出すつもりです」

「よろしい、そうしたまえ。いい教訓になることじゃろう。こやつはいやらしい悪党ヅラをしておる。最初から指名手配中の者ではないかと疑っておった。貴君は長いこと、こやつを追いかけておいでじゃったのかな？」

「非常に長らく追い求めてきたものです。彼はスコットランド・ヤードではアルペン・ジョーという名で知られております。いつもアルペン・ハットをかぶっておるものですから」

「今もかぶっとりますぞ」

「それなしではどこへも行かないのです」

「何かしら適当な変装をするだけの分別がありそうに思うところじゃがの」

「まことにおっしゃるとおりです。しかしながら、こういう男の心理過程というのは理解困難なものですから」

「ではわしから地元の警察に電話をする必要はないということかの？」

「はい。わたくしが彼の身柄を勾留《こうりゅう》いたします」

「ズールー族のノッブケリー［頭にこぶのついた棍棒］でこやつの頭をぶん殴ってやったらいいかんかの？」

「ご無用に願います」

「そうしたほうが安全ではないかの？」

「いいえ。おとなしく連行されるものと確信いたしております」

「ふん、好きにするがいい。だが逃げられんよう気をつけろよ」

「はい、慎重を期してまいります」

「それで水漏《も》れのする地下牢に放り込んでネズミに齧《かじ》らせてやるがいい」

「了解いたしました」

リバース・パスやらプロップ・フォワードやらの一切合財にかてて加えて紳士様お側つき紳士がどこからともなく姿を現すのを目《ま》の当たりにした上に、ズールー族のノップケリーなんぞに関する弛緩《しかん》した物言いを聞くことを余儀なくされた緊張のあまり、二人してその場を立ち去る時のウースター頭は最高最善の状態ではなく、正面門前に駐車しておいた車にたどり着くまで会話のギブ・アンド・テイクといったようなものは絶無だった。

「何警部だって？」目的地に到着し、いくらか言葉を取り戻したところで僕は言った。

「ウィザースプーンでございます、ご主人様」

「どうしてウィザースプーンなんだ？　とはいえ一方」バランスの取れたものの見方を好む僕は、付け加えて言った。「どうしてウィザースプーンじゃあいけない？　しかしながらだ、その点は問題の本質じゃあないし今後の議論のためにとっておけばいい。本当の問題——問題の核心——いますぐ解明しておきたいこと——は、いったい全体どうして君がここにいるのか、ということだ」

「わたくしの到着によりいささかの驚きが惹起《じゃっき》されようとは予期いたしておりました、ご主人様。サー・ワトキンがビングお嬢様に対してなされました秘密の暴露の内容を聞き知りましてよりただちに、あなた様の後を追い急ぎ駆けつけたものでございます。と申しますのは、あなた様とプランク少佐とのご会見が困惑に満ちたものとなろうことが予見されましたゆえ、ご面会前にそれを阻止せんと願いいたしたのでございます」

これらほぼすべてが僕には皆目《かいもく》わからなかった。

「パパバセットがスティッフィーにした秘密の暴露ってのはどういう意味だ？」

「昼食後まもなく起こりましたことでございます、ご主人様。ビングお嬢様がわたくしに、サー・ワトキンに接近してあの方の良心に最後の訴えをされるべくご決心なされた由お話しくださいました。ご承知のとおり、これなる彫像の問題は常にお嬢様のお心を強く動かしておりましたところでございます。お嬢様は、もしサー・ワトキンをじゅうぶんなご熱情をもってご非難あそばされたあかつきには、何かしら建設的な結果が得られようとお考えあそばされたのでございます。お嬢様におかれましてはたいそう驚かれましたことに、お話を開始あそばされるやいなや、サー・ワトキンはご心底よりご大笑なされますと、お嬢様に秘密は守れるかとお訊ねあそばされたのでございます。然《しか》る後、サー・ワトキンはトラヴァース様に話されたお話はすべて事実無根であり、実のところサー・ワトキンはプランク少佐に一千ポンドを支払われた由、お明かしになられたのでございます」

ぜんぶを整理整頓して理解しきるには、おそらく十五秒くらいかかった。

「千ポンドだって？」

「はい、ご主人様」

「五ポンドじゃなかったのか？」

「はい、ご主人様」

「それじゃああいつはトム叔父さんに嘘を言ってたってことか？」

「はい、ご主人様」

「いったい全体どうしてそんな真似をしたんだ？」

彼は皆目《かいもく》わかりかねますと言うかと思ったが、そうではなかった。

「サー・ワトキンのご動機は明白であろうと思料いたします、ご主人様」

「僕にはさっぱりわからない」

「あの方はトラヴァース様を憤慨させてやらんとの欲求よりご行動あそばされたのでございます。トラヴァース様はコレクターでいらっしゃいます。またコレクターと申しますものは、ライバル・コレクターが多大な価値あるオブジェ・ダール《美術品》を二束三文にて入手したと聞いて歓喜いたすことはまずございません」

これで腑《ふ》に落ちた。彼の言わんとすることがすべてわかった。パパバセットが一千ポンドの値打ちのある何かしらをタダ同然で手に入れたと聞くのは、トム叔父さんにとってはものすごくつらいことだろう。スティッフィーは叔父さんが泡立て器みたいにじたばたのた打ち回っていたと描写したが、さもありなんと僕には確信できる。哀れな叔父さんにはひどい苦痛であったに相違ない。

「それでわかった、ジーヴス。まさしくバセット親爺がやりそうな真似だ。トム叔父さんの一日をだいなしにしてやるくらいに嬉しいこともないんだろう。何て野郎だろうなあ、ジーヴス！」

「はい、ご主人様」

「あいつみたいな心の持ち主になりたいか？」

「いいえ、ご主人様」

「僕だっていやだ。治安判事でいるといかに道徳心が退廃しきるかってことがこれでわかるってもんじゃないか。被告人席であいつの前に立った時、奴はひどく狡猾《こうかつ》な目をしていて、こんな男を金《こん》輪際《りんざい》信用するものかって思ったことを僕は忘れない。治安判事ってのはみんなあんなふうなんだろうなあ」

「例外もございましょう、ご主人様」

「どうかな。みんながみんな人でなしなんだ。とすると、僕の用足しは……何と言ったかな、ジーヴス？」

「無益でございます、ご主人様」

「無益か？　そういう言葉じゃなかったような気がするんだが。とはいえ君は何でも知ってるんだった。いずれにしても、君がたった今明らかにしてくれたニュースが、僕がプランク家に到着する前に明らかになってくれてたらよかったのにとは思うんだ。だったらああいう過酷な試練はなしで済んだのになあ」

「あなた様の通り経ていらっしゃった神経的緊張のことはよくよく理解いたしております、ご主人様。もっと早く到着できませず、不幸なことでございました」

「だけど君はいったい全体どうやって到着できたんだ？　その点が僕には不思議なんだ。歩いて来たんじゃあるまい？」

「いいえ、ご主人様。わたくしはビングお嬢様のお車を拝借いたしてまいりました。道沿いのいささか離れたところに駐車し、徒歩にて当家に参りました。お声が聞こえましたところで、フランス窓に近づきましてご会話を拝聴し、決定的瞬間にご介入申し上げることが可能となりました次第でございます」

「実に臨機応変の才に富んでいることだ」

「有難うございます、ご主人様」

「感謝の意を表明したい。また感謝の意と言う時、僕は心底よりの感謝の意という意味で言っている」

「滅相《めっそう》もないことでございます、ご主人様。これに勝る喜びはございません」

「だけど君がいなかったら、プランクは瞬《また》く間に僕を最寄の留置場に放り込んでいたことだろう。ところで奴は何者なんだ？　探検家だとかいう印象を得たところだが」

「おおせのとおりでございます、ご主人様」

「だいぶ遠くまで行ってたようだな」

「さようでございます。あの方は近頃ブラジル奥地探検よりお戻りになられたところでいらっしゃいます。ただいまお住まいのご邸宅は、今は亡き名付け親様よりご相続になられました。コッカー・スパニエル犬の繁殖をされておいでで、いささかマラリアを患われて無脂肪たんぱく質のパンのみをお召し上がりでいらっしゃいます」

「奴のことは完全に記録済みのようだな」

「わたくしは郵便局にて聞き取り調査をいたしたものでございます、ご主人様。窓口の人物はきわめて情報豊富でございました。わたくしはまたプランク少佐がラグビー・フットボールの熱狂的愛好家であり、ホックレイ・カム・メストンを無敵の村となさんと熱望されておいでの由伺ってまいりました」

「そうなんだ。そう言っていた。君はプロップじゃあなかったな、ジーヴス」

「いいえ、ご主人様。実を申しますと、わたくしはその語の意味するところを存じ上げませぬ」

「僕もなんだ。ラグビーで相手方を倒したかったら持ってなきゃいけないものって他はだ。僕の信じるところ、プランクはそれをあちこち探したものの、その用足しは無益だったんだな。考えてみたら悲しい話だ。これだけ金があり、これだけコッカー・スパニエルがいて、これだけたんぱく質パンがあって、だけどプロップはいないんだ。とはいえ、それが人生だ」

「おおせのとおりでございます、ご主人様」

僕は運転席に身を滑らせて座り、彼に乗るよう促した。

「そうだった忘れていた。君にはスティッフィーの車があるんだった。それじゃあ僕は行くよ。この彫像をスティッフィーの管理下に戻すのは、早けりゃ早いほどいい」

彼は首を横に振りはしなかった。なぜなら彼はけっして首を横には振らないからだ。しかし眉毛の南東端を警告するげに上げることはした。

「わたくしに提案をお許しいただけますならば、ご主人様、本品はわたくしがビングお嬢様の許にお届け申し上げるのがよろしかろうかと拝察申し上げます。トトレイ・タワーズの地に本品を携行されてお入りあそばされることはご賢明ではございません。あなた様は閣下……スポード様と申し上げておりますべきでございました……とご遭遇なされるやもしれませぬ」

僕はうーん参ったと言った。彼は僕を驚かせたのだ。

「まさか君はあいつが僕の身体検査をすると言ってるんじゃないだろう?」

「さような可能性はきわめて高かろうかと拝察申し上げます、ご主人様。わたくしが漏《も》れ伺いました会話よりいたしますと、スポード様はいかなる手段をも選ばぬご覚悟にておいでとの印象を得ております。わたくしにそちらのお品をお預けいただけましたならば、可能な限り早急に、ビングお嬢様にコレクション・ルームへとお戻しいただけますよう手配申し上げます」

「よしわかった。君が言うならそうしよう。さあこれだ。とはいえ君はスポードを買いかぶりすぎだとは思うんだが」

「わたくしはさようとは思いませぬ、ご主人様」

それで彼はぜんぜん間違ってなんかいなかった。僕が厩舎《きゅうしゃ》の庭に車をまわすやいなや、実質の詰まった身体が僕の視界を暗く翳《かげ》らせ、スポードが現れた。これから逮捕劇を開始しようというウィザースプーン警部みたいな様子でだ。

「ウースター！」奴は言った。

「はい本人だとも」僕は言った。

「車から降りろ」奴は言った。「探させてもらう」

12・マデラインの怒り

僕はジーヴスの慧眼《けいがん》に胸躍る感謝の念を覚えていた。慧眼という言葉でもし正しければだが。つまり僕が言いたいのは未来を見渡してはるか以前より計画、企画を立案する彼の超自然的な能力のことだ。僕の眼前に横たわる危機に対する思慮に満ちた彼の診断のなかりせば、僕はこの時点でマリガトーニスープの奥底深く沈み果てて岸辺に泳ぎ着く望みもなかりけりであったことだろう。そういうわけで、僕は平然として無頓着で屈託なしでいられた。僕は前にジーヴスが言っていたのを聞いたことがある、誠実の徳を堅固に武装しているから誰かさんの脅威も無為な風のごとく通り過ぎて一切構わず［『ジュリアス・シーザー』四幕三場］とかいう人物みたいだった。思うに、もしスポードの背があと一メートルくらい低くて肩幅があんなにも広くなかったら、僕はあざけるように笑ってキャンブリック地のハンカチーフを奴の顔の前でひらひらさせていられたことだろう。

奴は突き刺すような目で僕を見た。あれなる太陽が沈む前に、自分がどんなに間抜けだと感じることかを知る由もなくである。

「いま貴様の部屋を探してきたところだ」

「そうなのか。驚いたなあ。何かを探しているんだな？」

「何を探しているかはわかってるはずだ。手に入れたら貴様の叔父貴が大喜びするだろうと貴様が言っていた、あの琥珀《こはく》の彫像だ」

「ああ、あれかあ？　あれならコレクション・ルームにあるはずだが」

「誰がそう言った？」

「つねに信頼できる情報筋からだ」

「ふん、そいつはもはやコレクション・ルームにはない。何者かが持ち去ったんだ」

「それはまったく言語道断のことだな」

「また〈何者か〉と言う時、自分はウースターという名のぬるぬるコソコソしたコソ泥のことを言っている。そいつは貴様の寝室にはなかった。だからもし車の中にないとしたら、貴様が身につけているにちがいない。ポケットの中身を出せ」

僕は奴の要求に従った。奴がこんなにも大きいという事実に大いに影響されつつだ。相手が小人の歌うたいだったら、こうも話を聞いてはいなかったはずである。ポケットの内容物が奴の前に置かれると、奴はもっとマシなものを期待していたかのように落胆の鼻鳴らしをし、車に飛び乗り、引き出しを開け、クッションの下を探した。するとこの時やってきたスティッフィーが、奴の巨大なズボンのお尻に興味深げに見とれた。

「何やってるの？」彼女は訊《き》いた。

今度こそ僕はあざけるような笑いを放った。その必要があるように思えたからだ。

「ディナー・テーブルの上にあったあの黒い見苦しいシロモノのことは知ってるだろう？　どうやらそいつが消えうせたらしいんだ。それでスポードの奴は僕がそいつをくすね盗《と》って持ってるだなんて、途方もないことを考えついたらしい……何て言ったかな……匿名《とくめい》じゃなくって……隠匿《いんとく》、それだ。彼は僕がそいつを隠匿していると思ってるんだ」

「そうなの？」

「そう言ってる」

「どアホにちがいないわね」

スポードはぐるりと振り返った。自分の行為の行き過ぎに顔を赤らめながらだ。シートの下を覗《のぞ》き込んでいる間に奴が鼻の頭にちょっぴりオイルを付けたのを見て僕はうれしかった。奴はスティッフィーを物悲しげに見た。

「あなたは自分をどアホとお呼びでしたか？」

「ええお呼びでしたとも。ご教授をいただいた数々の家庭教師の先生方に、あたくしいつだって真実を語るようにって教え込まれてきてますの。バーティーがあの彫像を盗ったなんて非難するだなんて」

「本当にばかばかしい」僕は同意した。「おそらく奇妙キテレツ雨アラレと言うべきだろうな」

「あれならワトキン伯父様のコレクション・ルームにあるわ」

「コレクション・ルームにはないのです」

「誰がそうおっしゃいまして？」

「自分がそう言いました」

「ふん、あたしはあるって言ってあげる。信じないなら行って見てご覧なさい。おやめなさい、バーソロミュー。このいたずら犬ったら！」唐突に話題を変え、スティッフィーが叫んだ。そして同犬と話し合うべく足に翼を生やして急ぎ立ち去った。思うに奴は何かしら腐敗の最終段階にあるモノを見つけ、そちらに急ぎ駆けつけたものであろう。僕には彼女の思考の道筋が理解できた。スコットランド犬は最善の状態でも臭い。連中に生まれ備わった体臭に死んだネズミであれ何であれそういうもののアロマを付け加えたなら、その複合臭は人間の鼻孔にはあまりにも芳醇《ほうじゅん》にすぎよう。しばし口論があり、当然ながら大いに毒舌を吐きながらも、バーソロミューはバスタブ方面へと向かっていった。

一、二分後、スポードは身体の詰め物をほとんど失くし、ぺしゃんこになって戻ってきた。

「貴君に対し、自分は不正な振舞いをしたようです、ウースター」奴は言った。また僕としては、奴にこんなにも意気地なく話す能力があるのを知って驚いたくらいだ。

ウースター家の者はいつだって寛大である。敗れた敵を鉄の踵《かかと》の下で踏みつけたりはしない。

「ああ、それじゃあ例のものは無事だったのか？」

「ええ――ああ。ええ、無事でした」

「ああ、まあいい。人は皆過ちを犯すものさ」

「あれは消えうせていたと誓えるのですが」

「だがドアには鍵が掛かっていたんだろう？」

「ええ」

「探偵小説を思い出させるな、そうじゃないか？　鍵の掛かった窓なしの密室があって、それでびっくり仰天ある晴れた日の朝、その中で百万長者が鎖骨に東洋風の意匠の短刀を突き刺されて見つかるんだ。お前、鼻に油が付いているぞ」

「え、ああそうでしたか？」手で触りながら、奴は言った。

「ああ、これで頬にも付いた。僕が君ならバーソロミューといっしょにバスタブを使いに行くけどな」

「そうします。ありがとう、ウースター」

「ぜんぜん構わない、スポード、いや、シドカップだったか。石鹸《せっけん》はケチるなよ」

思うに、闇の勢力が蹴《け》つまずく光景を目《ま》の当たりにするくらいに、人の心を意気揚々とさせるものもなかろう。館へと向かう僕のハートは軽かった。これがこうなってあれがああなったからは、僕の上からは大きな重石《おもし》が転げ落ちたみたいだった。小鳥たちは歌い、虫たちはブンブン言い、そしてみんなして「大団円《だいだんえん》。バートラムはやり遂《と》げた」と言おうとしているように僕は感じていた。

しかし、僕がいつも気がつく事実だが、何かが片づいてほっとすると、運命がにじり寄ってきて、この容れ物にはどれだけ入るのかなと知りたがっているみたいに何か別のものを押し付けてくるのが世の習いなのだ。運命がまたもや再び活動を開始してくれた。僕にはまだ別のことを心配してもらう必要があるなと感じたみたいに、そいつは両手を唾《つば》で湿して一仕事しに取り掛かってくれたのだった。僕が玄関ホールを通りかかると、マデライン・バセットが僕を隅っこに追い込んだのだ。

彼女がいつものじっとり感傷的な彼女自身であったとしても、僕が言葉を交わしたい人物ではないのだが、ところが彼女はぜんぜんまったくそういう彼女ではなかったのだ。じっとりべとべとさを取り除く何事かが起こっていた。そして彼女の目は、僕を名状しがたい恐怖で満たすような、そういう輝きを帯びていた。明らかに彼女は何らかの理由で途轍《とてつ》もなく湯気を上げて怒り狂っていた。そして彼女が言おうとしていることが、当代のウースターをして歓喜のあまり手をパチパチ叩かしめ、ケルビムやセラフィム――という名でよければだが――みたいに歓呼のオザンナを詠唱《えいしょう》せしめることにならないのは、火を見るよりも明らかであった。一瞬後、彼女は自分を怒らせているのが何事かを明らかにした。前口上、だったと思うが、そういうものは全部なしにしてだ。

「私、オーガスタスのこと、すごく怒っているの！」彼女は言った。そして僕の心臓は静止した。あたかもトトレイ・タワーズの幽霊が――もしそういうものがいたとしてだ――氷のように冷たい手をその上に置いたかのごとくにだ。

「どうしたの。何があったんだい？」

「彼ったら、とってもロデリックに失礼なのよ」

これは信じ難いことと思えた。レスリングの無差別級チャンピオンを除き、スポードくらい巨大な男に失礼でいられるものではない。

「まさか、そんな？」

「彼ってロデリックのことでとっても失礼だったって、私言いたかったの。彼、ロデリックがまるでこの家が自分の持ち物で自分には家がないみたいに家じゅうをどすどす歩いてまわってるのを見るのには疲れたしうんざりだって言うの。もしパパにビリヤードボールよりもうちょっとだけ分別があったら、彼に家賃を払わせるだろうにって。本当に無作法だわ」

僕のハートはますます静止した。僕が愕然《がくぜん》として当惑しきっていたと述べたとて、事実の歪曲《わいきょく》にはならない。ベジタリアン食が人間に対しどれだけのことをしてのけられるものかこれでわかろうというものだと、僕は胸の中で言っていた。一瞬にしてガッシーを半熟卵からハードボイルドへと変貌《へんぼう》させたのである。詩人シェリーの交友の輪においても、同様のことが詩人シェリーについて観察されたところであろうと、僕は確信している。

　僕は事態をとりなしにかかった。

「冗談を言ってるだけなんじゃないかなあ、そうは思わないかい？」

「いいえ、思わないわ」

「そう言う奴の目にはいたずらっぽいキラキラがあったんじゃないかなあ？」

「なかったわ」

「軽い笑いはなかったのかい？」

「なかったわ」

「気づかなかっただけじゃないのかなあ。そういう軽い笑いっていうのは、たやすく聞き逃しがちなものだからさ」

「彼は一語一句、思ったとおりのことを言っていたのよ」

「それじゃあたぶん一瞬のなんとかの発作じゃないのかなあ。過敏性だ。我々はみなそういうものを持ってるんだよ」

　彼女は一、二度歯ぎしりをした。少なくとも、彼女はそうしているように見えた。

「絶対そんなことじゃないわ。彼は辛辣《しんらつ》で手厳しかったし、それにずっとそんなふうだったの。ブリンクレイで気が付いたのよ。ある朝私たち草地を歩いていて、草々にはたっぷり露がかかっていたの。それで私、こういうのって妖精《エルフ》たちの花嫁のベールだって思うことはなくって、って言ったの。そしたら彼、〈ない、まったく〉ってぴしゃりと言ったわ。生まれてこの方そんなバカみたいな話は聞いたことがないって付け加えてよ」

　うむ、むろん奴の言うことは完全に正しい。だがそういうことを、マデライン・バセットみたいな女の子に指摘してやったとて何の益もない。

「その日の夕方、私たちは日没を眺めていたの。それで私、夕暮れを見ると、いつだって幸福なダモゼルが天国の黄金の手すりにもたれている姿［ダンテ・ガブリエル・ロセッティの詩「幸福なダモゼル」］に思いを馳せるのよって言ったの。そしたら彼、〈誰だって？〉って言って、私が〈幸福なダモゼルよ〉って言ったら彼、〈聞いたことがないな〉って言うのよ。そして彼、自分は日没を見るとムカムカするし幸福なダモゼルって聞いたってそうだって言って、ハラワタが痛いって言ったの」

　レゾヌールたるべき時の来《きた》れりと僕は了解した。

「それはブリンクレイにいた時のことだろう？」

「そうよ」

「だったらわかった。君が奴をベジタリアンにした後だ。君には確信があるのかい？」僕は言った。途轍もない勢いでレゾヌールしながらだ。「奴の食餌をホウレンソウその他に制限しとくのは賢明なことかどうかってことにさ。誇り高き精神の持ち主はたんぱく質摂取を制限されると反抗的になるんだ。また君は知ってるかどうか知らないけど、医学的研究によると、理想的な食生活とは動物質と植物質の食物のバランスがとれたものであることが証明されている。身体がなんとか酸を必要とするってところに何か関係があるんだな」

　彼女が実際に鼻をフンと鳴らしたとは言わない。しかし彼女の発した音は、鼻鳴らしかそうでないかのぎりぎりボーダーラインにあった。

「何てバカなことを！」

「医師たちがそう言ってるんだ」

「どちらのお医者様？」

「有名なハーレイ街の医師たちだ」

「私そんなこと信じないわ。何千もの人たちがベジタリアンで、完璧な健康を享受しているもの」

「身体的健康は、そうかもしれない」僕は言った。賢明にも議論のポイントをつかみつつだ。「だけど魂の健康はどうさ？　突然ステーキやチョップスを取り上げられたら、そのことは人の魂に何かしらをするんだ。僕のアガサ伯母さんは一度パーシー伯父さんをベジタリアンにさせたことがあるんだけど、その時には伯父さんの人柄ぜんぶがねじくれまがったんだ」とはいえ次の点は認めざるを得なかった。「すでに随分ねじくれてなかったたって言うわけじゃあない。僕のアガサ伯母さんと日常的接触を繰り返す人物ならそうならないわけがないんだからな。だけどガッシーについては、そういうのは間違ってたってきっとわかるはずだ。奴はただ腹の中にマトンチョップを一つ、二つ詰め込みたかっただけなんだからさ」

「うーん、彼はそういうものをお腹に入れることはないし、もし彼がふてくされた子供みたいな態度を続けるなら、どうしたらいいか私にはわかってるわ」

スティンカー・ピンカーがかつて、ベスナル・グリーンで光明を広めていたら呼び売り商人に腹を蹴られた時の話を僕にしてくれたのを憶えている。それは奇妙な、困惑した、夢のような感覚を覚えさせたと奴は言ったが、マデライン・バセットの不吉な言葉がいま僕にしたことがそれだった。彼女は実際に嚙《か》みしめられたわけではないにせよ、それにものすごく近い口でそう言ったし、またそれはあたかもブラッドオレンジやバナナの露店商人のどでかい靴が、僕のみぞおちを正面から強打したかのごとく働いた。

「あー……そしたら君はどうするんだい？」

「お気になさらないで」

僕は慎重に訊いてみた。

「たとえば……むろん本当に起こるって言うんじゃないんだ……だけどもしガッシーが節食のせいで怒り狂って……うーん、たとえば適当な例を挙げるなら、コールド・ステーキ・アンド・キドニー・パイをがつがつ貪《むさぼ》り食ったとしたら、その結果はどうなるかなあ？」

人を突き刺すような目を向ける才能が彼女に備わっているなどと、僕は思ったことがなかった。だが今彼女が僕に向けているのはそういう目だった。アガサ伯母さんの目でさえ、これより深く僕を突き通したことはなかったと思う。

「バーティー、あなたオーガスタスがステーキ・アンド・キドニー・パイを食べてるっておっしゃりたいの？」

「とんでもない、ぜんぜんちがうさ。なんとかかんとかって言うやつなだけさ」

「あなたのおっしゃってること、わからないわ」

「本当は疑問文じゃない疑問文のことを何ていうんだったっけ？　かで始まる。仮定、それだ。今のはたんなる仮定的疑問文だ」

「あらそう？　それへの答えはこうよ。もしオーガスタスが怒りのうちに殺された動物の肉を食べているところを見つけたら、私、一切の関係は金輪際《こんりんざい》切らせていただくわ」彼女は言った。そして僕をご用済みの、かつての僕のたんなるぬけがらにして、去っていった。

13・破滅

翌日の朝は明るく晴れ晴れと明けた。少なくとも、そうだったのだろうと思う。明けるところをこの目で見たわけではない。朝の方で明けに取り掛かろうという数時間前に眠れぬ眠りに落ちたものであったから。しかし、眠りの霧が晴れ、起こりゆくことどもに取り掛かれるようになった時には、陽光が窓より流れ入り、わが耳はおおよそ七百五十羽の小鳥たちのピーチクさえずり声を感知していた。僕とは違って、そのうちの一羽たりとも、彼ないし彼女の胸のうちにクソいまいましい心配事なんか抱えてる奴はいない様子だった。連中は僕がかつて遭遇した中で一番のお気楽な仲間たちであったものだから、その歌声を聴いて僕は不機嫌になった。なぜなら誰だったかが言ったように、メランコリーが僕をとらえていて〔トマス・グレイの詩「墓畔の哀歌」〕、こういう元気一杯とか陽気さが、昨日のマデライン・バセットとのおしゃべりが僕を叩き落とした憂鬱《ゆううつ》を増幅させてくれたからだ。

容易にご想像されるように、彼女のオビテル・ディクタというか付随的言及だ——という言い方でよかったと確信するが——は、ど真ん中大当たりで僕を打ちのめした。これが涙の二しずくとキスの一つ二つできれいに片づくような、たんなる恋人たちの痴話《ちわ》げんかではなく、亀裂の中でもグレードAの、適切な経路を経て速やかな対処が取られぬことには、ただちにリュートをご用済みに追い込み、穴開き太鼓くらいの音なしにする亀裂であることは明白である。それでその対処がいかに取られねばならぬかは、僕を途方に暮れさせた。二つの鉄の意志が衝突している。片や、マデラインの強硬な反肉食バイアス。片やガッシーの、いただける限りの肉切れは必ずいただこうという固い決意。その結果はいかなるものと相成ろうか、と、僕は自問した。それで未来はどんな具合になるだろうと思い震撼《しんかん》していた。と、ジーヴスが朝の紅茶を持って流れ入ってきた。

「へっ？」心ここにない体《てい》で、僕は言った。いつもの僕だったら心身を爽快《そうかい》にしてくれるこの液体に、魚の切り身を追っかけるアシカみたいに跳《と》びついていたところだ。しかし僕は上《うわ》の空だった。

と言っておわかりいただけたればだが。あるいは放心していた。という言い方をお好みであればだ。

「わたくしは学校のお楽しみ会のこの日が、かような好天に恵まれましたことはたいそう喜ばしいことであると、申し上げておりましたところでございました、ご主人様」

僕はギクッとして飛び上がった。さながらH・P・ピンカーのごとく、見事に一杯の紅茶をひっくり返しながらだ。

「今日だったか？」

「本日午後でございます、ご主人様」

僕はいわゆるうつろなうめき声というやつをあげた。

「よりにもよってそうきたかだ、ジーヴス」

「さて、ご主人様？」

「我慢の限界だ。僕の心配事はもうじゅうぶん一杯なんだ」

「何事かお心をお悩ませのことがございますのでしょうか、ご主人様？」

「大当たりの大正解だ。地獄の大地も鳴動している。二つの国が最初大仲良しで始めて、それからお互いをダニとかペテン師とか呼び合うことを何という？」

「両国関係の悪化と申しますのが、慣用表現でございましょう、ご主人様」

「うむ、バセット嬢とガッシー間の関係が悪化した。知ってのとおり、奴のほうはすでに不満を抱いていた。それで今や彼女のほうも不満を抱いているんだ。彼女は奴が日没について口にした罵詈《ばり》雑言《ぞうごん》に異議を申し立てている。彼女は日没のことをとても高く評価しているんだ。それなのに奴は彼女に、日没を見るとむかむかするって言ったんだぞ。そんなことが信じられるか？」

「きわめて容易に理解可能でございます、ご主人様。フィンク＝ノトル様は昨夕、日没につきましてわたくしにご所見をお述べくださいました。それは生焼けのビーフ一切れにきわめて酷似しているため、それを見ることはいちじるしい苦痛であるとおおせでいらっしゃいました。あの方のご心痛は深く理解申し上げるところでございます」

「あえて言わせてもらいたいが、そういうことはあいつの胸にしまってもらってたほうがよかったんだ。奴はまた、幸福なダモゼルのことについて無礼な発言をしたらしい。幸福なダモゼルってのは誰なんだ、ジーヴス？　その女性のことは聞いたことがないような気がするんだが」

「故ダンテ・ガブリエル・ロセッティの詩のヒロインでございます、ご主人様。彼女は天国の黄金の柵より身を乗り出しておりますのでございます」

「そうか、わかった。十分明確にされた」

「彼女の瞳は夕暮れ時にしんと静まりし水の深さよりも深く、彼女は手に三本の百合を持ち、また彼女の髪にちりばめられた星々の数は七つなのでございます」

「ああ、そうなのか？　うむ、それはそれとしてだ、ガッシーはそのダモゼル嬢のことを考えると胸がむかむかすると言う。それでバセット嬢は日焼けした首すじみたいにヒリヒリ怒ってるんだ」

「きわめて不快でございます、ご主人様」

「不快とは言い得て妙だ。もしことがこの調子で進んだら、この婚約があと一週間続く方に百対八より安い値をつける賭け屋はいなくなる。僕は婚約者たちというものを数々見てきた。しかしオーガスタス・フィンク＝ノトルと、サー・ワトキンと故レディー・バセットの令嬢マデラインほどに、縫《ぬ》い目のほつれそうな奴らは一組たりとていやしない。この不安はすさまじいんだ。僕がどこかで読んだ、そいつの上に髪の毛一本で剣がつるされてるって奴は誰だったかな？」

「ダモクレスでございます、ご主人様。古代ギリシャの伝説でございます」

「ふん、僕には彼がどんなふうに感じたかわかるんだ。それでそのことを胸に抱きつつ、僕はクソいまいましい学校のお楽しみ会へのご臨席を期待されている。僕は行かない」

「あなた様がご欠席あそばされたならば、批判が起こるやもしれません、ご主人様」

「そんなのは気にしない。僕のにおいだって嗅《か》がせてやるもんか。僕はこっそりずらかることにする。言いたい奴には言いたいだけ言わせておけばいいんだ」

　とにもかくにも、僕にはポンゴ・トウィッスルトンがある晩ドローンズでした話が思い出されてならなかった。そういうお祭り騒ぎの時、抑えきれない情動がどういうところまで至りがちであるかを示す証左である。ポンゴはサマセットシャーで学校のお楽しみ会とかかずらわり合いになった。それで奴の物語った、『スミスさんはご在宅？』と呼ばれるゲームを盛り上げるために、奴がどんなふうに頭に袋をかぶり、若年世代が棒でもって奴を突っつくことをほしいままにさせたかに関する描写は、喫煙室じゅうの聴衆を虜《とりこ》にしたものだった。地元の袋小路のガキどもを一、二人、ちらりと見ただけで、連中がどれほどタフであり、何が分相応かを弁《わきま》えた人間だったらどんなにか周到に回避すべき存在であることか十二分に理解されたところだ。

「ちょっとブリンクレイまでドライブして、トム叔父さんと昼食を食べてこようかと思うんだが、いっしょに来てくれるな、どうだ？」

「不可能でございます、ご主人様。わたくしはティー・テントにてバターフィールド氏を補佐申し上げる約束をいたしております」

「それじゃあ後でその話は全部してもらえるわけだな」

「かしこまりました、ご主人様」

「もし生き残っていられたらだが」

「まさしくさようでございます、ご主人様」

ブリンクレイまでは楽チンで素敵なドライブで、昼食時のはるか前に到着した。ダリア叔母さんはいなかった。予告どおり、その日はロンドンにおでかけしていたのだ。それでトム叔父さんと僕は二人きりで座って、アナトールの最高の料理をいただいた。シュプレーム・ド・フォアア・グラ・オウ・シャンパーニュと、ネージュ・オウ・ペルール・デ・ザルプをいただきながら、僕は黒琥珀《こはく》の彫像に関する諸事実を彼の入手するところとした。それでパパバセットが一千ポンドの値打ちのあるオブジェ・ダールを五ポンドで入手したのではないとの情報が叔父さんにもたらした安堵《あんど》はものすごく深く激しく、また叔父さんが御大《おんたい》について言ったことどもはひどく耳に心地よく、帰路に着くまでに僕の暗い気分はいちじるしく軽くなり、楽観主義が玉座に回帰していた。

結局のところ、ガッシーだっていつまでもマデラインの監視下にあるわけではない、と、僕は自分に言い聞かせていた。いずれ時来《きた》りなば、奴はロンドンに飛んで帰って自分の活動が彼女の耳に届かぬことを確信しつつ、ビーフやらマトンやらをあばら骨がキーキー言うまで腹に詰め込めるはずである。その結果、奴は甘美と光明にふたたび満たされようし、そしたらば奴はマデラインがこのベジタリアン期を脱出して切手蒐《しゅうしゅう》集か何かを始めるまでの間をしのぎきれるような、愛情に満ちた手紙を書くことだろう。僕には異性というもののことがわかっているし、また彼女たちの衝動的な情熱のことがわかっている。連中はこうした強熱にとりつかれてしばらくの間それに惑溺《わくでき》はするものの、いずれ飽き飽きして他のものに向かうのだ。僕のアガサ伯母さんはかつて一度政治に熱中したが、いくつかの会合でヤジを食らっただけで、家にいて装飾刺繡《ししゅう》に熱中するほうが無難だと確信し、全計画を放棄するに至ったのであった。

僕がトトレイ・タワーズに投錨《とうびょう》した時には、一日はいわゆる静けき黄昏《たそがれ》時に近づいていた。僕はいつもどおりこっそり自室に向かい、それでほんの二、三分したところでジーヴスが入ってきた。

「ご到着のお姿を拝見いたしました、ご主人様」彼は言った。「あるいはお飲み物がご入用ではあるまいかと愚考いたしましたゆえ」

僕は彼の洞察に誤りなしと請け合い、また彼はウィスキー・アンド・ソーダをただちに持って参りますと言った。

「トラヴァース様におかれましては、さぞかしご健勝であらせられたところと拝察申し上げます、ご主人様」

その点も真実であると、僕は重ねて請け合うことができた。

「僕が突然訪ねて行った時は、叔父さんはちょっぴり元気なしだったんだ。だが僕があれやらこれやらについて運んでやったニュースを知ると、花のように咲き乱れた。叔父さんがパパバセットについて言ったことを、君に聞かせてやりたかったな。で、パパバセットといえばだが、学校のお楽しみ会はどんな具合だった？」

「年少者らは祝祭を享楽したものと思料いたします、ご主人様」

「君はどうだったんだ？」

「さて、ご主人様？」

「君は大丈夫だったのか？　連中は君の頭に袋をかぶせて棒で突っついたりはしなかったのか？」

「いいえ、ご主人様。本日午後のわたくしの責務は、ティー・テント内の補佐に限定されておりましたゆえ」

「君は軽々しくそう言うが、ジーヴス、学校のお楽しみ会のティー・テント内で、闇の仕事が執《と》り行われてきたのを僕は知ってるんだ」

「さようにおおせられるとは奇妙なことでございます、ご主人様。なぜならば、とある少年がサー・ワトキンにかたゆで卵を投げつけましたのは、お茶ご飲食の最中であったからでございます」

「そいつは奴に命中したのか？」

「左の頬骨上にでございます、ご主人様。たいそうご不運なことでございました」

　僕はその見解に同意できなかった。

「どうして君が〈ご不運〉なんて言うのか、わからないな。僕の意見じゃあ起こり得る限り最善のことが起こったんだ。僕がパパバセットにはじめて会った時、あれはボッシャー街警察裁判所の絵のごとく美しい環境においてのことだったが、ここに鎮座する男は、世界で一番かたゆで卵を投げつけられるべき人物だって一人ごちたことを僕は忘れない。あの折の被告人仲間の一人で、酩酊《めいてい》と秩序紊乱《びんらん》で警察に抵抗したとして起訴されたご婦人が、判決言い渡しの際に奴にブーツを投げつけたんだ。だが狙《ねら》いが甘くて裁判所書記の頭に当たっただけだった。その少年の名前は何と言うんだ？」

「存じません、ご主人様。その者の行動は匿名《とくめい》にて遂行されましたゆえ」

「残念だ。サルと象牙と孔雀《くじゃく》を載せたラクダをその子の住所に送って、褒美《ほうび》を取らせてやりたい［『列王記・上』十・二二］のになあ。午後の間にガッシーの様子は何か見たか？」

「はい、ご主人様。フィンク＝ノトル様は、バセットお嬢様の強いご主張ゆえに当該催事にて重要な役割をおつとめになられ、遺憾ながら、若年秩序紊乱者らよりいささか手荒な取り扱いをお受けあそばされたところでございます。あの方の数々ご経験あそばされたご試練の中でもとりわけ、ある子供があの方のおみぐしに棒付きキャンディーを絡ませたことがございました」

「それはいやだったにちがいないな。あいつは髪のことにはうるさいんだ」

「はい。ご主人様。あの方はいちじるしくご激昂《げきこう》あそばされました。あの方は当該砂糖菓子を引き剝《は》がされますと、猛烈なるお力を込めて投げ返し、またご不運にも、それはビングお嬢様のご愛犬の鼻に命中いたしたのでございます。おそらくそれをいわれなき攻撃と誤信いたしました同犬は立腹し、フィンク＝ノトル様のおみ足に嚙《か》み付いたのでございました」

「可哀そうなガッシーの奴！」

「はい、ご主人様」

「とはいえ、誰の人生にも雨が降るのは仕方ない〔ロングフェローの詩「雨の日」〕」

「まさしくさようでございます、ご主人様。ウィスキー・アンド・ソーダをお持ちいたしてまいりましょう」

　彼が部屋を去るか去らぬかのうちに、ガッシーがやって来た。ちょぴり脚を引きずってはいたものの、ジーヴスがご試練と述べたようなことどもを通り経てきたような気配はなかった。実際、奴はいつもの奴より調子は下というよりは上みたいに見えた。また「ブルドッグの血」という言葉が脳裡《のうり》に去来したことを僕は憶えている。もしガッシーが若き英国のスタミナと不屈の精神の一例であるなら、わが国の未来は磐石《ばんじゃく》だと僕には思われた。アバディーン・テリアに噛まれたこんな直後に奴みたいにニコニコ笑いのできる息子を、すべての国家が生み出せるわけではない。

「ああ、ここにいたのか、バーティー」奴は言った。「ジーヴスが、君が帰ってきたって教えてくれた。ちょっとタバコをもらおうと思って覗《のぞ》いたんだ」

「取ってくれ」

「ありがとう」シガレット・ケースにタバコを詰めながら、奴は言った。「僕はエメラルド・ストーカーを散歩に誘うところなんだ」

「何をするって？」

「それとも小川でボートを漕ぐのがいいかなあ。彼女の好きなほうでいいんだ」

「だが、ガッシー――」

「ああ、忘れる前に言っておく。ピンカーが君を探してる。何か大事な用件で君に会いたいそうだ」

「スティンカーのことなんかどうだっていい。お前はエメラルド・ストーカーと散歩に行くなんてできない」

「できないだって？　見ててくれよ」

「だけど――」

「すまないが、今しゃべくってる時間はないんだ。彼女を待たせたくないからな。じゃあ、行かなきゃ」

僕を思いに沈ませたまま、奴は去っていった。またその思いは好ましき思いではなかった。これまでどんなに貧弱な知性の持ち主にでもわかりすぎるくらい明確にしてきたと思うのだが、僕の未来は、オーガスタス・フィンク＝ノトルが真っすぐで細い正道を踏み外さないで模範帳に汚点をつけずにいてくれることにすべて掛かっている。それで、エメラルド・ストーカーを散歩に連れ出すことは、途轍《とてつ》もない勢いで正道を踏み外し模範帳に汚点をつけることに他ならないと、僕は思わずにいられなかった。少なくとも、マデライン・バセットみたいに理想主義的な娘が、日没と幸福なダモゼルに関する破壊的な見解に接してすでに腹を立てている状態でいたら、それをそういうことと見なすだろうと僕は確信していた。ウィスキー・アンド・ソーダを持って戻ってきたジーヴスが、心から動転し動揺する僕の姿を目にしたと述べたとて、言い過ぎではない。

この最新の展開を彼の知るところとしたいのはやまやまであったが、しかし、すでに述べたように、我々が話題にしない事柄というのはある。それで僕はただなみなみと注がれた器から内容物を深く飲み込むと、たった今ガッシーが来てくれて嬉しかったと彼に告げるだけに留めた。

「スティンカー・ピンカーが何かの件で僕に会いたがっていると奴は言っていたが」

「サー・ワトキンとかたゆで卵の一件に関する事柄に相違ありません、ご主人様」

「そいつを投げたのはスティンカーだったなんて言ってくれるなよ」

「いいえ、ご主人様。当該不心得者は十代前半の少年であったと拝察いたします。しかしながら、同少年の衝動的行動は不幸な帰結に至ったものでございます。学校のお楽しみ会の秩序維持もできぬ副牧師に牧師館を委ねることが賢明であるかという点に、サー・ワトキンはご疑義を抱かれるに至られたのでございます。この情報をわたくしにお打ち明けくださいます際、ビングお嬢様におかれましてははなはだしくお嘆きのご様子でおいであそばされました。お嬢様におかれましては——お言葉を逐語的《ちくご》に引用申し上げますならば——例の一件はガチガチの鉄板とお考えでいらっしゃったわけでございますから、当然ながら大層ご動揺されておいでていらっしゃいます」

僕はグラスを空け、もの憂《う》げにタバコに火を点けた。トトレイ・タワーズが僕を皮肉屋にさせたいつもりでいるなら、こういうやり方は正しい。

「この家には呪《のろ》いが掛かってるんだ、ジーヴス。どこを見たって散らされた花々と閉ざされた希望で一杯だ。空気の中に何かあるんだろうな。こんなところを脱出するのは早けりゃ早いほどいい。なんとかして——」

僕は「今夜中に脱出できないものかなあ」と続けるところだったのだが、しかしこの瞬間にドアがばんと開いてスポードが弾《はず》んで入ってき、僕の唇からは言葉が拭《ぬぐ》い去られ、また僕としては眉毛を一つ二つ上げたのだった。パントマイムの悪魔の大王みたいに毎分毎時突如飛び出してくるこいつのこういう習慣に僕は反感を覚えていた。また僕が何かものすごく辛辣《しんらつ》なことを言わなかったのは、何も思いつかなかったという事実のゆえでしかない。そういうわけだったから、僕は仮面をかぶり、完璧な若主人の人当たりのよさでもって言葉を発した。

「ああ、スポードか。入っていくつか椅子を使ってくれ」僕は言った。それで我々ウースター家の者はいつでも来客を歓迎すると言おうとした寸前に、この人間ゴリラにきわめて特徴的な粗野で無愛想な態度で、奴は僕の話を中断した。ロデリック・スポードにも賞賛すべき美点はあるのだろうが、僕にはそれを見いだすことができない。とはいっても奴のもっとも熱き賞賛者ならば、奴を粗野と呼びはしないことだろうが。

14・ガッシーの変心

「貴様、フィンク＝ノトルは見たか？」奴は言った。

　こいつの話し方も見た目も僕はいやだった。唇はヒクヒク動いていたし、両目は、確か悪意に満ちたという言い方でよかったと思うのだが、そういう光でギラギラ輝いていた。奴がガッシーを探しているのが友愛精神に基づく理由でないことはごく明らかだったから、僕は真実をいささかゆがめて伝えることにした。賢明な人物ならばこういう時にはそうするようにだ。

「悪いが見てない。ウースターシャーの叔父の家からたった今帰ってきたばかりなんだ。急を要する家族の問題があって、僕が行ってあたらなきゃならなかった。それで不幸なことに学校のお楽しみ会は欠席したんだ。実に残念だった。君はガッシーに会っていないかい、ジーヴス？」

　彼は返答しなかった。おそらくそこにいなかったゆえであろう。彼は若主人様が上流階級の方々をご饗応《きょうおう》されておいでの時には奥ゆかしくそっと姿を消すのが常である。また立ち去る姿を人が目にすることもない。彼はただ、蒸発するのである。

「何か重大な用事があって奴に会いたいのか？」

「あいつの首をへし折ってやる」

常態に復していた僕の眉毛が、また上がった。僕の記憶が正しければ、僕はまた唇をすぼめてもいたものだ。

「おい、なあ、スポード！　ちょっとあんまりすぎやしないか？　お前が僕の首をへし折ろうって思い巡《めぐ》らせてたのはそんなに前のことじゃない。この首へし折り問題についちゃ、よくよく気をつけて、その衝動があんまり大きくなってお前を支配するようになる前に抑制しなきゃいけないぞ。そんなのはどうしようと自分の勝手だって、きっとお前は言うことだろう。だけどそういうことが習慣性になる危険はありやしないか？　どうしてお前はガッシーの首をへし折りたいんだ？」

奴は歯ぎしりした。少なくとも奴がやったのはそれだったと僕は思う。それでしばらく無言でいた。それから、声の聞こえる範囲内には僕しかいなかったにもかかわらず、奴は声を低く落として、こう言った。

「お前とは正直な話ができるんだ、ウースター。なぜならお前も、彼女を愛しているんだからな」

「えっ？　誰だって？」そこは「誰をだって？」と言うべきだったと思うが、その時は思いつかなかったのだ。

「マデラインだ、もちろん」

「ああ、マデラインのことか」

「お前には話したように、自分はいつだって彼女を愛してきた。また彼女の幸福は自分にとって非常に大切なことだ。自分にとってはそれがすべてなんだ。彼女に一瞬のよろこびを与えるためなら、自分は自分の身体をバラバラに切り裂いたっていい」

その点、僕は奴とは見解を異にするところだ。だが、女の子は人々がバラバラに切り裂かれるのを見てよろこぶだろうかという問題に立ち入る前に、奴は続けて話しだした。

「彼女があのフィンク＝ノトルなんて男と婚約したのは自分には大変なショックだった。だがそこに彼女の幸せがあるのだと考えたから、自分はその状況を受け容れたんだ。愕然《がくぜん》としながらも、自分は沈黙を保った」

「とっても誠実なことだ」

「自分がどう思っているか彼女にちらりとでも伺わせるようなことは何も言わなかった」

「とっても立派なことだ」

「彼女が幸せになってくれれば自分にはそれでじゅうぶんだった。他に大事なことは何もない。だが、フィンク＝ノトルが放蕩者《ほうとうもの》だとわかったからには──」

「誰が？　ガッシーがだって？」びっくりして僕は言った。「僕ならそんなラベルを一番貼《は》らない男だ。吹き寄せられた雪くらいに潔白［『冬物語』四幕四場］だって、僕は思ってきた。それ以上じゃないにしたってな。どうしてガッシーが放蕩者だなんて思うんだ？」

「あいつがコックにキスしてるのを見てから、まだ十分もたっていないという事実のゆえにだ」歯《は》軋《ぎし》りしているに違いない歯の間から、スポードはそう言った。そしてドアの外へ飛び出すと、行ってしまった。


どれほど動かずにいたものか──腹話術師が地元におでかけしてしまって座らされたまま置き去りになった腹話術人形みたいにだ──僕にはわからない。おそらくそんなには長くなかったのだろう。つまり硬直した四肢に生命が戻ると、ガッシーを見つけて奴の行く手に迫るこのV字型の大憂《ゆう》鬱《うつ》のことを警告してやるため、僕は急いで走り出したからだ。スポードは依然視界内にあった。奴は北北東の方向に姿を消し、また奴がいわゆるああいう難しい気分でいる時にまたもやごいっしょしたくはなかったから、僕は南南西に進路をとった。そしてこれ以上に賢明な進路選択もあり得なかったことを知ったのだった。僕の前方にイチイの小径《こみち》というかシャクナゲの小道というかそんなようなものがあって、そこに入ったらガッシーを見つけたからだ。奴は一種のトランス状態で佇《たたず》んでいた。それでウサギみたいに走ってなきゃいけない時に立ってなんかいる奴の間抜けさに強打を食らったような衝撃を僕は覚え、それゆえ奴に投げかけた「ホイ！」の声にはいちじるしい強調が加えられるところとなった。

奴は振り向いた。近づいてゆくにつれ、奴が先ほどに増して元気一杯でいることに僕は気づいた。角ブチメガネの奥の目はますます明るく輝き、唇を笑《え》みが縁取っていた。奴はオーストラリアに住む金持ちの伯父さんが命尽きてどっさり金を残してくれたのを知ったばかりのさかなみたいに見えた。

「ああ、バーティー」奴は言った。「僕たちは散歩に行くことにしたんだ。ボート漕ぎじゃなくってさ。水の上だとちょっと寒いんじゃないかって思ったんだ。なんて美しい夕べなんだろうなあ、バーティー、そうじゃないか？」

この点、奴と見解を等しくはできなかった。

「お前にはそうなんだろう。僕にはそうじゃない」

奴は驚いた様子だった。

「どういう点であれが模範的じゃないと君は言うんだ？」

「どういう点であれが模範的じゃないかを教えてやろう。お前とエメラルド・ストーカーとのことで、僕が聞いた話は何だ？　お前、彼女にキスしたんだって？」

奴の顔の「魂のめざめ」的表情は強化された。怒れる僕の目の前で、オーガスタス・フィンク＝ノトルははっきりニヤニヤ笑いをした。

「そうさ、バーティー。したとも。それで何が何でももういっぺんしてやる。なんて女の子なんだ、バーティー！　なんて優しく、なんと同情的で。彼女こそ僕の理想の完全に女性的な女性だ。こういう女性は今どきそこら辺にそうはいない。君の部屋にいた時、学校のお楽しみ会で何があったか話してる時間がなかったんだが」

「ジーヴスが話してくれた。バーソロミューがお前に嚙《か》みついたって」

「ああ、彼の言うとおりだ。あの食わせモンは僕を骨まで嚙みしだいてきた。そしたらエメラルド・ストーカーがどうしたと思う？　お気に入りの子供をあやす母親みたいに僕に優しくささやいてくれただけじゃない。僕の脚を洗い、傷ついた脚に包帯を巻いてくれたんだ。彼女は救いの天使だ。望みうる限りフローレンス・ナイチンゲールに一番近い生き物だ。傷口を消毒して包帯を巻いてもらった直後に、僕は彼女にキスしたんだった」

「うーん、お前は彼女にキスすべきじゃなかった」

またもや奴は驚きを表明した。それはきわめて賢明な考えだと自分は思った、と、奴は言った。

「だけどお前はマデラインと婚約してるじゃないか」

この言葉でもって奴の良心が十二気筒全開でフル活動開始してくれるものと僕は願っていた。でもなんだか機械の調子がおかしいようだった。というのは奴はこんなにもそっくりな氷の上のさかなみたいに冷静で心動かされないままでいたからだ。

「ああ、マデラインか」奴は言った。「マデラインの話はこれからするところだったんだ。マデライン・バセットのどこが悪いか、話してやろうか？　ハートがない。そこでしくじってるんだな。見る分にはきれいだ。だがここのところに何にもないんだ」左胸をポンポン叩きながら奴は言った。「彼女が僕の大怪我にどう対応したかわかるか？　彼女はバーソロミューの肩を持ったんだ。彼女はすべて僕の過失だと言った。あのイボ犬をいじめたと言って僕を非難したんだ。要するに、彼女は見下げ果てた態度を取った。エメラルド・ストーカーとは、なんて違いだ。エメラルド・ストーカーがどうしたかわかるか？」

「いま言ったじゃないか」

「だから、僕の傷に包帯を巻いてくれた他にってことだ。彼女は台所に直行してサンドウィッチをひと包み拵《こしら》えてくれた。そいつはここにある」ガッシーは言った。大きな包みを誇らしげに取り出してうやうやしくそいつを見つめながらだ。「ハムサンドウィッチだ」奴は感情の脈動する声で言った。「彼女は僕のために、自分の手でこれを作ってくれたんだ。また彼女がこの世界でただ一人、僕のための女の子だってことを明らかにしてくれるのは、彼女の素晴らしい同情心もさることながら、彼女の思慮深さであると僕は思う。僕の目からはウロコが落ちたし、また僕がマデラインにかつて感じていた思いは、ただの子供じみたのぼせ上がりに過ぎなかったってことがわかったんだ。エメラルド・ストーカーに対する感情こそが本物だ。僕の意見では、彼女は唯一無比だ。また僕としては君に、彼女はペキニーズ犬みたいに見えるなんて言いながらこの界隈《かいわい》を動き回るのはやめてもらえると有難い」

「だけど、ガッシー――」

奴は横柄にサンドウィッチを振り、僕を黙らせた。

「〈だけど、ガッシー〉なんて言ったってだめだ。君の問題はさ、パーティー、真実の愛ってものを理解できないところなんだ。君は花から花へとひらひら飛んでまわって蜜《みつ》を吸うただのチョウチョウに過ぎない。フレディー・ウィジョンとか、ドローンズ・クラブに溢《あふ》れ返ってる他の間抜け連中みたいにさ。君にとって女の子は暇つぶしの遊び道具でしかない。だから激しい情熱なんてものは君には理解の外なんだ。僕はちがう。僕には人間的な深みがある。僕は結婚する人間なんだ」

「だけどお前はエメラルド・ストーカーとは結婚できない」

「どうしていけない？　僕たちは対なす魂なんだ」

一瞬僕は、ストーカー親爺《おやじ》の肖像を言葉で描き出して、それで奴の頭にある計画を実行した場合にどういう種類の舅《しゅうと》を手にすることになるかを教えてやろうかと考えたが、やめておいた。何カ月もの間パパバセットを未来の舅と考えてきた男はそんな論証にぐらつかされたりはしないと、理性が僕に告げたのだ。どんなに赤裸々に描写したとて、ストーカーは良い方向への変化としか思えないことだろう。

僕は途方に暮れて立ち尽くした。そしてまだ途方に暮れて立ち尽くしていた。と、僕の名を呼ぶ声が聞こえ、振り向くとスティンカーとスティッフィーの姿が見えた。二人は闇雲に手を振っており、それで僕はこの二人がサー・ワトキン・バセットとかたゆで卵の問題について僕と議論しにやってきたのだと了解したのだった。

僕の私事におけるこの決定的に重要な瞬間に僕が一番して欲しくなかったことは、中断だった。

つまり僕の全身全霊は、ガッシーに言い聞かせて奴の目を覚ましてやることに集中していたからだ。しかしバートラム・ウースターは窮地にある友に関心を傾注する時、我がことを忘れるとはよく言われるところである。彼の主関心がどこにあろうとも、窮地に陥った友がひと声合図するだけでバートラムは彼と共にあるのだ。ガッシーには近い将来に戻ってくるからそしたらこの話し合いを再開しようと手短に言い置き、僕はスティッフィーとスティンカーの立っている場所へと急いだ。

「急いで話してくれ」僕は言った。「会議中なんだ。長い話過ぎてぜんぶは説明できないが、深刻な状況が出来《しゅったい》している。ジーヴスが言ってた、君たちの問題みたいなやつだ。彼が僕に話してくれたところでは、スティンカーがあの牧師館を手に入れられない見込みが大幅上昇中だそうだ。彼によると、パパバセットのほうじゃますます〈欲しいよりもできぬを先にする〉をやってるそうだ。残念なことだ」

「むろん、サー・ワトキンのお立場からすれば理解はできるんだ」スティンカーが言った。家具にぶつかって倒すほかに奴に欠点があるとしたら、それは人間のクズ連中に対していつだってあまりにも寛容すぎるところだ。「あの方は、もし僕がこどものための聖書教室の連中の心に、善悪の区別をもっとしっかり叩き込んでいたら、こんなことは起こらなかったとお考えなんだ」

「起こらないわけがないと思うわ」スティッフィーが言った。

僕だってだ。僕の意見では、どんなに日曜午後の授業指導を大量にやったとて、成長発達過程にある少年たちにサー・ワトキン・バセットにかたゆで卵を投げないようにとじゅうぶん教え込めるわけがない。

「だけど、それについて僕にできることは何にもないだろう？」僕は言った。

「もちろんあるわ」スティッフィーが言った。「あたしたち、伯父様のご機嫌を取るって希望を捨ててないの。だいじなのは伯父様の神経系を少しずつ平常に回復させてゆくことなんだわ。それであたしたちが来たのはね、バーティー、伯父様が落ち着くまでどうしてもあなたに伯父様のおそばに行かないようにしていてもらいたいからなの。伯父様を追いかけちゃだめ。放っておいて。あなたを見ると伯父様どうかしちゃうんだから」

「親爺さんを見ると僕だってどうかしちゃうさ」僕は熱を込めて切り返した。退職治安判事と友愛をはぐくむほかに、僕にすることがないとでも言いたげな態度に反感を覚えたからだ。「もちろんあいつとのご交際は避けさせてもらうとも。うれしいことだ。それだけかい？」

「それだけよ」

「それじゃあガッシーの方に戻らせてもらう」僕は言った。そして立ち去ろうとしたところで、スティッフィーが鋭いキーキー声を発した。

「ガッシーですって！　それで思い出したわ。あの人に言いたいことがあったの。あの人には生きるか死ぬかの大事なことよ。どうして忘れちゃったんだか、わからないわ。ガッシー」彼女は呼びかけ、するとガッシーは、白日夢から突然目覚めたかのように目をパチパチさせると、こっちにやってきた。「あなた、こんなところで何もたもたやってるの、ガッシー？」

「誰だって、僕かい？　僕はバーティーと話し合ってることがあって、それで手が空いたら戻ってきて話の続きをするって言うから」

「あなたにはバーティーと話し合いをしてる時間なんかないって言わせて」

「へっ？」

「〈へっ?〉なんて言ってる時間もないの。あたし、ロデリックにたった今会ったのよ。そしたらあいつ、あなたはどこか知らないかって聞いてきたの。なぜかって言うとあなたがコックとキスしてるのを見たから、あなたをバラバラに引き裂きたいからなんですって」

ガッシーの顎《あご》は鈍い音を立ててどさんと落ちた。

「君はその話をぜんぜんしてくれなかったじゃないか」奴は僕に言った。またその声には非難の響きが感じられたものだ。

「ああ、すまない。言い忘れてた。だが本当なんだ。対処開始したほうがいいぞ。ウサギみたいに走れが僕の助言だな」

奴はその助言を容れた。誰かさんが言ったように、ご挨拶、席次などにはおかまいなく立ちあがり［『マクベス』三幕五場］、奴は鉄砲から発射されたみたいに走り去った。そして素晴らしく速度を上げていたところで、スポードと正面衝突して急停止するに至ったのだった。奴はその時左手中央より登場していたのだ。

15・がんばれ、バーティー

たとえ相手がガッシーみたいに小柄な男でも、上腹部に真正面からぶつかられたらばずいぶんと面食らうものである。僕自身、その点は証言できる。ニューヨーク訪問中、ワシントン・スクゥエアで同じ経験があったからだ。ワシントン・スクゥエアにはローラースケートでビュンビュン行ったり来たりする悲しい目をしたイタリア系の少年がどっさりいる。それでその中の一人が、頭を下げて走行中、高速で僕のウェストコートの第三ボタン付近に激突したのだ。それは僕に奇妙な、「ここはどこ?」感を覚えさせてくれた。だからスポードの感覚もそれに近いものであったろうと僕は想像する。奴は鋭く「うっ」と息を吐き、きこりの斧《おの》の下の森の木みたいにゆらゆら揺れた。しかし不幸なことにガッシーもゆらゆら揺れするために立ち止まったものだから、奴に平衡《へいこう》を取り戻して体勢を立て直す時間を与えてしまった。ハムみたいな腕を一本差し伸ばしてガッシーの襟首《えりくび》にあてがい、奴は「ハッ!」と言った。

「ハッ!」というのは正しい返答を見つけるのが常に容易でない言葉のひとつである——それはその点で「お前か!」に似ている——だが発話不能になるまでカクテルみたいにシェイクされていたという事実ゆえ、ガッシーが言葉を探し求める必要はなしですんだ。奴のメガネは落下し、僕の立つそばで静止するに至った。僕は必要になったら返してやろうとの意図をもってそいつを拾い上げた。とはいえその時が今すぐでないのは見ればわかった。

フィンク゠ノトルは幼き頃よりの友であり、すでに述べたように二人してしばしば最後の一本のチョコレートバーを分け合った仲である。それでただちに誰かが介入しないことには、奴の内臓器官ぜんぶがマセドワーヌかハッシュみたいなごたまぜに成り果てることは明らかであったから、この悲惨な場面を終了させるべく何らかの手立てをとろうとの考えは、当然ながら僕の脳裡《のうり》をよぎった。むろん、いくつか注目すべき問題を提示するのは、どういう手立てを講じたらばよろしいかという点である。僕のトン数はスポードと取っ組みあいの闘争が可能なほどに多くはないし、また丸太で奴の頭の後ろを打ちつけてやろうとの思いを僕は胸にもてあそびもしたものだが、しかしその計画はその場に丸太がないという事実により無効かつ無益となった。こういうイチイの小径《こみち》とかシャクナゲの小道というものには、小枝や落ち葉はあるのだが、こん棒として利用可能な丸太のようなものは皆無《かいむ》なのだ。それで僕はスポードの背中に飛びついて首のまわりに両腕を巻きつけてやることによって何事か果たさんと決意したのだが、その時スティッフィーが「ハロルド！」と叫ぶ声を聞いたのだった。

彼女の意図は理解できよう。ガッシーは特に彼女と仲良しなわけではない。だが彼女は心優しきスモモ娘であるし、また人は可能ならば仲間の生き物の命は救いたいと考えるものである。彼女は活動開始してガッシーの命を救うようにとスティンカーを呼んだのだ。しかし奴をすばやく見ると、どう始めたものか途方に暮れた様子でいるのがわかった。奴は頬に指を思慮深げに走らせながら、その場に立ち尽くしていた。諺《ことわざ》の中のねこみたいにだ。

奴が活動開始をためらう理由はわかる。何と言ったか……舌の先まで出掛かっているのだが……き、で始まる……ジーヴスが使うのを聞いたことがある……怯懦《きょうだ》、これだ。その意味は大まかに言うと、人がいちじるしい臆病風に吹かれているというようなことである。話を中断する前に言いかけていたように、奴の行動を押し留めていたのは怯懦ではない。通常の状況ならばライオンだって奴の通信教育課程で勉強できるくらいだし、スポードと会ったのがラグビー場においてであったら、奴の首に飛びついてリボン結びに結んでやることを躊躇《ちゅうちょ》はするまい。問題は奴が副牧師であるというところで、それで英国国教会の偉いさん達は教区民を殴りつける副牧師を不審の目もて見やるだろうということなのだ。信徒をぶん殴ったらもうおしまい、ということだ。そういうわけで奴は今介入をためらっている。また奴が介入したあかつきに起こるであろうことを天罰と呼んだとて、言葉が弱いというものだろう。

「おーい、あのう、なあ?」奴は言った。

お前はこの状況に間違った角度から接近しているよと、僕はスティンカーに言ってやりたかった。スポードみたいなゴリラが怒れる情熱を昂《たかぶ》らせるがままにしているという時、優しいとりなしの言葉などに勝ち目はない。その点を了解した様子で、奴はこの悪党がガッシーを絞め殺そうとしている——というかそんなふうに見えたのだが——場所に歩を進め、奴の肩に手を置いた。それから、これまた何ら実質的な結果を達成しないようだと見ると、肩を引っぱった。耳をつんざくような大音響がして、肩を握る手の握力が緩められた。

読者各位におかれては、ヒマラヤのユキヒョウをその餌食《えじき》から引き離そうとされたことがこれまでおありかどうか僕にはわからない——おそらくおありではなかろう、つまりほとんどの人はあまりそんな方にでかけたりはしないものだからだ——だけどもしおありだったら、同獣が不快の意を表明するであろうことはかなりの高確率で予測できよう。スポードも同じだった。自分の目的物と目的行為に対するいわれなき妨害と思われる行為に激昂《げっこう》し、奴はスティンカーの鼻を殴りつけた。そしてこの神の使徒を悩ませていたすべての懸念が、一瞬にして雲散霧消《うんさんむしょう》したのだった。

思うに、人をして自分が聖職者の立場にあることを忘却せしむる事柄が一つあるとしたら、それは鼻をすこんと一発殴られることであろう。つい一瞬前まで、スティンカーは自分の上役聖職者よりの非難を気にかけるばかりだった。それが今や、奴の胸中を推測するならば、奴は「上役聖職者なんてクソ食らえ」と言っていることであろう。あるいは副牧師であるからして「パンがないならケーキをお食べ」と言っているところだろうか。

それは壮絶な見ものだった。また僕は人の言う「戦闘の教会」が何であるかを理解できたような気がした。実に残念なことに、それは長くは続かなかった。スポードは勝利への意志に満ち満ちてはいたものの、スティンカーには技術があった。大学時代に奴がフットボール選手であるに加えてボクシング選手でもあったことも与かって力あるのだろう。短い乱闘があって、次の瞬間にはスポードが地面にのびていた。数日間水中にあった水死体みたいな具合にだ。奴の左目はいちじるしく腫《は》れあがっており、レフリーがいたら何の反応も引き出さずに百までカウントできたことだろう。

スティッフィーは短い「やったあ！」の声と共にスティンカーを連れ去っていった。間違いなく鼻を洗って激しい出血を止めるためであろう。そして僕はガッシーにメガネを渡した。奴は立ったまま一種のトランス状態でそいつをもてあそんでいた。僕は奴にとって最善の利益と思われる提案をしてやった。

「指図しようなんてつもりはないが、ガッシー、だけど、スポードが目を覚ます前に逃げ出すのが賢明なんじゃないか？　僕が知る限り、こいつは寝起きの機嫌のいいタイプじゃなさそうだぞ」

人がこんなにもすばやく行動する様を、僕は見たことがない。その言葉が僕の口から発声されるやいなや、僕らはイチイの小径《こみち》――もしそれがイチイの小径で、シャクナゲの小道でなかったとすればだ――を後にしていた。僕らは変わらずハイペースで歩き続けたが、やがて歩調をやや落とした。ガッシーはようやく、先のシーンについてコメントできる状態になっていた。

「あれは恐ろしい体験だった、バーティー」奴は言った。

「気分が良かったわけがないな」僕は同意した。

「すべての過去の出来事が走馬灯のように駆け巡《めぐ》った」

「それはおかしい。お前は溺《おぼ》れてたわけじゃないだろ」

「ちがう。だけど原理はいっしょなんだ。ピンカーが存在感を示してくれた時は有難かったと言わなきゃならない。あいつはなんていい奴なんだろうな」

「最高だな」

「あれこそ現代の教会が必要とする人物だ。身を引いて構えて、スポードみたいな奴の急所に一発食らわせられる副牧師がもっともっと必要だ。奴がそばにいてくれれば、安心していられるってものだ」

ガッシーが気づいていないらしき点を、僕は指摘してやった。

「だけど、奴はいつだってそばにいてくれるわけじゃないぞ。奴には〈こどものための聖書教室〉があるし〈母の会〉もあるし、他にも色々そんなようなことで忙しいんだからな。それにスポードは一度地面に倒れても、再び起き上がるってことは忘れるなよ」

奴の顎《あご》がちょぴり落ちた。

「考えてもみなかった」

「僕の助言を聞いてくれるなら、お前はさっさと逃げ出してしばらく身を潜《ひそ》めてたほうがいい。スティッフィーが車を貸してくれるだろう」

「君の言うとおりだと思う」奴は言った。みどりごの口からなんとか〔『詩編』八・三〕と、僕には侮辱的と聞こえる言葉を付け加えながらだ。「今夜ここを発つことにする」

「さよならも言わずにだ」

「もちろんさよならも言わずにだ。だめだ、そっちに行っちゃだめだ。左に向かって歩いてくれ。僕は菜園に行きたいんだ。エムにそこで会おうって言ってあるんだ」

「誰に言ってあるんだって？」

「エメラルト・ストーカーだ。誰のことだと思った？　彼女は菜園に行って今夜のディナーのためにいんげん豆とかいろいろ集めなきゃならないんだ」

それで確かに、彼女が大きなたらいを持ってそこにいて、家事遂行に忙殺されている様子だった。

「バーティーを連れてきたよ、エム」ガッシーが言い、すると彼女はさっと振り向いた。いんげん豆を一、二本こぼしつつだ。

彼女の顔のそばかすの一つ一つが、奴を見る時どれほど明るく輝くかを目にするのは不快だった。あたかも何か美しい風景でも見ているみたいにだ。またそれはまったく事実とはかけ離れたことである。彼女は僕にはほとんど関心がないみたいだった。短い「ハロー、バーティー」で僕に関する限りはおしまいらしく、彼女の注目全体はすべてガッシーのためにお取り置きされていた。彼女はガッシーを、近所の子供たちと喧嘩《けんか》して家に帰ってきた愛するわが子を見つめる母親のように見つめた。それまで僕は興奮のあまり、スポードとの対決で奴がどれほど乱れ果てた有様になっているか気づきもしなかったのだが、奴の見た目全体が脱水機から出てきた何ものかみたいであるのを今見てとった。

「どうしたの……あなた何してらしたの？」彼女は絶叫した。という言葉で正しければだが。「あなた、災害被災地みたいに見えるわ」

「この状況じゃあ当然だ」僕は言った。「こいつはスポード相手にちょっぴり不快な目に遭ってきたんだ」

「それってあなたが言ってた人のこと？　人間ゴリラだっていう？」

「そいつのことだ」

「何があったの？」

「スポードがガッシーの詰め物を揺すぶって取り出そうとしたんだ」

「可哀そうなかわいい仔ヒツジちゃん」エメラルドが、ガッシーに向かって言った。僕にじゃあない。「んもう！　そいつをちょっとここに連れてきてもらいたいわ。わたしがお仕置きしてあげるんだから！」

するとと僕が常々不思議な偶然と考えるもののせいで、彼女の願いはかなえられた。カバの大群が川辺の葦《あし》の間を通り過ぎるような凄まじい大音響が僕の注意を喚起《かんき》し、そしてスポードがノット数を上げ、スティンカーの介入により〈未済〉の標記にてファイリングすることを余儀なくされた、ガッシーの内臓の色彩探究過程を可能な限り早期に再開しようとの明白な意図をもって近づいてくるのが見えたのだった。この危険人物が、地に倒れようとも再び立ち上がると予測した点で、僕は完璧に正しかったわけだ。

新たに到着したこの人物の佇《たたず》まいには、彼らに近い情報源より知り得たところでは、紫や金に輝くオオカミのごとく近づいてくるアッシリア人［バイロンの詩「セナケリブの破壊」］との強い類似性があるように思われた。奴がこのままっすぐ連中の野営地に乗り込んでいったら、たちまち仲間とみなされ、みんなして赤ジュータンを敷いて歓迎してくれることだろう。

しかしアッシリア人が奴よりも有利であった点は、彼らはその群れの内に強力なゲンコツとたらいを持った母性的な若い女性を見いだすことはなかった、というところである。このたらいは何かしらぶ厚い磁器でできたものであったようで、スポードがガッシーを摑《つか》んでいつもの振り振りシェイクを開始しようとしたところで、そいつは奴の頭の後ろより、ある者は鈍いと言い、ある者は不快感を覚えるようなと言う、ゴツンという音を発したのだった。それは割れていくつもの破片となりはしたものの、しかしその時までにその使命は達成されていた。H・P・ピンカー牧師との先の邂逅《かいこう》によってスポードの抵抗力は消耗していたのだろう。いずかた知れぬ大地へと奴は倒れ落ち、穏やかな姿でゆったりとそこに寝そべっていた。今日は奴のラッキーデーではないようだと、その時思ったことを僕は憶えている。また思ったのだが、奴が生まれてこの方やっている人間のかたちをしたシラミでいることが常に誤りであることがこれでわかろうというものだ。つまり遅かれ早かれ応報が奴を訪なうのだから。前にジーヴスがこう言ったのを憶えている。すなわち、神の碾《ひ》き臼《うす》はゆっくりと回る、しかしそれは余計なものを細かく粉砕して回るのである［ロングフェローの詩「神の応報」］、とかそんなふうだったと思うが。

しばらくの間、エメラルド・ストーカーは満足げに笑《え》みを浮かべ、彼女の手仕事の成果を検分しつつ立っていた。また彼女がちょっぴりうぬぼれて見えたことを僕は責めない。なぜなら彼女は疑問の余地なく見事な戦いをしたのだから。それから突然、鋭い「あらやだ!」の声と共に、水浴中を驚かされたニンフみたいに彼女は去っていった。そして一瞬後、この移動をもたらしたのが何であったかを僕は理解した。彼女はマデライン・バセットが近づいて来るのを視認したのだ。また、雇用主の客人の頭を磁器製のたらいで殴ったのはなぜかを雇用者に説明せねばならない状況を喜ぶコックはいなかろう。

マデラインの目は亡骸《なきがら》上に向けられるやいなや、ゴルフボールくらいの大きさに拡がり、そして彼女はガッシーを、あんまり好きではない大量殺人鬼を見るように見た。

「あなたロデリックに何をしたの?」彼女は詰問した。

「へっ?」ガッシーが言った。

ガッシーはメガネをかけなおすと肩をすくめた。

「ああ、あれか? ちょっときつく仕置きしてやっただけさ。責められるべきはひとり本人のみだ。自業自得だ。教訓を与えてやらなきゃならなかった」

「ケダモノ!」

「まったくそんなことはない。奴は自分から身を引くことだってできた。僕がメガネを外したらどういうことになるか、奴は予測してなきゃならなかったんだ。僕がメガネを外す時、自分の身がかわいい奴はとっとと逃げ去るのさ」

「きらい、あなたなんてきらい！」マデラインは叫んだ。このセリフを人が言うのを、僕はミュージカル・コメディーの第二幕でしか聞いたことがない。

「そうかい？」ガッシーが言った。

「ええそうよ。私、あなたが大きらいだわ」

「そういうことなら」ガッシーが言った。「僕はハムサンドウィッチを頂くとしよう」

そして奴はある種オオカミめいた食欲でそいつを賞味し、その様は僕の背筋に冷たい戦慄《せんりつ》を走らせた。そしてマデラインは鋭い金切り声を放った。

「これでおしまいよ！」彼女は言った。これまたなかなか聞けないセリフである。

かつて愛し合っていた二つのハート間で事がここまでに加熱してしまった場合、無辜《むこ》の傍観者はいつだってにじり去るのが賢明である。僕がやったのがそれだった。僕は館に戻ろうとして、私設車道でジーヴスに会った。彼はスティッフィーの車の運転席に座っていた。彼の横に、人を断罪する年老いたスコットランド人みたいな顔で座っていたのは犬のバーソロミューだった。

「こんばんは、ご主人様」彼は言った。「わたくしはこの犬を獣医師の許に連れて参ったところでございます。この犬がフィンク＝ノトル様に噛《か》みついたため、ビングお嬢様におかれましてはいたくご憂慮されておいでなのでございます。何かに感染させられてはおらぬかと、ご心配されていらっしゃいます。幸い、獣医師の診立てによりますと健康証明書に汚点なしとの由でございました」

「ジーヴス」僕は言った。「君に教えたいホラー話がある」

「さようでございますか、ご主人様？」

「リュートはミュート《音なし》になった」僕は言った。そして可能な限り手短に、彼に事実を伝えた。僕が話し終えると、彼はそれはきわめて不快であるとの点で同意した。

「しかし、遺憾ながら成し得ることは何もございません、ご主人様」

僕はよろめいた。いかに困難であろうとも、ありとあらゆる問題をジーヴスが解決してくれる様を目《ま》のあたりにすることに僕は余りにも慣れ切っていたから、ご期待に沿うにあたって無力であるというこの率直な告白は、僕から生気を奪ったのだ。

「君は途方に暮れているのか？」

「はい、ご主人様」

「手も足も出ないのか？」

「まさしくさようでございます、ご主人様。おそらくいささか将来の時におきましては、本問題の調整方法の思い浮かぶこともございましょう。しかし遺憾ながら、ただいまは何事も思い当たりません。申し訳ないことでございます、ご主人様」

僕は肩をすくめた。魂には鉄が入り込んでいたが、しかし上唇はかたくしたまま、僕は平静を装った。

「だいじょうぶさ、ジーヴス。これほどの問題なら手も足も出なくたって君のせいじゃない。行ってよしだ、ジーヴス」僕は言った。そして彼は車で走り去った。走り去りながら、犬のバーソロミューは不快な上から目線を僕に向けてよこした。あたかも救いはあったかと僕に問うがごとくにだ。

僕は自室に向かった。この恐怖の館において唯一平和とか平穏とかいった性質のことを手にしうる場所である。とは言ったって大して持てるわけではないが。トトレイ・タワーズにおける凄《すさ》まじい生の奔流《ほんりゅう》は僕を落ち込ませていたし、僕は一人になりたかったのだ。

どうするのが最善かと思い巡らせながら、そこに僕は半時間以上は座っていたものと思う。すると突然、ジーヴスが種々雑多な思いの集積と述べるものの中から、ひとつの整合的な思考が立ち上がってきた。で、そいつは今すぐただちに気つけの一杯を頂かなかったら、その場で悶絶《もんぜつ》死するようなシロモノだったのだ。もうカクテルの時間になっていたから、たとえ欠点は数多かろうとも、サー・ワトキン・バセットが客人のために食前酒を振舞ってくれる人物だとはわかっていた。僕がスティッフィーに彼とごいっしょする機会は避けると約束したのは確かである。しかしその時にはこんな非常事態が発生するとは思ってもみなかったのだ。それは彼女の信頼を裏切るか、今座っているこの場所でこのまま自滅するかの選択だった。そして僕は前者の選択肢を選んだのであった。

居間にはパパバセットがたっぷり荷を積載したトレイを肘脇に置いているのが見えた。僕は唇をなめながら急いで前進した。僕を見て彼がうれしそうだったと述べたらば誇張がすぎよう。しかし彼は救命薬を僕に勧めてくれたし、僕はよろこんでそれをいただいた。およそ二十分間の気まずい沈黙が続き、それから、ちょうど僕が二杯目を飲み干してオリーブに手を伸ばそうとしたところで、スティッフィーが入ってきたのだった。彼女は僕に非難に満ちたまなざしをすばやく送り、また僕には彼女のバートラムの約束に対する信頼が今後けっして原状回復することはないであろうことがわかった。しかし、彼女が注目を向けたのは、パパバセットに対してであった。

「ハロー、ワトキン伯父様」

「こんばんは、可愛い子や」

「ディナーの前の一杯を頂いてらっしゃるのね？」

「そうじゃ」

「そうだと思ってらっしゃるんでしょうけど」スティッフィーは言った。「そうじゃないんだわ。なぜかは教えてあげる。ディナーはなしなの。コックがガッシー・フィンク＝ノトルと駆け落ちしたのよ」

16. ストップ・プレス

読者諸賢におかれては、不可思議なことにお気づきかどうかと思う。すなわち、同一のニュースが二人の異なった人物に対していかに異なった効果をもたらすものであるか、ということである。つまりだ、何かをたとえばジョーンズとブラウンに告げたとして、ジョーンズは陰気に座り込んでバラバラになるほどに打ちのめされるのに対し、ブラウンはというと万歳三唱してバック・アンド・ウィング・ダンスを踊るのである。同様のことがスミスとロビンソンについても言える。これはつねづね僕には不可解と思われることであった。

今がそうだった。マデライン・バセットとガッシーとの間の過熱した応酬を耳にして、僕はけっしていわゆる楽観主義ではいなかった。しかし僕のハートは悲哀の重みにたわんで、いわゆるほんのわずかの希望にだってすがりつきたい心持ちになっていた。また二人の愛情は、確かにただいまはほっぺに一発食らってはいるものの、やがてせっせと活動開始するのだと僕は自分に言い聞かせようとしていた。すべては忘れ去られ、許されるのだ、と。つまりだ、忠実なる婚約者たちの間に口論があった後には、深い後悔がしばしば起こり、〈おこっちゃってごめんね〉とか〈私のこと許してくれる?〉とかが大発生して、しばらくの間引き受け手なしでお蔵入りしていた愛がふたたび元気を取り戻して従前どおりに活動を続けるものなのだ。おお、愛をいっそう深める諍《いさか》いに祝福あれ［テニスンの長篇詩「王女」］、というのがジーヴスがかつて言うのを耳にしたところである。

だがスティッフィーの言葉で、豆の入った磁器製のたらいで後頭部を強打されたかのごとく、その希望は崩壊した。そして僕は前のめりに椅子に沈み込んだ。両手に顔を埋めつつだ。いつだって物事の明るい面を見るのが僕のポリシーであるが、そうするためには物事に明るい面がなければならない。そして現在の状況においてそれは存在しないのである。マデライン・バセットが言ったように、これでおしまいだ。僕は若人らを結びつけるレゾヌールとしてこの館に来た。しかしどれほどのレゾヌールであろうとも、若人らの片方が誰か別人と駆け落ちしてしまった場合には、その若人らを結びつけることは不可能である。妨害されているだけでなく、手かせ足かせで拘束されているのだ。そういうわけで、すでに述べたように、僕は椅子に前のめりに沈み込み、両手に顔を埋めていたのだった。

　他方、パパバセットにとっては、この一面ニュースは明らかに稀少かつ爽快《そうかい》な果実として届けられた。すでに述べたとおり僕の顔は両手に埋められていたから、親爺《おやじ》さんがバック・アンド・ウィング・ダンスを踊ったかどうかは見てとれなかったが、ちょっぴり踊った蓋然性《がいぜんせい》はきわめて高い。つまり、話し始めた声の響きから、彼が破裂寸前までよろこびに満ち満ちているのがわかったからだ。

　むろん親爺さんが歓喜に泡立つのもわかる。バートラム・ウースターをおそらく例外として、ありとあらゆる花婿候補中でガッシーは彼が一番選ばない相手であるからだ。彼は最初からガッシーのことを憂慮の目もてうち眺めていた。また、もし彼が娘の結婚問題で采配《さいはい》を揮《ふる》える時代に生きていたら、何の迷いもなくこの婚姻を禁止したことだろう。

　ガッシーは以前僕に、彼、すなわちガッシーが彼、すなわちバセットに彼、すなわちバセットの息女の婚約相手として紹介された時、彼、すなわちバセットは顎《あご》をだらんと落として彼を見つめ、のどを締められたみたいな声で信じられないというふうに「なんと！」と言ったそうだ。僕の言いたいところをおわかりいただければだが、あたかも自分が陽気なプラクティカル・ジョークを仕掛けられていて、まもなく本物の相手が椅子の後ろから飛び出してきて「エイプリル・フール！」と言うのを願うかのようにだ。それでとうとう彼、すなわちバセットが、これがおふざけでも何でもなく、ガッシーが本当に自分の引き当てた花婿《はなむこ》だということを理解した時、彼は部屋の隅っこに行って座り込んで微動だにせず、話しかけられても口を開くことを拒否したそうだ。

　であるならば、スティッフィーの宣言が、ドクター誰それの精力沼ジュース――そいつは赤血球に直接作用して心地よい満足感を与えるのだ――をひと飲みしたみたいに彼を元気ハツラツにしたのは驚いたことではない。

「駆け落ちしたじゃと？」彼はうがい声を発した。

「そのとおりよ」

「コックととな？」

「ほかならぬコックとよ。だから今夜はディナーはなしよって言ってるの。かたゆで卵で我慢するしかないわね。お楽しみ会の残りがあればの話だけど」

　かたゆで卵と聞いて、パパバセットは一瞬顔をしかめた。彼の思いがティー・テント内の出来事に馳せ戻るのが見てとれた。しかし彼は悲しい思い出にくよくよしているにはあまりにも幸福すぎた。彼は腕を一振りし、ディナーなんぞまったく問題ではないとの趣旨を表明した。バセット家の者は必要とあらば耐乏生活をも厭《いと》わないと、その腕の一振りは示していた。

「その事実に間違いはないのじゃな、可愛い子や」

「二人して出発する場に居合わせたの。よかったらあたしの車を貸してもらえないかって、ガッシーは言ったわ」

「むろん貸してやったんじゃろうな？」

「ええ、そうよ。あたしは〈いいわ、ガッシー。使ってちょうだい〉って言ったわ」

「いい子じゃ、いい子じゃ。実に見事な対応じゃった。それでは連中は本当に去って行ったんじゃな？」

「風と共にね」

「それで二人は結婚する予定なんじゃな？」

「ガッシーが特許状をもらえ次第ね。カンタベリー大司教に申し込まなきゃならないんでしょ。ずいぶんたっぷり吹っかけてくるって聞いたわよ」

「有意義な出費じゃ」

「ガッシーもそう思ってるみたい。コックはバーティーの叔母さんの家で降ろして、ロンドンに行って大司教と話し合うんですって。彼、やる気満々よ」

ガッシーがエメラルド・ストーカーをダリア叔母さんの家に上陸させるというこの途轍《とてつ》もない発言は、僕の頭をビクッと上げさせた。血を分けたわが肉親がこの不法侵入をどう受け取ることかと思案している自分に、僕は気づいた。また、こんなにも恐ろしい危険にあえて直面しようだなんて、ガッシーのエムへの愛情がどれほど深いことかを思い、畏敬の念を覚えたものだ。齢《よわい》重ねたるわが肉親は強烈な人間性の持ち主であり、気分を損ねると、不快の対象を一瞬にして油ジミに貶《おとし》めることに何らの困難も覚えない。彼女が狩りに精励していた時代、猟犬たちの上を馬で通過したといって叱《しか》りつけられたスポーツマンは元の姿に二度と戻ることはなかったし、何カ月もの間、ぼうぜん自失の状態で歩き回り、突然の物音にも跳《と》び上がったと僕は聞いている。

僕の頭は今や起き上がっていた。僕はパパバセットを見ることができた。また僕を見る彼の目はものすごく慈愛に満ちていて、これが僕が今まで歓談していた同じ元治安判事であるとは信じられないくらいだった。二つの椅子に二人の男が座って、二十分間互いに口をきかないでいることを歓談する、と呼べるとしてだが。歓喜が彼を世界中すべての人々の朋友《ほうゆう》としていることは明らかだった。身震いなしでバートラムを見られるまでにだ。彼は人間というよりはもっとディケンズの小説から飛び出してきた何かみたいに見えた。

「貴君のグラスが空ですな、ウースター君」弾《はず》むように彼は言った。「おかわりをお注《つ》ぎしましょうかな？」

お願いしますと僕は言った。僕はすでに二杯飲んでいたし、いつもだったらそれが限界なのだが、僕の冷静沈着さが粉々に粉砕された今、三杯目を飲んだって害はなかろうと思われたのだ。実際、僕はそいつにもっと深々と浸かりたいとすら願っていた。ディナー前に二十六杯マティーニを飲むのが常だった男の話を読んだことがある。その彼は真っ当な考えの持ち主であったとの確信が、僕を包み始めた。

「ロデリックが話してくれたのですが」御大《おんたい》は続けて言った。「自分の言った冗談が法廷内で爆笑で迎えられたみたいな陽気さでだ。「貴君が本日午後の学校のお楽しみ会に来られなかった理由は、緊急の家族の問題でブリンクレイ・コートに呼び出されたからだったそうですな。すべては満足のゆく次第となったことと信じるのですが」

「ええ、だいじょうぶです。ありがとうございます」

「みな貴君のご不在を残念がっておりましたぞ。とはいえもちろん楽しみよりも義務が先ですからな。叔父上はいかがでいらっしゃいましたかな？　ご健勝であられたことでしょうな？」

「ええ、叔父は元気でした」

「叔母上はいかがでしたか？」

「ロンドンに行っていて不在でした」

「さようですか。叔母上にお会いできずにさぞ残念だったことでしょうなあ。わしがあれほど尊敬する女性はそうはおりません。まことに親切。まことに快活で。近頃ブリンクレイ・コートを訪問した時くらいに楽しかった時もなかったですな」

彼の上機嫌はこの調子で無期限で続くのではないかと思ったが、この時点でスティッフィーが、それまで落ち込んでいた思索的な沈黙から浮上してきた。彼女はそこに立ち、彼を思弁的な目で見つめていた。まるで彼女自身の中で、何事か始めるべきか否かを議論しているかのようにだ。そして今や、彼女の決心はついたとの印象だった。

「そんなにお喜びでいらっしゃるのを見て嬉しいわ、ワトキン伯父様。あたしの話を聞いてご動揺なさるんじゃないかって心配してたんですもの」

「動揺するじゃと！」信じられないというようにパパバセットは言った。「どうしてそんなふうに考えるんじゃ？」

「うーん、だって伯父様、うちは一人花婿不足になったのよ」

「まさしくその点が、この日をわが人生最良の日としてくれておるのじゃ」

「それじゃああたしにとってもわが人生最良の日にしてくださらない？」スティッフィーは言った。熱いうちに鉄を打ちながらだ。「ハロルドに牧師館をあげることで」

容易にご想像されるように、僕の関心のほとんどは、僕がしっかり浸かっているスープのことを考えるのに集中していたから、僕はパパバセットが躊躇《ちゅうちょ》したかどうか言い得る立場にはない。だがもし彼が躊躇したとしても、それは一瞬に過ぎなかったろう。おそらく一、二秒の間、あのかたゆで卵の幻影が彼の前に立ち現れ、そして年少信徒をしっかり捕まえておかなかったスティンカーの落ち度に、彼は再び敵意を覚えたことだろう。しかしオーガスタス・フィンク＝ノトルが彼の義理の息子になることはないとの思いは、若き聖職者の欠点を念頭より消し去った。人間的優しさの甘《かん》露《ろ》が内側でざぶざぶ言うのがほとんど聞こえるくらいに満ち満ちていたから、彼は誰に対しても何事も拒めるような状態にはなかったのだ。もしこの時点で彼に五ポンド借りようとしたら、キャンとも言わずに貸してくれたことだろうと僕は本気で信じる。

「もちろん、もちろん、もちろん、もちろんじゃとも」名のりいでるジーヴスの揚雲雀《あげひばり》みたいにさえずりながら、彼は言った。「ピンカーは素晴らしい教区牧師になってくれることじゃろうなあ」

「最高の牧師よ」スティッフィーは言った。「副牧師じゃ彼の才能が無駄なの。自由にやれる余地がないんだもの。縁の下の力持ちで走り回ってばっかりで。彼を教区牧師にしてあげて。そしたら彼は英国国教会の語り草だわ。彼ってピストルくらいにホットなんだから」

「わしはいつだってハロルド・ピンカーのことは最高に高く評価しておる」

「あたし驚かないわ。お偉方はみんなそう思ってるの。彼には資質があるって。原理においてはとっても健全で、稲妻みたいに説教ができるんだわ」

「そうじゃとも。わしは彼の説教が好きだ。男らしくて率直じゃ」

「それはきっと彼が健康なアウトドア派の男だからよ。男らしいキリスト教会、それこそ彼のお得意なの。彼ってラグビーのイングランド代表選手だったんだから」

「さようか?」

「彼っていわゆるプロップ・フォワードだったのよ」

「ほんとうかの?」

　プロップ・フォワードという言葉を聞いて、むろん僕は目に見えるほどギクッとして跳び上がった。スティンカーがそいつだとは知らなかった。それでまた人生とはなんと皮肉なことかと僕は考えた。つまりだ、プランクがこの種のフォワードを求めてありとあらゆるところを探して回っていて、それでこの希望なき探求を間もなくあきらめる他あるまいと自分に言い聞かせている。それで僕はここにこうして、彼の要求を満たせる立場にいる。しかしながら我々の関係硬直化のせいで、僕は彼にこの朗報を伝えてやれないのだ。とっても悲しいことだ、と僕は感じた。そして以前にもしばしばあったことだが、人は最低カーストの人間に対しても親切にしてやるべきだとの思いが湧《わ》きあがってきた。なぜなら連中が役立つ時がいつ来るかはわからないのだから。

「それじゃああたしハロルドに、風船は上がったって言ってもいいのね」スティッフィーが言った。

「はて、何と言ったかな?」

「牧師館のことは公式決定だって言っていいってことよ」

「もちろん、もちろん、もちろんじゃとも」

「ああ、ワトキン伯父様。どうお礼を言ったものか」

「まったく構わんとも」パパバセットは言った。ますますディケンズ風になりながらだ。「さてと、それでは」停泊地より立ち上がってドアに向かいながら、彼は続けて言った。「失礼するよ、ステファニー。それからウースター君。わしはマデラインのところに行って――」

「お祝いを言うの？」

「涙を拭《ふ》いてやると言おうとしたところじゃった」

「もし流れていればだけど」

「意気消沈してはいないと思うのかの？」

「奇跡に救われて、ガッシー・フィンク＝ノトルと結婚しなくてよくなった女の子が落ち込んだりなんかすると思う？」

「まこと、まったくその通りじゃ」パパバセットは言った。そして彼はウイング・スリークウォーターみたいに部屋を出ていった。連中は、リバース・パスはできないけれど、足は速いのだ。


サー・ワトキン・バセットがバック・アンド・ウィング・ダンスを踊ったか否かに関しては不確定性が存在するとしても、スティッフィーが今そいつをやっているのは確かなことだ。彼女は思う存分くるくるピルエットし、また彼女が帽子からバラの花を振り撒《ま》かなかったのは、ひとえにそこに帽子とバラの花がなかったという事実のゆえであることは、いかに鈍い目の持ち主だろうとわかったはずだ。この若いエビ娘がこんなにも有頂天になっているのは見たことがないくらいだ。それで、スティンカーの最善の利益を思い、とりあえず自分の問題はぜんぶズタ袋に押し込んで、僕は彼女と共に喜んだ。過去および現在において常にバートラム・ウースターが素早いのは、友達がすごい幸運に見舞われたのを祝っている時に自分の心配事を忘れるところである。

しばらくの間、僕には一言も挟ませることなく、スティッフィーが会話を独占していた。こういう点において女性というものは著しく才能に富んでいる。どんなにか弱い女性でも、グラモフォン・レコードくらいの肺活量と連隊特務曹長並みの雄弁さを持ち合わせているものである。僕のアガサ伯母さんが僕を罵倒し、呼吸と発想力がこんなには続くまいというところのはるか先まで罵倒し続けられる様を、僕は目《ま》の当たりにしてきている。

彼女の話の主題はスティンカーの新しい教区民たちに降りかかる途轍もない幸運のことに移っていた。つまり彼らは人それぞれに公正に振舞う聖人のごとき完璧な教区牧師を得られるだけでなく、それに加えて夢に見るほど素敵な教区牧師の妻をも手に入れられるのだから。救済に値する貧民にスープを分け与え、優しい声でリューマチの調子はどうかと訊ねる自分の姿を描写し終え、彼女が一息ついたところでようやく、僕は起立して議事進行上の問題点を指摘することができた。歓喜と喜悦の背中ポンポン叩きのただ中で、酔いしれた心を覚醒《かくせい》させるような事柄に思い当たったのだ。

「君の言うとおりだ」僕は言った。「これでハッピー・エンディングみたいに見えるし、また今日がよろこばしき新年中で一番途轍もなく最高におめでたい日だっていう結論に君が至った理由もよくわかる。だけど君が考慮すべき問題がまだひとつあって、君はそいつを見逃しているように思われるんだ」

「何それ？　なんにも見逃してないはずだけど」

「パパバセットが君たちに牧師館をくれるって約束のことだ」

「ぜんぶ大丈夫でしょ？　なに文句つけてるのよ？」

「僕はただこう考えてただけなんだけど、僕が君なら、そのことは書面にしてもらうんだがな」

この言葉で、プロップに衝突したみたいに彼女は言葉を止めた。彼女の顔から有頂天の活気が消え、不安げな表情と素早い下唇嚙《か》みに取って代わられた。僕が彼女に思考の糧《かて》を与えたのは明らかだった。

「ワトキン伯父様があたしたちを裏切るって思ってるわけじゃないでしょ？」

「もし気が変わったら、君のクソいまいましいワトキン伯父様のやれることに限界はないんだ」僕は厳かに言った。「僕はこれっぽっちだってあいつを信用しない。スティンカーはどこだ？」

「表の芝生にいると思うわ」

「それじゃあ奴を捕まえて連れてきて、パパバセットにさっきのことを文書のかたちに書かせるんだ」

「あなた、あたしのことゾッとさせてるってわかってる？」

「たんに安全な道を指し示しているだけに過ぎない」

彼女はしばらく考え込んだ。下唇がまたもやちょっと嚙まれた。

「わかったわ」とうとう彼女は言った。「ハロルドを連れてくる」

「弁護士を何人か連れてきたって害はないんだぞ」彼女がビュンと僕の前を通り過ぎる時、僕は言った。

それから五分くらいして、僕が夢想に落ち込んで、僕の問題の途轍もない厄介さについて再び思案に暮れている時、ジーヴスが部屋に入ってきて、あなた様にお電話でございますと告げた。

17．バーティーの生まれ星

僕は日焼けの下で蒼《あお》ざめた。

「誰からだ、ジーヴス？」

「トラヴァース夫人でございます、ご主人様」

まさしく僕の恐れていたことだ。トトレイ・タワーズからブリンクレイ・コートまでは車ですぐだし、意気高揚したガッシーはアクセルにしっかり足を置き、使える限り最大量のガソリンをマシンに注ぎ込んだにちがいない。奴とその恋人がただ今到着したところで、この電話はダリア叔母さんからの「いったい全体何ごと！」の電話だろうと僕は予測した。わが愛するこの親戚が、何であれふざけた行為の受け手になることをどんなに毛嫌いするかを僕は知っているし、またガッシーがエムを連れて招待なしで乗り込んでくることは、間違いなくこのふざけた行為のカテゴリーに含まれようから、来《きた》るべき大嵐に向け、僕はかき集められる限り最大限の不屈の闘志でもって武装した。

むろん読者諸賢におかれては、奴の性急な行動は僕のせいではないし僕とは何の関係もないとおっしゃってくださるかもしれない。しかしなんであれ起こったことについて叔母が甥を非難するのは、ほぼ決まりきった決まりごとなのである。甥の存在意義とはそこのところにあるのだろう。一、二年前にアガサ伯母さんの息子のトーマスが地元の遊園地でココナッツ投げをしようと彼の所属する教育施設を夜中に脱走してもうちょっとで放校になるところだった時、伯母さんが僕の責任にしなかったのはたんなる見落としミスに過ぎなかったと、いつだって僕は思っている。

「どんな様子だった、ジーヴス？」

「さて、ご主人様？」

「着ている服も張り裂けんばかりの勢いって印象を受けなかったか？」

「とりたててさような印象はございません、ご主人様。トラヴァース夫人のお声は常々お力強くいらっしゃいますゆえ。おおせのように奥方様がご着用のお召し物をお張り裂かせあそばされる、特段の理由がございますのでしょうか？」

「大ありなんだ。今話してる時間はないが、天空は暗く黒ずみ、大気中はアイスランド沖で発生したV字型の憂鬱《ゆううつ》でいっぱいなんだ」

「たいへん遺憾に存じます、ご主人様」

「遺憾なのは君だけじゃない。誰だったっけか——いや、どんな連中、と言うべきか、つまり複数だったように思うからなんだが——燃え盛る炉の中に入ったって連中は？」

「シャドラク、メシャク、アベドネゴ［『ダニエル書』三・二〇］でございます、ご主人様」

「その通りだ。その名が舌先まで出かかってたんだ。学校で聖書の知識で賞を取った時、連中のことは読んだ。それでだ、僕には彼らがどんなふうに感じたにちがいないかがよくわかるんだ。もしもし、ダリア叔母さん？」僕は言った。なぜなら僕はたった今電話機のところに到着したからだ。

僕は選び抜かれた言葉で罵倒《ばとう》され耳を焼け焦がされるものと覚悟していた。しかし驚いたことに、彼女は上機嫌でいる様子だった。彼女の声に非難の色は皆無《かいむ》だった。

「ハロー、若き西洋文明の脅威ちゃん」彼女は轟《とどろ》く声にて言った。「元気？　まだのらくら生きてるのかしら？」

「ある程度はね。貴女《あなた》は？」

「元気よ。あたし、十杯目のカクテルの途中をお邪魔したのかしらね？」

「三杯目だ」僕は訂正した。「いつもは二杯が決まりなんだが、パパバセットがおかわりを注《つ》ぐって言って聞かなかったんだ。その時彼はちょっと舞い上がってて、お祭り騒ぎの達人になってたんだな。市場で雄牛を丸焼きにしそうな勢いだったと言っても過言じゃない。もし雄牛が見つかったらだけど」

「酔っ払ってるってこと？」

「おそらく酔っ払ってるわけじゃない。だけど間違いなく元気ハツラツだ」

「さあて、その酔っ払い乱痴気騒ぎを一、二分中断してくれたら、我が家からニュースをお届けしてあげるわよ。あたし十五分前にロンドンから帰ったの。そしたら玄関マットの上で何が待ちかまえてたと思う？　イモリ蒐集家《しゅうしゅうか》の奇人変人スピンク＝ボトル、相伴うはそばかす付きのペキニーズ犬みたいな顔した女の子よ」

僕は深く息を吸い込み、弁護側の弁論を開始した。もしバートラムが正当な光の下に置かれる時があるとしたらば、今がその時だ。なるほど、これまでの彼女の態度は愛想よしだし、ドカンと音立てて爆発しそうな気配を見せてはいないものの、しかしただ時間を稼いでいるだけでないとは誰にも言えない。こういう時に叔母さんを軽くあしらうことは、ぜったいに安全ではないのだ。

「ああそうだ」僕は言った。「奴がそばかす付きの人間ペキニーズ犬を同行してそちらに向かったとは聞いている。申し訳ない、ダリア叔母さん。貴女をこんな許しがたい不法占拠なんかに遭わせちゃって。またこれが僕の助言とか激励の結果じゃないってことは、じゅうぶん明白にしておきたい。奴の意図について僕は完全に無知であったんだ。もし奴が僕に、貴女の許に押しかけるなんて意図を打ち明けてくれてたら、僕は——」

ここで僕は言葉を止めた。なぜなら彼女がだいぶぶっきらぼうな調子でお黙んなさいと僕に言ったからだ。

「ベラベラしゃべくるのはやめなさい。このいやらしいガス袋男ったら。何よその雄弁家のサル真似は？」

「僕は貴女が直面するを余儀なくされた事態への僕の遺憾の念を表明しているだけで——」

「いいの、やめて。謝罪の必要なんてないの。こんなに嬉しいことはないのよ。スピンク＝ボトルがあたしの首の後ろで息をして、ほかの目的に使いたいうちのスペースをふさいでるなんてことはないほうが、いつもだったら幸せだってことは認めるわ。だけどあの女の子のほうは荒野のマンナ［『出エジプト記』一六］みたいに大歓迎だわよ」

先に述べた聖書の知識で僕は賞を取っていたから、彼女の言及が何であるかを理解するのに苦労はしなかった。彼女が言及しているのは、イスラエルの子らがどこかの砂漠か何かを横断中に備蓄食料が不足してものすごく軽食を必要としてた時に起こった出来事のことである。それで彼らはお互いに、マンナがちょっぴりあったらどんなにいいのになあと口々に言い合い、兵站部《へいたんぶ》の店にそいつがないことを残念がっていた。と、びっくり仰天、なんと空からそいつがどっさり降ってきて、みんなは大喜びしましたとさ、という話だ。

彼女の言葉はもちろん僕をいくらか驚かせた。それで僕は彼女に、どうしてエメラルド・ストーカーが荒野のマンナみたいに大歓迎なのかと聞いた。

「なぜなら彼女の到着が、打ちひしがれた家庭に陽光を運んできてくれたからよ。こんなにタイミングのいいこともないの。あんた、今日の午後うちに来た時、アナトールに会ってないでしょ、どうよ？」

「ああ。どうして？」

「あの人どこか悪いんじゃないかって、あんた気がつかなかったかしらって思ってたの。あんたが帰ったすぐ後に、彼はマル・オ・フォアだか腹痛だかなんだかに罹《かか》って、ベッドで寝ているのよ」

「それは困った」

「トムも困ってたの。あの人、今夜は台所メイドが料理したディナーになるって、陰気に思ってたのね。その子、立派な美質を数々備えた子ではあるんだけど、食事の用意となるといつだって焦土作戦を採るのよ。それでトムの消化力がどんなかは知ってるでしょ？　事態は陰惨な様相を呈していたんだわよ。そしたらスピンク＝ボトルが突然、自分の連れてきたこのペキニーズ犬は優秀なシェフだって打ち明けてくれたの。それで彼女が後を引き継いだってわけ。あの子は何者なの？　あの子のこと何か知ってて？」

もちろん僕は要求された情報を提供することができた。

「彼女はストーカーって名前のアメリカの大金持ちの百万長者の娘だ。その人物は、彼女がガッシーと結婚したって聞いたら悪罵《あくば》の限りを尽くすことだろう。後者がみんなの人気者じゃないってことは、貴女も認めるところだろうからね」

「それじゃあの男はマデライン・バセットと結婚しないのね？」

「ああ。婚約は解消された」

「そのことは確かなのね、どうよ？」

「ああ」

「あんた、レゾヌールとしてあんまりうまくやれなかったってことね」

「ああ」

「まああの子はスピンク＝ボトルのいいお嫁さんになるでしょうよ。とってもいい子みたいじゃない」

「あれほどの子はそうはいない」

「だけど、そうなるとあんた、ずいぶん困ったことになるんじゃなくって？　マデライン・バセットが今や野放しになったとすると、あの子、あんたに穴埋めをさせたがるんじゃないかしら？」

「齢《よわい》重ねた親戚よ、それこそ僕を悩ませている恐怖なんだ」

「ジーヴスは何にも提案してくれないの？」

「何にも提案はなしだと言ってる。だけど彼が一時的にはお手上げでいたって、それから突然魔法の杖を振ってぜんぶ大丈夫にしてくれる様を僕は前から見てきている。だから僕はすべての希望をなくしたわけじゃないんだ」

「そうよ。あんたが何とかしてうまいことその窮地から逃げ出せるのを待ってるわ。あんた、いつだってそうしてきてるじゃない。あんたが祭壇まであと一歩ってところまで来て、なんとか無傷で逃げおおせてる度に、五ポンド賭けてたらなって思うわよ。あんたが自分の生まれ星を信頼してるって、話してくれたのを憶えてるわ」

「その通り。だからといって、危機が迫ってないようなふりをしたってだめだ。危機は全開で迫っている。僕の追い詰められた窮地は厳しいんだ」

「それであんたは、いつものようにやるつもりなのね？　わかったわ、それじゃああたしが用件を話し終えたらどんちゃん騒ぎの方に戻ってもらって構わないから」

「済んだんじゃないの？」びっくりして僕は言った。

「もちろんまだよ。あんたの恋愛沙汰《ざた》なんかのことなんかでおしゃべりして、時間とお金を無駄にするわけがないでしょ。これからが肝心のところよ。あんた、バセットのあの黒琥珀《こはく》のことは知ってるわね？」

「あの彫像かい？　もちろんだとも」

「トムのためにあんたにあれを買って欲しいの。ちょっとお金が入ったのよ。今日ロンドンに行ったのはある人があたしに残してくれた遺産のことでうちの弁護士に会うためだったの。昔の学校の友達よ。そんなことに関心があればだけどね。そのお金が何千ポンドかあるの。だからあんたにあの彫像をあたしのために買ってもらいたいのよ」

「あれを手放させるのはだいぶ難しいんじゃないかなあ」

「まあ、あんただったらやれるでしょ。必要に迫られたら千五百ポンドまで出してもいいわ。ちょっとポケットに滑り込ませてくれるのは無理だわね？　それだとずいぶん経費節約になるんだけど。だけどきっとそこまで頼んだら無理難題だわね。だからバセットにどんとぶつかってあれを売らせなさいな」

「うーん、最善を尽くすよ。トム叔父さんがあの彫像をどんなに欲しがってるかはわかってるからね。僕にまかせてよ、ダリア叔母さん」

「それでこそあたしのバーティーちゃんよ」

僕はいささか思いに沈む気分で居間に戻った。なぜなら僕とパパバセットとの関係はいっしょに商談するのがバツの悪いような関係であったからだ。だが齢重ねた親戚が、ブツを盗もうという考えを放棄してくれたのは安堵《あんど》だった。ほっとすると共に、驚いてもいた。なぜなら共に紡《つむ》ぎあげてきた長年の貴重な経験から、彼女が愛する夫に親切な行為をしたいという時、その目的がため採用する方法にはまず頓着しない人物であることを知っていたからだ。ウシ型クリーマーの窃取《せっしゅ》を最初に教唆《きょうさ》――という言葉で正しければだが――したのは彼女だった。であれば今回の取引においてもコストを削減したがると思われるところだろう。彼女のいつもの持論は、コレクターが他のコレクターから何かをくすね盗《と》ったとしても、それは窃盗には該《あ》たらないというものであったし、むろんその点聞くべきところも多い。ブリンクレイ滞在中、厳重な監視さえなかったら、パパバセットは間違いなくトム叔父さんのコレクションを略奪していったはずである。こういうコレクターには、警察がいつだって捜査網を張り巡《めぐ》らしているウィンドウ破りの連中並みの良心しかないのである。

僕はこの線であれこれ考え、パパバセットは僕を見るたびに強風に吹かれたゼリーみたいにふるふる震え、僕と同席する際には座って前方を見つめ物言わずにいることを好むという事実によりハンデを負っているこの僕が、御大《おんたい》にどうやって接近したら最善かと考えようとしていた。と、スポードが部屋に入ってきた。

18．マデラインの決心

まず最初に僕の五感に印象づけられたのは、長いこと生きてきて一度見られるかどうかの、それはそれは見事な黒あざを奴が目の周りに拵《こしら》えていたという事実であった。それにどう対応するのが最善かを決めかね、僕は一瞬途方に暮れた。つまりだ、目を腫《は》れ上がらせたら同情を期待する奴もいれば、見た目の変わったところに何にも気づかないような知らん顔でいてもらう方を好む奴もいる。僕はのんきな「ああ、スポード」で出迎えるのが一番賢明との結論に達し、そうした。とはいえ思い返せば、「ああ、シドカップ」の方がより適切だったような気もする。で、こう言いながら僕は奴が僕を悪意に満ちた、閉じられていない方の目で僕を睨《にら》みつけていることに気づいたのだった。僕は奴のこの目のことを、六十歩離れてカキを開けられる目として語ってきたが、その片一方しか機能していない時ですら、奴の睨みは不穏であった。僕のアガサ伯母さんの睨みも、僕に対して同様の効果をもつ。

「貴様を探していたんだ、ウースター」奴は言った。

奴はかつて信奉者たちを高揚させた不快なガラガラ声にて、この言葉を発した。新たに称号を得る前、奴は一時期帝都にごく普通にいた「独裁者」たちの一人で、黒ショーツを穿《は》いて「ハイル、スポード！」とかそんなような趣旨の言葉を叫ぶ手下の集団を連れて歩き回っていた。シドカップ卿となって、奴はそういう真似を断念した。しかし依然奴は誰も彼もに向かって、黒ショーツにツギの当たった側近中のヘマした野郎を叱《しか》りつけているみたいな話し方をする傾向がある。

「ああ、そうか？」僕は言った。

「そうだ」僕に件の目を向けたままで、奴は一瞬言葉を止めた。それから奴は「そうか！」と言った。

「そうか！」も、「お前か！」とか、「ハッ！」と同じく、正しい答え方を見つけるのが容易でないものの一つである。気の利いた受け答えといったようなものは何ひとつ思い浮かばなかった。それで僕はただ平然とした態度、と僕が意図するような仕方でタバコに火を点けた。とはいえそれはかなり大幅に狙《ねら》いを外したものだったかもしれない。そして奴は続けて言った。

「そうか、俺の思ったとおりだ！」

「へっ？」

「俺の疑惑のとおりだった」

「へっ？」

「俺の疑惑の正しさが証明された」

「へっ？」

「〈へっ？〉なんて言い続けるのはやめろ。この情けないイモムシめが。俺の話を聞くんだ」

僕は奴に調子を合わせた。頭頂部をＨ・Ｐ・ピンカー牧師によって強打され、続いてエメラルド・ストーカーと彼女の豆入りボウルによって冷たく横たえられる様をついさっきご覧になったばかりの読者諸賢は、僕が奴のことを軽侮の念をもって、ひどく取るに足らない相手とみなしており、情けないイモムシ呼ばわりされたらば鋭く叱責《しっせき》してやったことだろうとお考えでおいでかもしれない。しかしそうしようなんて考えはちらりとも僕の念頭には浮かばなかった。確かに奴は不運に遭ってきた。しかし不運に遭遇しても、奴の精神は不屈のままだし、筋骨たくましき奴の腕は従前どおり鉄帯みたいでいる。それで僕の見たところでは、もし奴が僕に「へっ?」の乱発は控えるよう望むなら、そう言うだけでよさそうな様子だった。

相変らず活動中のその目で僕を刺し貫きながら、奴は言った。

「たった今、たまたまホールを通り過ぎてきた」

「ああ?」

「貴様が電話で話しているのを聞いた」

「ああ?」

「貴様は叔母上と話していた」

「ああ?」

「〈ああ?〉ばっかり言うんじゃない、コン畜生め」

ふむ、こう制約があっては僕の側の会話成立もちょっぴり困難になってくるというものだ。とはいえどうしようもない。僕はむしろ威厳ある沈黙を維持することにし、奴は発言を再開した。

「貴様の叔母上は、サー・ワトキンの琥珀《こはく》の彫像を盗むようにと貴様をそそのかしていたんだ」

「そんなことはない!」

「失礼。貴様がその嫌疑を否定するだろうと思って、念のために貴様の実際の発言をメモしておいた。彫像という発言があった後、貴様は言った。〈あれを手放させるのはだいぶ難しいんじゃないかなあ〉おそらく彼女は貴様に努力を惜しむなとせき立てたんだろう。貴様は〈うーん、最善を尽くすよ。トム叔父さんがあの彫像をどんなに欲しがってるかはわかっているからね。僕にまかせてよ、ダリア叔母さん〉と言ったんだからな。いったい全体貴様は何でうがい声を出しているんだ？」

「うがい声を出してるんじゃない」僕は訂正した。「軽く笑っているんだ。なぜってお前はぜんぶ勘違いしてるんだからな。とはいえ会話を記録してのけた手並みは立派だったと言わなきゃならない。お前、速記ができるのか？」

「自分が勘違いしてるとは、どういう意味だ？」

「ダリア叔母さんは僕に例のものをサー・ワトキンから買うよう頼んでたんだ」

奴は鼻をフンと鳴らして「ハッ！」と言った。また僕は、「へっ？」も「ああ？」も僕には言わせてもらえないのに、奴が「ハッ！」と言うのはちょっと不公平だと思った。こういうことにはいつだってギブ・アンド・テイクが存在すべきなのだ。でないと困る。

「そんなことを自分に信じろと言うのか？」

「信じないのか？」

「ああ信じない。自分はアホじゃないからな」

むろんその点は異論の余地のあるところであろう。ジーヴスが前にした言い方をすればだ。だがその点は指摘せずにおいた。

「貴様の叔母上のことなら自分にはわかっている」奴は続けて言った。「貴様の叔母上は、もし気づかれずにやれると思ったら貴様の奥歯の詰め物だって盗むような人物だ」奴は一瞬言葉を止めた。また僕には、奴がウシ型クリーマーのことを考えているのがわかった。奴はいつだって――理由のないことでない点は認めねばならないが――その消滅の背後にあった動因は、わが愛する肉親であったと疑っているのだ。また何の証拠も出てこなかったのは、奴にとってはいやらしい衝撃であったことだろうと僕は想像する。「ふん、自分は貴様に強く助言する、ウースター。今度は叔母上の手足とさせられぬようにとな。なぜならもし捕まったら貴様は――ぜったいに捕まるんだが――必ずや処罰を受ける。サー・ワトキンが醜聞を恐れて事件をうやむやにすると思ったら大間違いだ。貴様は刑務所に行くんだ。貴様はそこへ行く。あの方は貴様を激しく嫌悪しておいでだ。貴様に罰金刑への換刑なしの長期刑を科してやれることくらいに、あの方のお喜びになられることはなかろう」

この発言からこのイボイノシシ野郎の底意地の悪い性根が露わになったと僕は思い、遺憾に思ったが、しかしそう述べるのは思慮を欠いた行為であろうとも感じていた。僕は了解したというふうにうなずいただけだった。そういうジーヴス言うところの不慮の事態が起こる危険がないことを僕はありがたく思った。僕にあのクソいまいましい彫像をくすね盗《と》らせるものは何もないことをじゅうじゅう承知していたから、僕は冷静で平然たる態度を維持できた。というか、身長二メートルの男が片目を腫れ上がらせ、もう片方の目は酸化アセチレンの導管みたいに僕をぎらぎらねめつけているという時に最大限可能な限り冷静で決然たる態度でだ。

「そうだとも」スポードが言った。「貴様はムショに行くんだ」

それから面会日には訪ねていって鉄格子の間からしかめっ面《つら》をして大いに楽しんでやるからなと

続けて言ったところで、パパバセットが戻ってきた。

しかしそれはついさっき前に存在していたわくわく陽気な喜び手とはだいぶちがったバセットであった。あの時の彼は元気活気に満ちあふれていた。自分の娘がガッシー・フィンク＝ノトルと結婚しなくなったと聞いて、いかなる父親でもそうなるようにだ。今や彼の顔はやつれ、彼の態度物腰全体は、もう作業中断できなくなった段階で、だいぶ古すぎるカキを呑《の》み込んでしまったことに気づいた昼食中の無謀な男みたいだった。

「マデラインがわしに言った」彼は話し始めた。と、スポードの目を見、言葉を止めた。その目は、たとえ胸にたいそう慮《おもんぱか》りのあろうとも、注目せずにはいられないような目だったのだ。「なんたることじゃ、ロデリック」彼は言った。「転んだのかな？」

「転んだかですって。ふん」スポードは言った。「自分は副牧師に殴られたのです」

「何たることじゃ！　どの副牧師にかの？」

「この辺りに副牧師は一人しかいません、そうではありませんか？」

「すると貴君はピンカー師に襲撃されたと言うのかの？　これは驚いた、ロデリック」

スポードは真正の感情を込めて語った。

「自分の半分もお驚きではないでしょう。それは思いがけない驚きであった、と言うにやぶさかではありません。なぜならあれほどの左フックを持つ副牧師など、自分は知らないからです。奴はフェイントで相手のバランスを失わせ、そこに賞賛せずにはいられぬほどのコークスクリュー・パンチをねじ込んでくるコツを承知しています。いつかあれを教えてもらわねば」

「貴君は彼奴《きゃつ》に敵意を抱いてないような言い方をするの」

「もちろん敵意など抱くものですか。お互いに恨みっこなしの実に爽快《そうかい》な軽い喧嘩《けんか》でした。自分はピンカーに何ら思うところありません。自分が遺恨に思っているのはコックのほうです。彼女は磁器製のたらいで自分の頭を殴りつけてきました。しかも後ろからです。実にスポーツマン精神に欠けた所業だ。失礼してよろしければ、自分はあのコックと一言話しに行ってきます」

明らかに奴はエメラルド・ストーカーに自分が彼女をどう思うか伝えることを楽しみにしている様子だったから、でかけていっても無駄足だよと奴に伝えるのは実に胸痛むことだった。

「それはできない」僕はその点を指摘して言った。「彼女はもうここにいないんだ」

「バカを言うんじゃない。彼女は台所にいるはずだ、そうだろう?」

「残念ながらちがうんだ。彼女はガッシー・フィンク＝ノトルと駆け落ちした。結婚が段取り済みで、カンタベリー大司教が特許状を発行し次第、執《と》り行われる」

スポードはよろめいた。僕をにらみつける目はひとつしかなかったが、奴はそこから可能な限り最大限の眼力を引き出していた。

「本当か?」

「絶対的にさ」

「うーむ、それで埋め合わせはついた。それでマデラインが自由の身となったなら……教えてくれてありがとう、ウースター、なあ友よ」

「気にしないでくれ、スポード、なあ友よ。いや、シドカップ卿と言うべきだったか」

ここで初めてパパバセットは、ソファのそばに片足立ちしているほっそりした気品に満ちた若者がバートラムであることに気づいた様子だった。

「ウースター君」彼は言った。そして彼は言葉を止め、飲み物の置いてあるテーブルのところへ手探りして歩いていった。彼は熱に浮かされているかのようだった。酔っ払うには十分な量をたっぷり嚥下《えんか》したところで、ようやく言葉を続けられるまでになった。「今、マデラインに会ってきた」

「ああ、そうですか？」僕は礼儀正しく言った。「どうされてましたか？」

「気が違っておる。わしの意見ではじゃ。貴君と結婚すると言いおった」

うむ、多かれ少なかれ何かしらその線で僕は覚悟を決めていた。したがって、打ちひしがれたブラマンジェみたいにふるふる震え、下あごをおそらくは十五センチくらい落とした以外は、僕は何らの動揺をも露わにすることはなかった。その点で僕はスポードとは徹底的に異なっていた。奴は再びよろめき、通りがかりの小石につま先をぶつけたシナモン色のクマみたいな咆哮《ほうこう》を放った。

「まさか、ご冗談を！」

パパバセットは遺憾《いかん》げに首を横に振った。彼の顔はやつれ果てていた。

「冗談を言っているようならよかったのだが、ロデリック。貴君の動揺ももっともじゃ。わしも同じように感じておる。わしも激しく動揺した。わしには希望の光明なぞ何ひとつ見えん。あの子がわしにそう告げた時には、雷に打たれたような思いがしたものじゃった」

スポードは愕然《がくぜん》として僕を見つめていた。今に至っても、奴にはこの状況の恐ろしさが完全には理解できないでいるように見えた。奴の片目には信じられないという表情があった。

「しかし、マデラインがアレと結婚できるわけがない！」

「そう心に決めている様子じゃった」

「しかし、アレはさかな顔の悪党よりも、もっと悪いですぞ」

「そのとおりじゃ。はるかに悪い。比べものにならん」

「自分がマデラインと話してきます」スポードは言った。そして僕がアレ呼ばわりされたことへの不快の意を表明する前に、行ってしまった。

ほんの三十秒後にスティッフィーとスティンカーが部屋に入ってきたのは、おそらく幸運だったのだろう。つまりパパバセットと二人きりにされていたら、興味を惹《ひ》き、心を引き立て、心喜ばせる会話の主題を見つけることは困難であったろうからだ。

19．治安判事の裏切り

予期されていて然《しか》るべきであったが、スティンカーの鼻はさっきと比べるとだいぶ腫《は》れ上がっていた。しかし奴のご機嫌は最高ブクブクで、スティッフィーもまたこれ以上陽気にも快活にもなり得ないくらいの勢いだった。二人とも明らかにハッピーエンディングという方向で考えているようだったから、僕のハートはこの不幸な恋人たちのために盛大に血を流していた。スポードがスティンカーの左フックについて話している間、僕はパパバセットのことを厳重に観察していたのだが、彼の表情から僕が読み取ったところは、希望を与えてくれそうなものではなかった。

こういう人に授ける牧師館があって暮らしているパトロンというのは、より高位の地位へと昇進させようという副牧師の適格性について、常にいささか厳格な見解を持つものである。いかに巧妙であろうとも、左フックはそういう適性のひとつではない。もしパパバセットが人材スカウト中のボクシングのプロモーターで、スティンカーが次の六ラウンドの前座試合に出場させてもらいたがっている前途有望なノーヴィスだったら、きっと彼はやさしい目もて奴を見たことだろう。しかしそうではなかったわけだから、いま彼が奴に向けている目は冷たく厳しく、あたかも古なじみの悪党が許可証なしにブタを移動させたか、煙の出すぎる煙突を放置した罪で眼前の被告人席に立っているかのようだった。僕には災厄の訪れが予見できたし、どんなに有利な賭け率をもらったとしたって、ハッピーエンドにあえて賭ける気にはなれなかった。

明敏なる僕の感覚にはあまりにも明々白々なこの状況の膠着性《こうちゃくせい》は、スティッフィーには伝わっていないようだった。君はこれからどすんと落っことされることになっていて、そうしたら君は奥歯の奥までがっかりさせられることだろう、と耳許に話しかけてくる声は彼女には聞こえていない様子だった。彼女はほほえみとなんとかかんとかヴィーヴルに満ち満ちていて、点線上に署名してもらうのはたんなる形式に過ぎないものと、明らかに確信していた。

「お邪魔してます、ワトキン伯父様」盛大にほほ笑《え》みながら彼女は言った。

「そのようじゃな」

「ハロルドを連れてきたわ」

「そのようじゃな」

「あたしたち話し合って、さっきのことは文章の形にしておくべきだって考えたの」

パパバセットの目はますます冷たく、厳しくなった。ボッシャー街警察裁判所に舞い戻ったかのごとき感覚は、ますます強まった。風邪ひきの裁判所書記、ナイフで切れるくらいに澱《よど》んだ空気、事件摘要書を求めたむろする若い法廷弁護士連中を除いたら、この幻覚妄想を完成させるのに必要なものは何もないように思われた。

「すまないが、お前の言うことがわからんのじゃが」彼は言った。

「あらやだワトキン伯父様。そんなにおとぼけじゃあいらっしゃらないはずでしょ。あたし、ハロルドの牧師館の話をしているのよ」

「ピンカー君が牧師館をご所有だとは、知らなかったのう」

「伯父様が彼にお譲りくださる牧師館のことよ」

「ああ？」パパバセットは言った。また僕はこれほどまでに意地の悪い「ああ？」は、まず聞いたことがない。「わしはたった今ロデリックに会ったんじゃが」彼はレス、というか本題に切り込んで、こう付け加えた。


スポードの名を聞いて、スティッフィーはクスクス笑いをした。また僕としては、そういう態度は間違いだよと言ってやることだってできたのだ。女の子らしい軽薄な言動がふさわしい時もあれば、ふさわしくない時もある。パパバセットがフロリダで捕まる何かおかしなまん丸い魚みたいに膨張開始する様を、僕は見落とさなかった。またそれに加えて彼は、火山が噴火に着手する前、ああ別のところに住み着いていたらよかったなあと近在の家屋所有者たちに思わせるような、そういうガラゴロ声を発しだした。

しかし今に至ってもまだスティッフィーは迫りくる凶運にまるで気づいていない様子だった。彼女はまたもや銀鈴を振るがごとき笑い声を発した。こういう女の子における、状況を感知するのに遅れをとりがちな傾向に僕はかねてより気づいている。若き手弱女《たおやめ》らは、聴衆に最も求められていないのは銀鈴を振るがごとき笑い声である時があるということを、けっして理解できないようだ。


「あの人ぜったい黒あざを拵《こしら》えたはずだわ」

「何じゃとな？」

「あの人の目の周り、黒くなかった？」

「さよう」

「そうだと思った。ハロルドの力は十人力なのよ。なぜって彼の心はピュアなんだから。ねえ、それで書面のことはどうなさるの？　万年筆を持ってきてるの。さっさと始めましょ」

僕はパパバセットは火薬庫に爆弾が落っこちた真似をするのだろうと期待していた。しかし彼はそうはしなかった。その代わり、治安判事が人々の若気の至りの過ちに五ポンドの罰金を科す時に見られるような、冷たい堅苦しさを見せただけだった。

「お前は誤解しているようじゃな、ステファニーや」かつて被告人ウースターに向けて用いたのと同じ金属質の声で、彼は言った。「わしはピンカー君に牧師館をまかせるつもりはない」

スティッフィーは盛大にそいつを受け止めた様子だった。おかっぱ頭から靴底まで、彼女は戦慄《せんりつ》した。またスティンカーの腕をつかんでいなかったら、崩れ落ちていたことだろう。彼女の感情は理解できようというものだ。彼女は大丈夫だと確信し、快調に飛ばしていた。そして突然青天の霹靂《へきれき》のごとく、この破滅の言葉を聞いたのだ。おそらくこの衝撃の突然さと唐突さが、彼女から俠《おとこ》気《ぎ》を奪ったのだろう。たまたまその子が女の子であった場合に、俠気を奪うと言ってもよろしければであるが。彼女はきっと、エメラルド・ストーカーのたらいがスポードの後頭部に接触した際に奴が感じたのときわめて似通った感覚を覚えているのだろう。彼女の目はまん丸く広がり、彼女の声は情熱的なキーキー声となって発声された。

「だけど、ワトキン伯父様！　約束したじゃない！」

こんな悪党の良心に訴えようとしたって呼吸のムダだよと、僕は彼女に言ってやったってよかった。なぜなら治安判事なんぞには、たとえ元治安判事であろうとも、良心なんかないからだ。彼女の声のトレモロは、いわゆる石の心臓と呼ばれるものですらとろかして然《しか》るべきものであった。しかしそんなのはパパバセットには、家のカナリアのピーチク声以上の効果も持たなかったのである。

「条件付きの約束に過ぎん」彼は言った。「あの時にはピンカー君がロデリックに残忍な襲撃を加えたことを、わしは知らなかった」

さながら腕利きの剝製師《はくせい》に剝製にされたかのごとき風情《ふぜい》で硬直したまま、これまでのやり取りを聞いていたスティンカーは、この言葉を聞いて突然息を吹き返した。あたかも奴にできる唯一のことは、浴槽から最後の一滴が排水溝に吸い込まれるような音を立てることだけであるかのようにだ。しかしそんな真似はわざわざしてもらうまでもないことだった。しかしながら、奴はパパバセットの注目を惹《ひ》きつけるのには成功した。そして後者は奴に目を向けた。

「何じゃな、ピンカー君？」

スティンカーがガラガラうがい声に続けて言葉を発せるまでには、一、二秒の時間がかかった。またいざ話し始めた段になっても、それは発言としてはたいしたものではなかった。

「あー、あのー。彼は、あー」

「続けたまえ、ピンカー君」

「あれはその――いえ、それはあの、違うんです」

「言わんとするところをいささか明確にしていただけますかのう、ピンカー君。討議中の問題検討に資するところ大じゃからの。貴君の発言は全く明瞭《めいりよう》でないと、わしは告白せねばなりませんぞ」

それはボッシャー街時代、活字化された後にカッコつきで（笑）と書かれることに彼が慣れきっていたタイプの冗談だった。しかし、ただいまの場合、そいつはドーヴァー海峡のヒラメみたいにぺしゃんこになった。そいつが僕からのクスクス笑いを獲得することはなかった。スティンカーからもだ。奴はただ、小さい磁器製の飾り物をひっくり返して、ますます深い朱色に顔色を転じた。

一方、スティッフィーは絶好調で彼にやり返してみせた。

「治安判事みたいな話し方はなさらなくて結構よ、ワトキン伯父様」

「何とな？」

「実のところ、伯父様にはおしゃべりはやめていただいてあたしの説明を聞いていただきたいの。ハロルドが言おうとしてるのは、彼はロデリックを残忍に襲撃してなんかいないってことよ。ロデリックが彼を残忍に襲撃してきたんだもの」

「さようか？　わしが聞いた話とはちがうの」

「ふん、でも事実はそうだったの」

「この嘆かわしい出来事に関するお前の側の説明を聞かせて頂きたいの」

「ええわかったわ。こういうことなの。ハロルドはロデリックにキジバトみたいにクークー言っていたのね。そしたらロデリックが突然身構えて、彼の鼻に正面から拳骨を食らわせてきたの。あたしの話が信じられなかったら、彼を見て。かわいそうなエンジェルちゃんはヴェルサイユの噴水みたいに血を吹き上げていたんだわ。ねえ、そうしたらハロルドにどうしようがあると思って？　もう一方の鼻を差し出せっていうの？」

「わしはピンカー君に自分が聖職にある身だということを思い出して欲しかった。わしに相談してくれていたら、ロデリックにじゅうぶん謝罪させることもできたろうになあ」

　世界一周する砲弾のたてるような大音響が部屋中に鳴り響いた。それはスティッフィーが鼻をフンと鳴らす音だった。

「謝罪ですって！」鼻鳴らし音を発したところで、彼女は叫んだ。「謝罪なんかが何になって？ハロルドは唯一可能な道を選んだの。彼は行動を起こしてロデリックをのしちゃったんだわ。彼の立場だったら誰だってそうするようにね」

「聖職者の立場を考えなくともよい者なら、誰でもじゃ」

「お願い、ワトキン伯父様。男だったら聖職者の立場のことを始終考えてなんかいられないんだわ。あれは緊急事態だったの。ロデリックはガッシー・フィンク゠ノトルを殺そうとしてたんだから」

「するとピンカー君が彼を止めたのかね？　なんたること！」

パパバセットが己《おの》が感情と格闘している間、短い間があった。それからスティッフィーは、スティンカーがスポードにやったように、甘ったるい言葉を投げかけにかかった。彼女はスティンカーがスポードにキジバトみたいにクークー言ったと述べたし、もし僕の記憶が正しければ、奴のクークー言い方はまさしくそういうものに他ならなかった。それでまた彼女がいま僕に思い起こさせているのも、クークー言うキジバトだった。ほとんどの女の子と同じように、そうして何かしら得られる見込みがいささかでもあると思ったら、その声にとろける調子を投入することが、彼女にはいつだってできるのである。

「伯父様らしくなくってよ、ねえワトキン伯父様。厳粛な約束をたがえるだなんて」

ここで僕は彼女の発言の誤りを指摘してもよかった。僕だったらいかにも彼らしいと言うところだ。

「こんなに残酷な仕打ちをあたしになさるのが伯父様だなんて、あたし信じられない。本当に伯父様らしくなくってよ。伯父様は、いつだってあたしにとってても優しくしてくださったじゃない。あたしは伯父様を愛し、尊敬していられた。あたし、伯父様のこと、第二のお父様って思っているのよ。お願いだからすべてをズタボロになさらないで」

強烈な懇願《こんがん》である。ほかの男だったら間違いなくこれで成功間違いなしだったはずだ。しかしパパセットが相手では、こんなのじゃあ一塁にも届かない。彼はハラワタのない——思いやりのないという意味だ、むろん——男みたいに見えていたが、相変わらずそのとおりに見え続けていた。

「その不可思議な表現で、わしが考えを変えてピンカー君にこの牧師館を与えることを期待していると言いたいつもりなら、わしはお前を落胆させねばならぬな。わしはそんな真似は金輪際《こんりんざい》する気はない。わしは彼奴《きゃつ》は牧師館を得るにはふさわしからぬ人物であることを自ら証明したと考えるし、またこんなことが起こった後で、依然副牧師の地位に留まることを、己《おの》が良心に照らして許せるということに驚きを覚える」

むろん強烈な発言である。またそれはスティンカーからうつろなうめき声か、あるいはしゃっくりだったかもしれないものを引き出した。僕はというとこの親爺《おやじ》さんのことを冷たく見つめていたし、また口はすぼめていたものと思う。とはいえ彼が僕の冷笑的態度に気づいたかどうかはきわめて疑わしいと言うべきだろう。なぜなら彼の関心はすべてスティッフィーに向けられていたからだ。彼女はほとんどスティンカーと同じくらい真っ赤になっていて、また彼女の前歯が立てるカチカチいう音が、僕にははっきり聞こえた。この歯(それは噛《か》み締められていた)の間から、彼女は話しだした。

「それじゃあ伯父様はそういうふうにお考えなのね?」

「さよう」

「最終決定ということね？」

「まさしく最終じゃ」

「伯父様の心を動かせるものは何もないのね？」

「何もなしじゃ」

「わかったわ」黙って、しばらく下唇を噛み締めた後、スティッフィーが言った。「ふん、伯父様、後で後悔するわよ」

「その点お前とわしでは見解が異なるようじゃの」

「後悔するわ。見てらっしゃい。苦い報復が伯父様を待ち構えているんだわ。女の力を甘く見ちゃだめなんだから」スティッフィーは言った。そして息を詰まらせるようなすすり泣き声を発し——とはいえこれまたしゃっくりであった可能性は捨てきれないのだが——彼女は部屋から走り去った。

彼女が出ていった直後、バターフィールドが入ってきた。そしてパパバセットは、短気な性分の男が不適切な時に闖入《ちんにゅう》してきた執事を見る時にありがちな、あからさまに不機嫌な目で彼を見た。

「何だ、バターフィールド？　何事だ？　何用だ？」

「オーツ巡査がお目通りしたいと申し出ております、旦那様」

「誰じゃと？」

「警察のオーツ巡査でございます、旦那様」

「あいつが何の用じゃ？」

「あなた様にかたゆで卵を投げつけた少年が誰かに関する手がかりを見つけたとの由にございます、旦那様」

その言葉は軍隊ラッパの音が軍馬に働きかけるのと同じように、パパバセットに作用した。とはいえ僕が軍馬を見たことがあるわけではないのだが。彼の態度物腰は一瞬で変化した。彼の顔は明るく輝き、ブラッドハウンド犬が足跡探索に没頭した時にその顔に見られるような表情がそこに宿った。彼は実際に「ヒャッホーイ!」と言ったわけではないが、その理由はおそらくその表現が彼にはなじみのないものだったからだろう。彼は一瞬で部屋を飛び出していった。そのいくらか後ろにバターフィールドが続いた。そして近くのテーブルから叩き落としてしまっていた写真の額を置き直していたスティンカーは、いわゆるひそめ声で僕に話しかけてきた。

「なあ、バーティー。スティッフィーが言ったこと、何を考えてるんだと思う?」

僕もまた、あのクズ娘が何を考えているのかと思い巡《めぐ》らしていたところだった。いやなことを言うものだと僕には思えた。「見てらっしゃい」という言葉には、不吉な響きがある。僕は奴の質問を厳粛に考量した。

「決めがたいな」僕は言った。「あれかもしれないし、これかもしれない」

「彼女はああいう衝動的な性格だから」

「実に衝動的だ」

「僕は不安になるんだ」

「どうしてお前が? 不安になるべきなのはパパバセットのほうだろう。僕くらい彼女のことをわかってると、もし僕が彼の立場だったら――」

僕が言いかかった文句は、もし末尾まで行っていれば、「スーツケースに必要なものをいくらか詰め込んで、オーストラリアに行くだろうに」だったのだが、そう言おうとしたところで、僕はたまたま窓の外をチラリと見、たちまちにして僕の唇は凍りついたのだった。

その窓は私設車道に面していた。したがって僕が立っていた場所からは、正面玄関入口階段をよく見渡すことができた。そしてこの階段をただいま上っているのが何者かを目にした時、僕の心臓は根底より跳び上がったのだった。

それはプランクだった。あの四角い日焼けした顔と、あの断固たる歩き方は間違えようがない。あと数秒でバターフィールドが奴を僕の立っている居間へと案内し、僕らはふたたびあい見《まみ》えるのだと考えた時、僕はどう事を開始したものかわからず、一瞬途方に暮れたと告白しよう。

僕が最初に考えたのは、奴が玄関ドアを通り過ぎるのを待ち、それからうまい具合に開いていた窓から急いで逃げ出すことだった。それこそ、ナポレオンがとったであろう行動だと僕は思った。そしてショーを開始しようとしたところで――と、スティッフィーなら言うところだろう――、犬のバーソロミューがのんびりそぞろ歩いてきて、それで僕は戦略の根本的な修正を迫られていることに気づいたのだった。バーソロミューくらい常に最悪の事態を想定しがちなアバディーン・テリアの目の前で、人は窓をよじ登ったりできるものではない。おそらく時が来ればいずれ、貴重品を盗んで逃げ出す途中の泥棒と思ったものが、実際には罪のない当家の客人であったことを奴は知り、全面謝罪を行うことだろう。しかしその時に僕の下半身がスイスチーズみたいな穴ぼこだらけになっているのは確実である。

二番手の防御策に移り、「何にも言うな、スティンカー。会いたくない相手だ」と言って僕はソファの後ろに身を滑り込ませた。そして甲羅に潜り込んだカメみたいに、その場に落ち着いた。と、ドアが開いた。

20. 朗報

　ドローンズ・クラブその他の場所にて、バートラム・ウースターは、いかに行く手が険しかろうと、あごを上げ、上唇をかたくして平静を装う術《すべ》を心得ている男であるとは、広く認められたところである。運命がこん棒で殴りかかってくる時にあっても、誰かさんが言ったみたいに、彼の頭は血を流しはするものの、しかし屈服はしないのだ［W・E・ヘンレイの詩「インヴィクタス」］。要するに、彼は忍耐の人である。

　しかし、わが避難場所にうずくまりながら、気がつけば僕は少なからず腹を立てていたとは認めねばならない。トトレイ・タワーズにおける生活は、すでに述べたように、僕の心を滅入らせていた。このクソいまいましい館においては、安定ということがあり得ないらしい。人はタンスの上にタカのごとく舞い上がるか、あるいは水に飛び込むアヒルみたいにソファの後ろにさっと潜《もぐ》るかのどちらかで、そのあわただしさは別にしたとしても、そういうことは人の心に傷を負わせるしズボンの折り目にとってもよろしくない。そういうわけで、いま言ったように、僕は腹を立てたのだ。

　僕はだんだんこのプランクという男と、奴が一族の亡霊みたいに僕にまとわりついてくる傾向を発達させていることに憤慨を覚え始めていた。奴がここで何をしているのか、僕には想像もつかなかった。トトレイ・タワーズに欠陥は数々あれど、そこにいる時には、少なくとも奴とごいっしょする機会は避けられると僕は思っていたのだ。奴にはホックレイ・カム・メストンにご立派な家がある。人はただ、いったい全体彼はどうしてそこにいないのかの説明をいたずらに求めるのみである。

僕の不満は、奴が数々の探検の過程で遭遇してきたさまざまな原住民たちの人となりにまで及んでいた。奴自身の申し立てによれば、彼は長年ブラジル、コンゴその他の先住民族の許に招待もなしにでしゃばってでかけていたというではないか。それなのにそのうちの一人たりとも、奴を背後から槍で襲ってやろうとか、あるいはたとえば一族伝来の吹き矢で毒針を突き立ててやろうとかいった進取の気質を持ちあわせた連中はいなかったらしいのだ。それで野蛮人が聞いてあきれる。野蛮人、けっ、だ！　僕が子供の頃読んだ本に出てきた野蛮人だったら、奴に「ヤッホー！」を言う間も与えずに死亡記事欄行きにしていたはずである。だが今日びの連中ときたら、みんな弛緩《しかん》しきったレッセフェールの自由放任ときた。相手にしてなんかいられない。他の誰かにおまかせだ。ジョージにやらせよう［二十世紀初頭の同題のアメリカ漫画］。これから世の中はどうなってゆくことかと、時に思い馳《は》せずにはいられないというものである。

僕の座っていたところからは視界は必然的にいささか制限されていたものの、しかしエンパイア・ビルディング・ブローグ靴が見えたから、ドアが開いたときにバターフィールドが奴を部屋に案内したのだと僕は推測した。そして一瞬後に彼が話し始めた時、この推定の正しさは肯定された。奴の声はいっぺん聞いたら記憶から消えない声なのだ。

「こんにちは」奴は言った。

「こんにちは」スティンカーが言った。

「暖かい日ですな」

「たいへん暖かいですね」

「ここで何があったのですかな？　テントやらブランコやら庭園に出とるのは何です？」

　スティンカーは年に一度の学校のお楽しみ会が終了したばかりなのだと説明し、プランクはそれに参加し損ねたことへの喜びを表明した。学校のお楽しみ会というものは実に危険なシロモノであり、賢明なる者みな常に避けて通って然《しか》るべきである、なぜならばそういうところでは赤ちゃんコンテストがあまりにしばしば開催されがちであるからだと、奴は言った。

「こちらでは赤ちゃんコンテストは開催されたのですかな？」

「ええ、実は開催しました。お母さん方がいつも熱心に開催を要望されるものですから」

「お母さんたちには気をつけなきゃいけませんぞ」プランクは言った。「赤ん坊連中だけならそれほど悪いとは言わんのです。口の端から人目掛けてよだれを流したりする他はですがな。だが本当に危険なのはお母さんたちのほうなんじゃ。見て下さい」奴は言った。このとき奴はズボンの裾《すそ》を片方引っ張りあげたにちがいないと僕は思う。「ふくらはぎの傷あとがご覧になれますかな？　こいつは前にペルーにいた時、おだて上げられて赤ちゃんコンテストの審査員を引き受けるなんてバカをやった時にできた傷ですぞ。残念賞だったガキのお母さんが、わしが演説を終えて審査員席を降りる際、わしの脚を現地の短刀で切りつけてきたんじゃな。罪のごとく痛むものだと請け合いますぞ。雨の降る日にはまだずきずきうずくんじゃ。わしの知ってる男に、ゆりかごを揺らす手が世界を支配するという諺《ことわざ》が好きな奴がいた。それが本当かどうかはわしにはわからん。だがその手がペルーの短刀の扱い方を知っとるのは確かじゃな」

　ふと気がつけば現代の原住民たちの弛緩した態度と覇気《はき》の欠如に関する厳しい見解を、僕はある程度修正していた。近頃の男性は覇気をなくしているかもしれないが、しかし女性たちはまだ真っ当な精神を持ち合わせているらしい。とはいえむろん、プランクみたいな奴が相手では、肉質部位を一突きくらいでは正しい方向の一歩でしかなく、表面をひっかいてるだけに過ぎないと人は言うことだろうが。

　プランクは相変わらすおしゃべりだった。「君はこの辺りにお住まいでおいでかな？」奴は言った。

「はい。この村に住んでいます」

「トトレイにかの？」

「はい」

「トトレイにはラグビー・クラブはないのかの？」

　スティンカーは否定形で答えた。トトレイ・イン・ザ・ウォルドのアスリートたちは、アソシエーション・コード［サッカーのこと］の方を好むと奴は言い、するとプランクは、おそらくは身を震わせながら「何たることじゃ！」と言った。

「君はラグビーをされたことはおありかな？」

「はい、少々」

「真剣にやるべきじゃ。これ以上のスポーツはない。わしはホックレイ・カム・メストンをグロスターシャーの噂の種にしようとしておるんじゃ。わしは子供たちを毎日コーチしとるし、連中は実に見事な成長ぶりを見せてくれておる。実に見事にじゃ。わしが手に入れたくてたまらんのは、いいプロップなんじゃ」

　彼が手に入れたのはパパバセットだった。彼はこの瞬間に勢いよく部屋に入ってきた。彼はこんにちはプランクと言い、またプランクも適当な言葉でこれに応えた。

「わざわざお訪ねいただいてありがたい、プランク」パパバセットは言った。「何か飲み物はいかがかな？」

「ああ」プランクは言った。これがいただくという意味であるのはわかる。

「ディナーまでうちにいてくれと言いたいところじゃが、残念ながらうちの客人の一人が、コックと駆け落ちしたところでの」

「誰かと駆け落ちせんといかんとなったら、実に賢明な選択をしたものじゃ。近頃コック探しは一苦労だからのう」

「おかげでうちの家事準備は完全に崩壊した。わしの娘も姪も、どんな簡単な食事の用意もできんのじゃ」

「パブに行かねばならんの」

「それが唯一の解決法のようじゃ」

「もし西アフリカにいるんだったら、地元の酋長《しゅうちょう》のうちをちょっくら訪問してありあわせの食事をいただけるんじゃがの」

「わしは西アフリカにいるわけじゃあない」パパバセットは言った。僕の受けた印象では、いささか不機嫌な調子だった。また彼がちょっぴりムッとしたとしても、その気持ちは理解できようというものだ。何か問題に直面している時、そういう問題に直面していなかったらどんなに楽しいことだろう、今いない場所にもしいたとしたらどんなに何もかにもが最高だったことだろうと人に言われたら、いつだっていやな気持ちがするものである。

「西アフリカではずいぶんよそでご馳走になったもんじゃった」プランクが言った。「あっちの連中はずいぶんたいしたご馳走を振舞ってくれたもんじゃ。思い出すのう。とはいえメインディッシュがその家の奥さんの親戚の誰かで、とろ火でこんがり焼いてご当地ソースでごまかしたものじゃあないとは絶対に断言できないという問題はあったがの。食欲をそがれるというもんじゃ。特別に腹ペコだというんでなければの」

「それはそうでしょうな」

「むろんすべては好みの問題だがの」

「そのとおり。何か拙宅に特別ご用があってのお出向きかの、プランク？」

「いいや、とりたてて用はない」

「では差し支えないようならば、わしは失礼してマデラインのところへ行かせていただこう」

「マデラインとはどちら様かの？」

「わしの娘じゃ。娘と重要な話し合いをしておった最中に、貴君が到着して話が中断したんじゃ」

「娘さんに何か問題でもおありかな？」

「大変な問題が出来《しゅったい》しておる。娘は悲惨な結婚をしようと考えておるんじゃ」

「すべての結婚は悲惨じゃ」プランクは言った。行間を読むに、どうやら彼は独身者であるらしい。

「すべての結婚は赤ん坊に至る。またすべての赤ん坊は赤ちゃんコンテストに至る。こちらにおいでの紳士に、わしがペルーでした体験を話して、脚の傷を見せてやったところだ。赤ちゃんコンテストの審査員を引き受けるなどという愚かな真似をした直接の帰結じゃとな。わしの脚の傷はご覧になりたいかな?」

「いつかまた別の機会に」

「いつでも都合のいい時に言ってくれ。娘さんの考えている結婚のどこがそんなに悲惨だと貴君は言うのかの?」

「なぜならウースター氏は娘にふさわしい夫ではないからだ」

「ウースター氏とはどちら様かの?」

「娘が結婚したがっとる相手じゃ。近頃あまりにも多い典型的なゴクつぶしの若者じゃ」

「わしもウースターという男を昔知っておったが、そいつと同一人物だとは思わん。なぜならわしの知っとったウースターはザンベジ川でワニに食われたからの。だからそいつは除外じゃ。よしわかった、バセット。娘さんのところに行ってやって、わしからと言って、もしたまたま出会ったトム、ディック、ハリーの誰でもと結婚しようなんて言うなら、頭の検査をしてもらった方がいいと伝えてくれ。女というのはまったく何たる人生を送っとるもんじゃ。トウモロコシ粉を挽いて赤ん坊を産む他は何にもせん。よしきたホーじゃな、バセット。貴君の邪魔はせん」

パパバセットが疾走し去り、ドアの閉まる音がした。そしてプランクはスティンカーに注意を向けた。彼は言った。

「あのアホたれに頭の爆発するほどおしゃべりしてここにいられても困るので言わんでおったが、実を言うとわしがここに来たのには特別なわけがある。どこに行ったらピンカーなる男を見つけられるか、貴君はご存じでおいでではないかな？」

「私の名前はピンカーですが」

「確かかの？　バセットはウースターと言ったと思ったが」

「いいえ、ウースターはサー・ワトキンのご令嬢がご結婚されようとしているお相手です」

「そうじゃった。いま思い出した。すると貴君がわしの探しとる人物だということかな。わしの探しとるピンカーは副牧師なんじゃが」

「私は副牧師です」

「そうか？　よし結構、そのとおりじゃ。貴君のカラーのボタンは後ろ留めじゃ。ひょっとして貴君はH・P・ピンカーではないかの？」

「はいそうです」

「何年か前にオックスフォードとイングランド代表のプロップをしとった」

「はい」

「うむ、貴君は教区牧師になられるおつもりはないかの？」

ガチャンという音がした。感激のあまり、スティンカーがいつものテーブル倒しをやったにちがいないと僕にはわかった。しばらくして奴はかすれた声で、教区牧師として牧師館を手に入れることこそ自分が望んでいたことだとかそんなようなことを言った。そう聞いて嬉しいとプランクは言った。

「ホックレイ・カム・メストンの、うちの牧師の九十歳の誕生日が近づいとってそろそろ引退での。替えの牧師を求めて世間中を探し回っておる。きわめて困難な探求じゃった。なぜならわしが求めておるのはいいプロップの教区牧師なんじゃからの。ところが牧師連中ときたらラグビーと他のものの区別もつかんのが普通ときとる。残念ながらわしは貴君のプレイを見たことはないんじゃが、記録からすると明らかに最高の選手にちがいない。だからベラミーがご用済みになり次第、貴君には即、任務についてもらいたい。家に帰ったらすぐ、この約束は書面にしよう」

スティンカーはどう感謝していいかわからないと言い、プランクはぜんぜん構わない、感謝してもらう必要はないと言った。

「感謝しとるのはわしの方じゃ。うちはハーフバックとスリークウォーターはいけるんじゃが、プロップが腰抜けなばっかりに、去年アッパー・ブリーチングに負けたんじゃ。今年こそ目にもの見せてやる。貴君を見つけられたことは驚くばかりの幸運じゃった。わが友スコットランド・ヤードのウィザーズプーン警部がいなかったら、かなわなかったことじゃ。たった今彼が電話してきて、貴君がトトレイ・イン・ザ・ウォルドにいると教えてくれたんじゃ。トトレイ・タワーズに行けば貴君の住所を教えてもらえると言っておった。スコットランド・ヤードの連中が何でも嗅《か》ぎまわって承知でおるのには驚いたことじゃのう。長年の訓練の結果なんじゃろうな。おや、あの物音は何かの？」

スティンカーは何も聞こえなかったと言った。

「ハッと息を呑《の》むような音じゃった。そのソファの後ろからしたようじゃったが。見ていただけるかの？」

一瞬スティンカーの顔が僕を見下ろすのを、僕は意識した。それから奴は振り返ると言った。

「ソファの後ろには何もいません」奴は言った。実に高潔にも、友達がため真実を偽り、もって己《おの》が不滅の魂を危険にさらしつつだ。

「吐き気をもよおしとる犬じゃったかもしれんが」プランクが言った。

僕としてもそんなような音だったのだろうと想像する。ジーヴスのどす黒い裏切りが判明して、僕は心底動揺し、ただいまの状況下では沈黙が金であることを忘れてしまったのだ。あんなふうにハッと息を呑んだりして、もちろんバカな真似をしたものだ。しかし、コン畜生だ。もし人が長年紳士様お側つき紳士をわが胸でいとおしみ育んできたとして、藪《やぶ》から棒にそいつがブラジル探検家を意図的に自分に押し付けてよこしたことがわかったとして、そしたら人には悪心嘔吐《おうと》で苦しみ中の犬みたいに振舞う完全な権利があると僕は主張したい。彼の卑劣な行為をどう理解したものか皆《かい》目《もく》わからず、あんまりにも驚愕《きょうがく》しすぎて僕は一、二分の間、会話の筋道がまるでわからなくなってしまっていた。やがてぼんやりもやもやが晴れた時には、プランクが話しており、話題は変わっていた。

「バセットと娘さんの話はどうなったのかの。そのウースターという男のことを貴君は何かご存じかな？」

「彼は私の親友です」

「バセットはそいつが好きではないようじゃったが」

「ええ」

「まあ、人には好き嫌いがあるもんじゃからの。奴の話しておったマデラインというのは、二人の娘のどっちかの？　ちゃんとしたかたちでお会いしたことはないが、そこらで見かけるからの。マデラインというのはでっかい青い目をした小娘のことかな？」

　理性はそれこそ彼女に他ならないと奴に告げたにちがいないが、愛する人が小娘呼ばわりされるのを聞いて、スティンカーが大喜びしたとは思わない。しかし奴は激昂《げっこう》することなく、それに答えた。

「いえ、それはサー・ワトキンの姪御さんのステファニー・ビング嬢です」

「ビングじゃと？　はてどうしてその名に思い当たるところがあるんじゃろうなあ？　ああそうじゃった。ジョニー・ビングの奴じゃ。いっしょに探検に行ったことがある。赤毛の男じゃった。長いこと会っておらんが。あいつはピューマに噛《か》みつかれたんじゃった。可哀そうに。座る時にはまだ目に見えてもじもじするんじゃそうだ。ステファニー・ビングとな？　むろんその娘のことはご存じでおいでじゃな？」

「はい、よく知っています」

「いい娘さんかの？」

「私にはそう見えます。もしよろしければ、私は今すぐこの朗報を彼女に伝えに行きたいのですが」

「どんな朗報じゃと？」

「牧師館のことです」

「おお、ああ、そうか。彼女が興味を持つと思うのかの？」

「もちろん持ちますとも。僕たちは結婚するんです」

「なんたることじゃ！　逃げ切れる望みはないのかの？」

「逃げ切りたくなんかありません」

「そりゃあ驚いた！　わしは昔結婚がいやで、ヨハネスブルグからケープタウンまでヒッチハイクして逃げたもんじゃ。ところが貴君は結婚することをずいぶん喜んでいるようじゃ。いやまったく、好き嫌いは人それぞれじゃな。結構、とっとと行きたまえ。さてとわしは帰る前にバセットにひと言挨拶《あいさつ》してゆくとするかな。死ぬほど退屈な男じゃが、人は礼儀正しくせんといかんでの」

ドアが閉まり、辺りは沈黙した。もしものことを思って数分間待った後、そろそろ顔を出しても安全と思えた。それでちょうどそうやってしびれかかった手足を伸ばしていたところで、ドアが開き、盆を持ってジーヴスが入ってきた。

21. ジーヴスの弁明

「こんばんは、ご主人様」彼は言った。「前菜はいかがでございましょうか？　バターフィールド氏になり代わりまして、こちらをお運びしてまいりました。バターフィールド氏はただいまサー・ワトキンとバセットお嬢様がご会談中のお部屋のドアにて、お話をご傾聴中でいらっしゃいます。バターフィールド氏は回想録をご執筆中で、絶好の素材収集の機会を逃すわけにはいかないとお話しされておいでででした」

僕はこの男に冷たい目を向けてやった。僕の顔は冷たく硬く、まるで学校のお楽しみ会のかたゆで卵みたいだった。これほど正義の怒りをみなぎらせていた時があったかどうか、思い出せないくらいだ。

「僕が欲しいのは、ジーヴス、死んだイワシの載った濡《ぬ》れたパン切れなんかじゃない——」

「アンチョビでございます、ご主人様」

「アンチョビだとしてもだ。僕は些細《ささい》な諍《いさか》いをしたい気分じゃないんだ。僕は説明を要求する。それも明確な説明をだ」

「さて、ご主人様？」

「〈さて、ご主人様？〉なんて言って問題をはぐらかそうとしたってだめだ。この質問に答えるんだ、ジーヴス。簡単なイエスかノーかでだ。どうして君はプランクにトトレイ・タワーズに来るように言ったんだ？」

この質問で彼は濡れた靴下みたいにぺしゃんこになるものと僕は思っていた。だが彼は足をもじもじさせすらしなかった。

「ビングお嬢様のご不幸のお話をうかがい、わたくしの心はとろけたのでございます、ご主人様。たまたまお嬢様にお目にかかりまして、サー・ワトキンがピンカー様に牧師館をお授けになられることを拒否された結果、たいそうご落胆のご様子でいらっしゃることを知ったのでございます。お嬢様のご悲嘆をご軽減申し上げることは、菲才《ひさい》をもってしても可能とわたくしはただちに了解いたしました。ホックレイ・カム・メストンの郵便局にて、同地の教区牧師が間もなくご引退なされることを聞き及んでおりましたし、またホックレイ・カム・メストン・ラグビー・チームのフォワードを強化せんとのプランク少佐のご願望を認知いたしてもおりましたゆえ、プランク少佐をピンカー様とご交誼《こうぎ》を得られるお立場にご配置申し上げることはきわめて結構なことと思料いたしたのでございます。ビングお嬢様とご結婚あそばされるためには、ピンカー様におかれましては牧師館をご獲得あそばされるご必要がございます。また、ラグビー場にてライバル諸隣村と対戦して勝利するためには、プランク少佐はピンカー様のプロップ・フォワードとしての豊富なご経験を必要とされておいででいらっしゃいます。お二方のご利害は同一とわたくしは拝察申し上げたのでございます」

「ふん、そいつはうまくいったんだ。スティンカーとプランクは意気投合だ」

「ピンカー様はホックレイ・カム・メストンの教区牧師としてベラミー様をご後継あそばされるの

でございましょうか？」

「ベラミーが引き揚げ次第な」

「さように伺いましてたいそう深甚《しんじん》に存じます、ご主人様」

僕はしばらく答えなかった。突然しびれが襲ってきてそちらの世話を余儀なくされていたのだ。

これが収まったところで僕は言った。依然として冷たい態度でだ。

「君は深甚でいるかもしれないが、僕はここ十五分かそこらの間、ソファの後ろにうずくまっていつ何時《なんどき》プランクが僕の姿を暴き立てることかと気が気じゃなかったんだ。奴が僕に会ったらどういうことになるか、君は想像はしなかったのか？」

「わたくしはあなた様がそのご怜悧《れいり》なるご頭脳により、プランク様をご回避される方途を必ずや見いだされることと確信いたしておりました。また実際にさような次第とあいなったところでございます。あなた様はソファの背後へとご伏匿《ふくとく》あそばされたのでございましょうか？」

「四つんばいでな」

「かような申しようをお許しいただけますならば、まことにご賢明なるご妙策でございました、ご主人様。いかに賛辞を尽くそうとも称揚し切れぬ臨機の才と思考の敏速さの証左と愚考いたします」

僕の冷たい態度は氷解した。わが心は宥和《ゆうわ》したと言っても過言ではない。僕がこういうふうにお世辞を言われるのはめったにないことだ。僕の周りの人たち、とりわけアガサ伯母さんなどにおいては、褒《ほ》めたてるよりはけなし落とす傾向が強い。それで「ご怜悧なるご頭脳」ギャグをしばらく堪能《たんのう》したところで――堪能、という言葉で正しければだが――突然、マデライン・バセットとの結婚が不気味に迫っていることを僕は思い出したのだった。それで目に見えてギクッと発作的な動きをしたものだから、お加減がお悪くていらっしゃるのでしょうかとジーヴスが訊《き》いてきた。

僕はオツムを縦に振った。

「身体的には、ノーだ、ジーヴス。精神的には、イエスだ」

「わたくしにはいまひとつ理解いたしかねますが、ご主人様」

「ふん、ニュースがある。バートラム・ウースターがお伝えしていますだ。僕は結婚する」

「さようでございますか、ご主人様？」

「ああそうだジーヴス、結婚するんだ。結婚予告がほぼ掲示されてるようなものなんだ」

「かようなご質問を申し上げましたならば、僭越《せんえつ》に過ぎますでしょうか、すなわち――」

「誰とかってことか？　聞くまでもないだろう。ガッシー・フィンク＝ノトルがエメラルド・ストーカーと駆け落ちした。それでなんとかができたわけだ。何と言ったか？」

「お探しの言葉は〈空隙《くうげき》〉ではございますまいか、ご主人様？」

「それだ。僕がこの身をもって埋めなきゃならない空隙だ。君が何か脱出方法を思いついてくれない限りな」

「その件につきましては多大な思考を傾注してまいる所存でおります、ご主人様」

「ありがとう、ジーヴス」僕は言った。それでまだ話し続けてもいたかったのだが、しかしこの瞬間にドアが開くのが見え、僕は言葉を失ったのだった。だが恐れていたのとは違って、それはプランクではなく、スティッフィーだった。

「ハロー、お二人さん」彼女は言った。「あたし、ハロルドを探してるの」

ひと目見て、彼女の態度物腰をたいそうご落胆のご様子と形容したジーヴスが正しかったことを僕は理解した。ひたいは曇り、外観全体が極度に張りつめた精神状態を物語っていた。自分が彼女の人生にささやかな陽光を送り込んでやれる立場にいることを、僕はうれしく思った。僕自身の問題は後ほど参照することにして棚上げし、僕は言った。

「奴なら君を探しているぞ。君に伝えたい不思議な話があるんだ。君はプランクのことは知っているな？」

「彼の何をよ？」

「彼の何をかはこれから話そう。これまでプランクはホックレイ・カム・メストンに出没して人に黒琥珀《こはく》の彫像を売ってまわる正体不明の人物でしかなかった。だが奴には別の側面があったんだ」

彼女は我慢できないという表情をいくらか見せた。

「あなた、あたしがプランクに興味があると思ってるとしたら――」

「興味はないのかい？」

「ええ、ないわ」

「それがあるんだ。いま言ったように、奴には別の側面がある。奴は地主で牧師館を持ってる。それで長い話を短くすればだ――みんな話は短い方が好きだからな――奴はそいつをたった今スティンカーにやったんだ」

この情報が彼女の暗い気分に顕著な影響を及ぼすであろうと推測した点で、僕は正しかった。棺おけから死体が飛び起きて一座の人気者になるところを僕は実際に見たことはないが、おそらくその様は僕の言葉が腑《ふ》に落ちた瞬間のビング嬢の姿にきわめて酷似したものであったろうと推測する。

突然彼女の目――それはプランクが正当にも指摘したように、でっかくって青かった――に輝きが宿り、歓喜の「きゃあ、アヒルもびっくり万々歳！」の声が発された。それから懐疑の念が忍び入ったらしい。その目が再び曇ったからだ。

「本当なの？」

「絶対的に正式の話だ」

「あなたあたしのことからかってるんじゃなくって？」

僕はいくらか横柄な具合に、すっくりと身を起こした。

「君をからかおうなんて夢にも思っちゃいない。君はバートラム・ウースターがただ面白がって人の希望をただ煽《あお》り立てるような男だと思うのかい？　煽り立てて ただ……ジーヴス、何だったっけか？」

「地面に叩きつけ打ち砕くためだけのために、でございます、ご主人様」

「ありがとう、ジーヴス」

「滅相《めっそう》もないことでございます、ご主人様」

「この情報は厩舎《きゅうしゃ》ネコの口から直接聞いたものと思ってもらっていいんだ。取引成立の時、僕はその場にいたんだからな。ソファの後ろだったけど、だけどいたんだ」

彼女はまだ皆目《かいもく》わからないでいる様子だった。

「だけどあたしわからないわ。プランクはハロルドに会ったことなんかないでしょう」

「ジーヴスが二人を引き会わせたんだ」

「ジーヴス、あなたが？」

「それでほんとに彼はハロルドに牧師館をやったのね？」

「ホックレイ・カム・メストンの牧師館だ。奴は今夜じゅうにこの合意を書面にする。今のところまだ現役の教区牧師はいるんだけど、もう年をとって弱ってて、代役が決まり次第引退したがってるんだ。この調子だと、数日中にスティンカーをホックレイ・カム・メストンの人々の許に送り込めそうな勢いだと僕は思う」

「有難うございます、お嬢様」

「なんて野郎なんでしょ！」

「はい、お嬢様」


僕の簡潔な言葉とひたむきな態度が、彼女の疑念を最後のひとつまで雲散霧消《うんさんむしょう》させた。このブッはパチもんじゃないかしらとの疑いは一掃された。彼女の目は他の何よりかにより双子の星に似て輝き、また彼女はケダモノじみた咆哮《ほうこう》を放つと何ステップかダンスを踊った。そしてただいま彼女は立ち止まり、質問を発した。

「プランクってどんな人？」

「どんな人ってどういうことさ？」

「ひげは生やしてないでしょ、どう？」

「ああ、ひげは生やしてない」

「よかった。だってあたし彼にキスしたいんだもの。だけどひげがあったら考えちゃうわ」

「そんな考えは捨てるんだ」僕は強く主張した。つまりプランクの心理は僕には開かれた書物のごとく明々白々であったからだ。あの独身主義者の会話のすべてから、奴はかわい子ちゃんに顔中キスを浴びせられるより、脚にご当地の短剣を突き刺される方がずっとましと考える人物であるとの心証を僕は得ていた。「ひきつけを起こされちゃう」

「うーん、でもあたし誰かにキスしなくっちゃ。あなたにキスしてもいい、ジーヴス？」

「ご遠慮申し上げます、お嬢様」

「あなたは、バーティー？」

「してもらわないほうがいいなあ」

「それじゃああたし、ワトキン伯父様にキスしてあげることにする。第一級のシラミジジイだってことを、最近自分で証明したばっかりだけど」

「最近とはどういう意味だ？」

「それでキスし終えたら、このニュースを教えてあげてこんなに立派な人をむざむざ失ったって盛大になじってやるの。ハロルドの奉職を拒否した時、伯父様はインド人みたいだったのよって言ってやるんだわ」

彼女の言う趣旨が僕にはわからなかった。

「どういうインド人だい？」

「あたしの家庭教師が読ませた卑劣な奴のことよ。可哀そうなそのバカは、その手で……何だったかしら、ジーヴス？」

「その部族全体よりも値打ちのある真珠を投げ捨てたのでございます［『オセロ』五幕二場］、お嬢様」

「そのとおりよ。それで伯父様のところに来る教区牧師が慢性的に頭の風邪をひいてる愚痴っぽいひ弱な人だったらいいわって言ってやるの。あら、そうだ、ワトキン伯父様の話で思い出した。じゃあ、こんなものもう必要ないわね」

そう言いながら彼女は、奇術師が帽子からウサギを取り出すみたいに服のどこかしらより黒琥珀の醜悪なシロモノを取り出したのだった。

22・ゴリラの求愛

それはあたかも突然彼女が最下級のいやらしいヘビを取り出してみせたかのようだった。僕は愕《がく》然《ぜん》としてそいつを見つめた。ケーキの仕上げにこんなのはいらない。

「どこからこんなものを持ってきたんだ？」僕は低く震える声でそう訊《き》いた。

「くすね盗《と》ってやったの」

「いったい全体どうしてそんな真似をした？」

「まったく簡単よ。ワトキン伯父様のところに行って、ハロルドに公正な振舞いをしない限り返してやらないって言おうと思ったの。パワーポリティックスって言うんじゃなかったかしら、ねえ、ジーヴス？」

「あるいは脅迫でございます、お嬢様」

「そうよ、あるいは脅迫なんでしょうね。でもよりにもよってワトキン伯父様を相手に取引するって時には、方法のお上品さなんかに構っちゃいられないの。でももうプランクが状況を打開して道をまっすぐにしてくれたんだから、もちろんこんなものはいらないわ。で、気づかれる前に保管庫に戻しとくのが賢明なやり方なんでしょうね。じゃあパーティー、コレクション・ルームに行って戻してきてね。鍵はここよ」

あたかも彼女が犬のバーソロミューを差し出したかのように、僕は後ずさりした。プリュー・シュヴァリエ、すなわち勇ましき騎士であることに誇りを持つ僕であるからして、可能な時には手《た》弱女《おやめ》らの願いをかなえたいとは思っている。しかしノッレ・プロセクウィのみが唯一の手段だという時はある。彼女の提案する危険に満ちた行く手を歩むことを考えると、僕の身体じゅうには鳥肌が立ったのだった。

「僕はクソいまいましいコレクション・ルームになんか行かない。運がよけりゃ僕は君のワトキン伯父様がスポードと手と手を取り合ってやってくるのに出会うだろう。僕がそこで何をしていてどうしてそいつを手に入れたのかを説明するのは容易なことじゃないはずだ。それだけじゃない。プランクがいるって時に僕はこの家内をうろうろうろつき回ったりなんかできないんだ」

彼女はいつもの銀鈴を振るがごとき笑い声を放った。すでに示唆したように、これは彼女があまりにも耽溺《たんでき》している行為形態である。

「ジーヴスがあなたとプランクのこと話してくれたわ。とってもおかしいわよね」

「そう思ってもらってよかった。僕たちとしては面白かったわけじゃない」

いつものように、ジーヴスが方途を見つけてくれた。

「その物件をわたくしにお預けくださいますならば、お嬢様、わたくしが元の場所に戻してまいりましょう」

「ありがとう、ジーヴス。それじゃあ、さよなら。あたしハロルドを見つけにいかなきゃ」スティッフィーはそう言い、つま先立ちして踊りながら行ってしまった。

僕は肩をすくめた。

「女ってやつは、ジーヴス！」

「はい、ご主人様」

「なんて性なんだろうなあ！」

「はい、ご主人様」

「前回のトトレイ・タワーズ訪問の際、僕がスティッフィーについて言ったことを君は憶えているか？」

「ただいまは思い当たりませんが、ご主人様」

「あれはこれから僕の部屋がパパバセットとその手先たちの手によって捜索されようという、まさしくその瞬間に、彼女がオーツ巡査のヘルメットを僕に押し付けてきたときのことだった。将来を見越して僕は言った。頭の先から爪の先まで保護房送りのスティッフィーが、これまたヒビテ人とヘト人［『出エジプト記』に出てくる古代民族］について説教した中でもずば抜けた間抜けのH・P・ピンカーと結婚しようとしていると僕は指摘し、その上で、こう思いを馳《は》せたんだ——君が憶えていればだが——二人の子供はどんなふうだろうなあって」

「ええ、はい、ご主人様。ただいま想起いたしました」

「僕は自問した。連中は、あの両親二人の頭のおかしさ加減をダブルで受け継ぐんだろうか、と」

「はい、ご主人様。あなた様はとりわけお子様方のお世話を引き受けるであろう乳母、家庭教師、私立学校校長、パブリックスクール校長皆々様ご各位のご幸福をご憂慮されておいでていらっしゃったと記憶いたしております」

「マスタードよりもホットな連中を相手にしてるとは知る由もなく、だ。そのとおり。この思いはいまだ僕の上に重たくのしかかっているんだ。しかしながらだ、この問題にこれ以上立ち入っている暇はない。遅滞なくその不気味なシロモノをあるべき場所に持って行ったほうがいい」

「はい、ご主人様。なさねばならぬことならば、素早くなせよ［『マクベス』一幕七場］でございます」ドアに向かいながら彼は言った。また僕は、いつもながら、彼はこういうことを何とうまく言い表すことだろうかと思っていた。

そもそもの最初から考えていた戦略をとるべき時は今や来《きた》れりと僕には思われた——すなわち、窓経由で逃げ出す、ということである。家内にプランクが放し飼いになっていて、いつまた飲み物のある場所に飛んで帰ってくるか知れない状態にあって、唯一安全を得られる方法は、どこぞのイチイの小径《こみち》かシャクナゲの小道に向かい、奴が消え去るまでそこに身を隠し続けることだ。したがって僕は窓辺に急いだ。そしてバーソロミューが散歩を続ける代わりに、真下の芝生でシエスタを決め込んでいるのを目《ま》の当たりにした僕の絶望と悲嘆とをどうかお察しいただきたい。奴に気づく前、すでに僕は片脚を窓枠に掛けてすらいた。後もう少しで、僕は奴の上に天国よりのやさしき雨のごとく降り注いでいた［『ヴェニスの商人』四幕一場］ところだったのだ。

この状況がフランス人言うところのアンパス、すなわち袋小路であると認識することに何らの困難もなかった。どうするのが最善かと思い悩みながら立ち尽くしていると、どこからか足音が聞こえてきた。そして、なさねばならぬことならば、素早くなせよと思ってふたたび僕はソファに向かった。先ほどの記録をおそらくは何分の一秒かは更新しながらだ。

わが懐かしのささやかなる避難所に心地よく横たわりつつ、その後完全なる会話の不在が続いたことに僕は驚いた。これまでわが訪問者たちは入ってきた瞬間におしゃべりを開始していたものだ。だから今度は口のきけないお二人をお迎えしているのだと思うと奇妙な気がした。しかし、注意深く覗《のぞ》き見してみると、一つがいのお客人をお迎えしていると思ったのが誤りであったことがわかった。入ってきたのはマデライン一人だった。彼女はピアノのところに向かい、また彼女は英国古謡を歌うつもりであると何かが僕に告げた。彼女は少なからぬ余暇時間をそうやって費やしているのだ。感情の激変を経て魂の慰撫を必要とする際にはとりわけ、こういう迷惑行為に耽《ふけ》るのが彼女の病的習性である。またもちろんただいま彼女の魂は慰撫を必要としていることであろう。

僕の恐れていたことが現実になった。彼女は続けて二曲歌い、またこういうことが僕たち二人の結婚生活の永続的特徴となるだろうと思うと、僕は身体の芯《しん》まで凍りついた。僕はいつもこういう古謡の類にはいわゆるアレルギーがあって、古ければ古いほど、ますます嫌いなのだ。

幸いにも、彼女が三曲目を始める前に邪魔が入った。どすどすいう足音が聞こえ、ドアの取っ手が回り、重い息遣いが聞こえ、「マデライン！」という声がした。スポードの声だ。感情の昂《たかぶ》りのあまり、しゃがれている。

「マデライン」奴は言った。「あなたをずっと探していたのですよ」

「まあ、ロデリック！　その目はどうしたの？」

「自分の目のことなどどうでもいいのです」スポードが言った。「目の話をしに来たのではありません」

「ビーフステーキを当てると腫《は》れが引くって聞いたわ」

「ビーフステーキの話もいいのです。サー・ワトキンが、あなたとウースターに関する恐ろしい報せを話してくださいました。あなたがあの男と結婚するというのは、本当ですか？」

「ええ、ロデリック、本当よ」

「しかしあなたがウースターみたいな低能な、間抜けなアホを愛せるはずがない」スポードが言った。また僕としてはこの発言をきわめて侮辱的と感じたものだ。もっと自分の言葉を注意して選ぶんだ、スポード、と、僕は立ち上がって奴に対峙《たいじ》して言ってやったってよかった。しかし、あれやらこれやらの理由でそうはしないで相変わらず寝そべっていた。と、マデラインのため息の音が聞こえた。あるいはそれはソファの下の隙間《すきま》風であったかもしれないのだが。

「ええ、ロデリック、私はあの人を愛してはいないわ。あの人は私の中の本質的な部分に訴えてこないの。けれども私、あの人を幸せにしてあげることが私の義務だと思うの」

「チッ！」スポードは言った。あるいはそんなように聞こえることを何か言った。「いったい全体どうしてあなたが、ウースターみたいなあんなイモムシを幸せにしてやりたがるのですか？」

「彼は私を愛しているの、ロデリック。あの人が私を見る時の、物言わぬ、崇拝の目つきをあなただって見ているはずよ」

「自分にはウースターの目を覗き込んでいるよりももっとマシな、やるべきことがあります。あの目が物言えぬほどに間抜けだとはじゅうぶん想像できますが。我々はこの問題をはっきりさせないといけない、マデライン」

「あなたの言ってることがわからないわ、ロデリック」

「わからせますとも」

「きゃっ！」

思うに「わからせますとも」のキューで奴は彼女の手首を握ったにちがいない。なぜなら「きゃっ！」の声は強く明確に発声されたからだ。彼女が痛いと言った時、この推定の正当性が証明された。

「すみません。すみません」スポードは言った。「しかし自分はあなたが人生を破滅させるのを許すわけにはいかない。あなたはあのウースターと結婚してはいけないのです。あなたが結婚する相手は、この私です」

僕は誠心誠意奴に大賛成だった。という表現でよければだが。僕は本当の意味でロデリック・スポードのことが好きだったためしはないが、しかし今の奴の話のもって行き方は大好きだ。この調子でもうちょっと頑張ってもらえば、バートラムは名誉ある義務から解放だと僕は思った。奴にはもっと前からこういう毅然《きぜん》とした態度をとっていてもらいたかった。

「あなたがこんなに小さかった頃から、自分はあなたを愛していました」

奴の姿は見えなかったから、どんなに小さかった頃かは確定しかねる。だが奴は床からそんなに遠くないところに手を持っていったにちがいないと僕は推測した。数十センチといったところか？そんなところだろう、おそらく。

マデラインは明らかに動揺していた。彼女がのどをゴボゴボ鳴らすのが聞こえた。

「わかっていたわ、ロデリック。私、わかっていた」

「あなたは自分の秘密をご存じだったのですか？」

「ええ、ロデリック。人生ってなんて悲しいのかしら！」

スポードは彼女のこの見解に共鳴することを拒否した。

「まったくそんなことはありません。人生は素晴らしい。少なくとも、あなたがこのウースター野郎を袖にして自分と結婚してくれたならば」

「私、ずっとあなたに夢中だったのよ、ロデリック」

「ええ、それじゃあ？」

「私に、考える時間をください」

「どうぞどうぞ。必要なだけ時間をかけてください」

「私、バーティーのハートを傷つけたくないの」

「どうしてです。いい薬になりますよ」

「あの人、私のことをそれはそれは切なく愛しているのよ」

「ばかばかしい。あの男がドライマティーニ以外に何かを深く愛したことがあるとは思いません」

「どうしてそんなことがおっしゃれるの？　私と離れていられなくって、あの人はここに来たんじゃなくって？」

「いいえ、まったくちがいます。その点だまされてはいけません。あの男はお父上の黒琥珀《こはく》の彫像をくすね盗《と》るためにここに来たのです」

「何ですって！」

「そういうことです。あの男は、バカの上に卑劣なコソ泥なのです」

「そんなことあり得ないわ！」

「もちろんあり得ますとも。あの男の叔父上があれをご自分のコレクションに加えたいのです。つい半時間前に、奴があいつの叔母上と電話で謀議をこらしているのを自分は聞きました。〈あれを手放させるのはすごく難しいことだろうな〉と、奴は言っていました。〈だけど最善を尽くすよ。トム叔父さんがあれをどんなに欲しがってるかはわかってるからね〉と。あの男はいつだって物をくすねてまわっているのです。自分がブロンプトン・ロードの骨董屋《こっとう》であの男にはじめて会った時、あいつはもう少しであなたのお父上の傘を持って逃げるところだったのですよ」

あるまじき告発だ。また簡単に誤りを証明できる。確かに奴とパパバセットと僕は、奴の話したとおりブロンプトン・ロードの骨董店にいた。だが傘の件はたんなる笑い飛ばせる誤解にすぎない。パパバセットはその鈍器を十七世紀製の椅子に立てかけていて、それで僕がそれを手に取ったのは、傘を持たない男が――その朝僕はたまたまそういう男だった――花々がそのかんばせを太陽に向けるように、無意識のうちに視界にある一番手近な傘に手を伸ばしてしまう太古の本能のなせるわざだったのだ。ことの次第はぜんぶで二語で説明できる。だが連中は僕に一言も説明させてくれなかった。かくしてこの中傷は僕に向けられたままでいるのだ。

「ショックだわ、ロデリック！」マデラインは言った。

「そうでしょう。それであなたもしゃんとするはずだと思っていました」

「もしそのことが本当なら、もしバーティーが本当に泥棒だとしたら――」

「そうしたら？」

「当然あの方とはこれっきり関係なしにします。でも私、信じられない」

「サー・ワトキンを連れてきます」スポードが言った。「お父上のおっしゃることならば、お信じになれるでしょう」

奴がどたどた出ていった後、何分間か、マデラインは立ち尽くし夢想に耽っていたにちがいない。

つまり彼女からは何の音も聞こえなかったからだ。それからドアが開き、僕には誰のものかすぐわかる咳払《せきばら》いの音がした。

23・汚名

それはジーヴスのもの柔らかな咳払いで、僕にはいつも遠くの山のてっぺんで咳払いをするとても年取ったヒツジを思い出させる。ご記憶でおいでなら、僕がはじめてアルペン・ハットをかぶって彼の目の前に現れた時にも、彼はその咳払いを僕に向かってしてよこした。それはいつもならば否認を意味するのだが、しかしこれから彼がデリケートな性質の問題に触れようという時にも発されることを僕は知っている。そして彼が話し始めると、これから彼がそれをやろうとしているのが僕にはわかった。なぜなら彼には、ちょっと声をひそめるようなところがあったからだ。

「お時間をほんの少々いただいてもよろしいでしょうか、お嬢様？」

「もちろんよ、ジーヴス」

「ウースター様に関することがらでございます」

「あら、そうなの？」

「シドカップ卿があなた様にお話をされておいでの際、わたくしはたまたまドアの前を通過いたしましてウースター様に関する閣下のご所見を意図せず漏《も》れ聞いてしまったと申し上げるところから、お話を始めさせていただくべきかと存じます。閣下はよく通るお声をお持ちでいらっしゃいます。

またわたくしといたしましてはいささか微妙な立場に身を置いております。雇用主様への忠誠と、市民として義務を果たしたいという当然の欲求のせめぎあう狭間《はざま》で、と申しますことでございます」

「あなたの言うことがわからないわ、ジーヴス」マデラインが言った。僕にもわからない。

彼はまた咳払いをした。

「僭越《せんえつ》な真似をいたしますことはわたくしの本意ではございませんが、お嬢様、しかしながら卑見を率直に申し上げてよろしければ——」

「どうぞ言って頂戴」

「有難うございます、お嬢様。閣下のお言葉は、あなた様がウースター様とご結婚をお考えでおいでであるという使用人部屋に流布しております噂を肯定する内容であったと存じております。それが真実であるかとお訊ね申し上げましたならば、不謹慎が過ぎましょうか？」

「ええ、ジーヴス、本当よ」

「かような申しようをお許しいただけますならば、あなた様は間違いをお犯しでいらっしゃると、わたくしは思料いたします」

よくぞ言った、ジーヴス。いい線いってるぞと僕は心の中で言っていた。またその点はよくよく繰り返して言い聞かせてもらいたいものだと僕は思った。僕はマデラインの返答を待ち焦がれた。彼女がすっくりと立ち上がって下がりなさいと彼に言いはしまいかとちょっぴり不安になりながらだ。しかし彼女はそうはしなかった。彼女は彼の言うことがわからないとまた言っただけだった。

「説明をお許しいただけますならば、お嬢様、わたくしは雇用主様を批判申し上げますことを嫌悪してやまぬものではございますが、しかしながらあなた様におかれましては、あの方がクレプトマニアでいらっしゃることをご承知おきいただくべきであると愚考いたすところでございます」

「何ですって！」

「はい、お嬢様。あの方のささやかなご秘密を、これまでどおり死守いたしたく存じておりましたが、しかしながら今やあの方のご病気は、もはや容認できぬ段階にまで至っております。本日の午後、あの方のお手回り品を整理しておりましたところ、こちらの小さな黒い彫像が下着の下に隠されておりますのをわたくしは発見いたしたのでございます」

マデラインが瀕死《ひんし》のソーダサイフォンみたいな音を発するのが聞こえた。

「でもそれはお父様のものよ！」

「かような申しようをお許しいただけますならば、ウースター様のお気に召した品物は、もはやどなた様のものでもないのでございます」

「それじゃあシドカップ卿のおっしゃったとおりだったってことなの？」

「まさしくさようでございます、お嬢様」

「彼、ウースター氏がお父様の傘を盗もうとしたって言ったわ」

「わたくしもそのご発言を拝聴いたしました。またその告発にはじゅうぶんな根拠があるところでございます。傘、宝飾品、彫像、みなウースター様にとっては価値あるものなのでございます。あの方にはなんともいかんともし難いことであるのだと、拝察申し上げます。一種の精神疾患なのでございます。しかしながら陪審がかような見解を採用する否かにつきましては、なんとも申し上げようのないところでございます」

マデラインはもういっぺんソーダサイフォンの真似をやった。

「彼が監獄に送られるかもしれないって言うの？」

「さような可能性は決して少なからぬものと拝察申し上げます」

またもや僕は彼はいい線で行ってるぞと思った。鍛え上げられた彼の判断力が、女の子に男との結婚をやめさせるものが一つあるとしたら、それはいつ何時《なんどき》愛の巣に刑事たちが窃盗《せっとう》の容疑で奴を引っ張りに来てハネムーンを台なしにされるかもしれないとの思いであると、彼に告げたのだ。そんなことを喜ぶ花嫁はいない。また彼女がスポードみたいな相手とチームを組むほうを選んだとて、それを責められるものではない。たとえほぼ人間のかたちをしたゴリラであるにせよ、そいつは法の正しい側をきちんと守って歩いている男なのだから。マデラインの思考がこの方向に向かう音が僕にはほとんど聞こえたような気がした。またジーヴス言うところの個々人の心理を、彼が見事に把握していることに僕は惜しみない喝采を送った。

むろんこれらすべてがバセット邸内における僕の立場をいささかなりともよくしてくれないことはわかっている。しかし、役に立つのが外科医のメスだけという時はある。いつかまたこのソファの後ろから出られる時が来たら、わが愛車がうずうず待ち構えている場所へとこっそり逃げ出し、立ち止まってさよならを言って楽しい滞在に感謝することなくロンドンに向けて出発するのにとの思いを、僕は持ち続けていた。それですべての不快事は未然防止——未然防止でよかったろうか？

——できるはずなのだ。

マデラインは相変らず心揺さぶられている様子だった。

「まあ、何てことでしょう、何てことでしょう！」彼女は言った。

「はい、お嬢様」

「たいへんなショックだわ」

「ご心中お察し申し上げます、お嬢様」

「そのことは前から知っていたの？」

「ウースター様の許にご奉職申し上げました時よりでございます」

「んまあ、何てことでしょう！　じゃあね、ありがとう、ジーヴス」

「滅相《めっそう》もないことでございます。お嬢様」

この後ジーヴスはゆらめき消え去ったにちがいないと思う。つまり沈黙が辺りを支配し、僕の鼻がむずむずしだした他には何事も起こらなかったからだ。くしゃみができたら一〇ポンドやったってよかったのだが、むろんそんな真似は実際的戦略の範疇外《はんちゅうがい》である。僕はただその場にうずくまり、あれやらこれやらを考えていた。それからだいぶしたところでドアが再び開き、今度は群集シーンみたいな性格のことどもが起きそうな勢いだった。僕からは三足の靴が見えたから、すなわちこれらはスポード、パパバセット、プランクの足であろうと僕は推論した。ご記憶でおいでだろう。スポードはパパバセットを連れにいったものであり、おそらくプランクはとりあえず一緒についてきて、旅路の果てにて何かしらのど潤《うるお》す物をいただきたいなと思っているのだろう。

最初に話し始めたのはスポードだった。奴の声には、危険なライバルを屈服させた求婚者の声の帯びる勝利の響きがあった。

「さてと」奴は言った。「ウースターは釘で打ちつけてないものなら何でもくすね盗《と》ってまわる下劣で卑劣な泥棒だという私の証言を立証していただくために、サー・ワトキンをお連れしました。

私の主張にご同意なされますか、サー・ワトキン？」

「もちろん同意するとも、ロデリック。あやつとあやつの叔母上がわしのウシ型クリーマーを盗み出したのは、ほんの一月かそこら前の話じゃ」

「ウシ型クリーマーとはなんじゃな？」プランクが訊《き》いた。

「銀製のクリーム差しじゃ。わがコレクションの至宝のひとつじゃった」

「連中はそいつを奪って逃げたのかの？」

「そうじゃ」

「ああ」プランクは言った。「そういうことならわしはウィスキー・アンド・ソーダをいただくとしよう」

この主題を論じるパパバセットに熱が入ってきた。

「あの日、ブロンプトン・ロードでウースターがわしの傘を持って逃げなかったのは、ひとえに神の慈悲に過ぎぬというものじゃ。もしあの男に他の欠陥に勝る顕著な欠陥があるとしたら、それはメウムとトゥウム、すなわち我がものと人のものの区別をまったく知らないらしい点じゃ。あやつはわしの法廷に一度出廷した。憶えておる。警官のヘルメットを盗んだ嫌疑にてじゃ。あの時わずか五ポンドの罰金で済ましたことを、わしは今に至っても後悔しておる」

「誤った親切心でした」スポードが言った。

「わしもいつもそう思っておる、ロデリック。より峻厳な教訓を与えておったらば、もっとあやつのためになったろうに」

「ああいう連中を甘やかしちゃあいかん」プランクが言った。「モザンビークで使っとった召使はわしの葉巻をよくくすねたもんじゃが、愚かにもわしはそれを大目に見ておった。自分には信仰やら何やかんや色々あるからこれからは大丈夫と請け合ってみせたからじゃ。それが一週間もしないうちに、ハバナ葉巻を一箱とわしの入れ歯を持って遁走してしまいおった。入れ歯は現地の酋長《しゅうちょう》に売ったんじゃな。そいつを取り返すのにジン一箱とビーズ二連が要ったもんじゃった。厳罰が唯一の方策じゃ。鋼鉄の手というやつじゃな。その他はみんな弱腰と間違えられる」

マデラインはすすり泣きをやった。少なくともそれはすすり泣きみたいに聞こえた。

「だけど、パパァ」

「なんじゃ？」

「でも、バーティーにはどうしようもないんだと思うの」

「可愛い娘や。あやつがどうしようもない男で、手を置いた物はどうにも失敬せずにはいられないという、まさしくその点を我々は批判しておるんじゃ」

「つまり、彼はクレプトマニアだってことなの」

「はっ？　誰がそんなことを言った？」

「ジーヴスよ」

「それはおかしい。どうしてそんな話が出てきたんじゃ？」

「これを私に手渡してくれた時に、そう言ったの。バーティーの部屋で見つけたんですって。彼、とても心配していたわ」

しばらく沈黙があった——驚愕《きょうがく》の沈黙であろうと想像する。それからパパバセットが「何たることじゃ！」と言い、スポードが「何と！」と言い、そしてプランクが「はて、こいつはわしが貴公に売ったなんとか言ったものではなかったかの、バセット？」と言い、マデラインがまたすすり泣きをして、そして僕の鼻はまたもやむずむずしだした。

「ううむ、これは驚いたことじゃ！」パパバセットが言った。「これをウースターの部屋で見つけたと、ジーヴスはそう言ったのかの？」

「下着の下に隠してあったんですって」

パパバセットは瀕死のアヒルの発する風の音みたいな音を発した。

「貴君の言ったとおりじゃった、ロデリック！　あやつがここに来た動機はこれを盗むためだと貴君は言ったろう。だがどうやってコレクション・ルームに入ったものかはわからんのう」

「ああいう連中はやり方を心得ているんです」

「そいつには大きい需要があるようじゃの」プランクが言った。「つい昨日、犯罪者ヅラした罰当たりの若いのがそいつを売りに家に来たところじゃ」

「ウースターだ！」

「いや、そいつはウースターではない。うちに来たのはアルペン・ジョーという奴じゃった」

「ウースターはもちろん偽名を使うでしょう」

「そうかもしれん。考えてもみんかったの」

「ふむ、こうなったからは――」パパバセットが言った。

「そうです、こうなったからには」スポードが言った。「もうあの男と結婚されることはありませんね、マデライン。あいつはフィンク＝ノトルよりもっと悪い」

「フィンク＝ノトルとはどちら様じゃったかの？」プランクが訊いた。

「ストーカーと駆け落ちした男じゃ」パパバセットが言った。

「ストーカーとはどちら様じゃ？」プランクは訊いた。こんなにも情報を渇望してやまない男に、僕は会ったことがない。

「コックじゃ」

「ああそうじゃった。そう話してくれたのを思い出した。その男は物のわかった男じゃのう。誰が誰と結婚することにもわしは大反対じゃが、しかし誰かと結婚せにゃならんとなったら、牛の骨付き肉の扱い方をわきまえとる女性と結婚すれば全戦全敗にはならんからの。マレー土侯国連邦にいたときの知り合いじゃったが――」

きっと興味深い逸話であったのだろうが、スポードがそれ以上話させなかった。マデラインに向かい、奴は言った。

「あなたがすることは、この私と結婚することです。これ以上の議論は不要です。いかがですか、マデライン？」

「ええ、ロデリック。私、あなたの妻になりますわ」

スポードは歓喜のおたけびを放ち、おかげで僕の鼻はますますむずむずしだした。

「そうこなくっちゃ！　その言葉が聞きたかった！　さあいっしょに庭に出ましょう。たくさんお話ししたいことがあるんですよ」

この時点で奴は彼女を抱擁《ほうよう》し、せき立てて連れ出したものと想像する。つまりドアの閉まる音が聞こえたからだ。そしてそれと同時にパパバセットが先ほどスポードの唇より発されたのと強度においてほぼ等しい、歓喜のおたけびを発した。彼は明らかにヒナギクどっしんな気分でいて、またその理由も容易に理解されようというものだ。もうちょっとでガッシー・フィンク＝ノトルと結婚するところで、それからもうちょっとで僕と結婚しそうになった愛娘《まなむすめ》が、光明を見いだして裕福な英国貴族の一員と手を組むことになったとなれば、父親にはそれを寿《ことほ》ぐ権利がある。僕はスポードが好きではないしペルーのお母さんが短剣で奴の脚を突き刺すのを見たらばいつだって大喜びだが、しかし奴が結婚するのに大変結構なお相手であることを否定する余地はない。

「レディー・シドカップじゃ！」その言葉をヴィンテージ・ポートみたいに舌の上で転がしながら、パパバセットは言った。

「レディー・シドカップとはどちら様かの？」プランクが訊いた。いつもながら話題に乗り遅れまいとしながらだ。

「わしの娘が間もなくそうなるんじゃ。イングランドで最も古い称号のひとつじゃ。たった今ここを出ていったのがシドカップ卿じゃ」

「彼の名前はロデリックじゃったと思ったが」

「クリスチャンネームがロデリックなんじゃ」

「ああ！」プランクが言った。「それでわかった。それでぜんぶ見取り図完成じゃ。貴公の娘さんはフィンク＝ノトルとかいう誰かと結婚する予定じゃった」

「さよう」

「それから娘さんはそのウースターだかアルペン・ジョーだったかいう男と結婚する予定になった」

「さよう」

「それでいまや娘さんはシドカップ卿と結婚することになったんじゃな？」

「さよう」

「水晶のごとく明晰《めいせき》じゃ」ブランクは言った。「いずれ議論を重ねればわかるとは思っとった。たんなる集合と消去の問題じゃ。貴公はこの結婚にご賛成されるんじゃな？」彼は付け加えて言った。

「人はどんな結婚にも賛成はできるからの」

「もちろん賛成するとも」

「ではもう一杯ウィスキー・アンド・ソーダをいただかねばの」

「わしもご一緒しよう」パパバセットが言った。

もはや我慢できず、僕がくしゃみをしたのはこの時だった。

「ソファの後ろに何かいるとは思っとったんじゃ」ソファのこちら側に回り込み、ラグビーのルールをどうしても理解できない土着の酋長たちにかつて向けたのとおんなじ目を僕に向けながら、プランクは言った。「おかしな音がこっちの方からしておった。何たることじゃ、こいつはアルペン・ジョーではないか」

「こいつはウースターですぞ！」

「ウースターとはどちら様かの？　ああ、話してもらってあったか？　これからいかなるご措置をとられるご所存かの？」

「ベルを鳴らしてバターフィールドを呼ぶ」

「バターフィールドとはどちら様かの？」

「うちの執事じゃ」

「どうして執事が要り用なのかの？」

「オーツを呼ぶよう言うためじゃ」

「オーツとはどちら様かの？」

「地元の警官じゃ。彼は台所でウィスキーを一杯飲んでおる」

「ウィスキーじゃと！」考え込んだ様子で、プランクは言った。そして何かを思い出したかのように、サイドテーブルに向かった。

ドアが開いた。

「ああ、バターフィールド。オーツにここに来るよう言ってくれ」

「かしこまりました、サー・ワトキン」

「あの男、ちょっとコンディションがよろしくないようじゃの」退出するバターフィールドの背中を見ながら、プランクは言った。「何試合かラグビーをやって調子を整える必要がある。このアルペン・ジョーとかいう奴を貴公はどうされるご所存かな？　告発されるおつもりでおいでかな？」

「もちろんじゃとも。わしが醜聞を恐れて起訴を避けるとこやつは決めてかかっておるに相違ないが、大間違いじゃ。法に裁きをつけてもらう」

「たいへん結構。最大限の重罰を科してやるのがよろしい。貴公は治安判事じゃったの？」

「さよう。A級刑務所で二十八日の拘禁刑《こうきん》を考えておる」

「あるいは六十日じゃな？　切りのいい、よい数字じゃからの、六十というのは。六カ月にはできんのかの？」

「残念ながらできない」

「ああ、だいたいの相場があるんじゃろうな。まあ、二十八日でも、ないよりはマシかの」

「オーツ巡査」ドアのところでバターフィールドが言った。

24. 終わりよければすべてよし

どういうわけかは知らないが、警察の留置場に放り込まれることには、なんだかバカみたいな気がするところがある。少なくとも、僕はいつもそうだ。つまりだ、あなたはここにいて、司直と手と手を取り合い並んでよちよち歩いている。それである意味彼は自分のホストなのだというような気がするから、打ち解けて会話を引き出そうとする。しかし思考の交流といったようなことを始めるのは難しいし、会話が本当の意味で弾《はず》むということもない。僕の行った私立小学校――僕が聖書の知識で賞を取った学校だ――で、校長のオーブリー・アップジョン牧師が僕たち生徒を一人ずつ、日曜日の午後には教育的な散歩に連れ出したのを思い出す。僕が彼の隣を歩く順番が来ると、才気煥発《かんぱつ》でいようとしても難しいといつだって感じたものだ。オーツ巡査に連れ添われて村の監獄に向かう、今回も同じだった。すべては快適に進んだなんてフリをしても駄目だ。ぜんぜん快適になんか行かなかったのだから。

おそらくもし僕が侵入盗とか放火とかで十年くらいの刑期を背負った一流の犯罪者だったら、幾らかまたちがったのだろう。だが僕はA級施設に二十八日いるだけの雑魚《ざこ》にすぎない。また僕は、この警官が僕をバカにしていると思わずにはいられなかった。たぶん実際に冷笑していたわけではないにせよ、しかしお高くとまった感じで、僕などは警官がまともに相手にするようなタマではないと思われている気がした。

それにもちろん他にも色々あった。トトレイ・タワーズへの前回訪問について述べた際、パパバセットが僕を部屋に監禁した時に、僕が部屋から逃走しないよう地元警察隊を窓下の芝生に配置したとは述べた。その地元警察隊というのがこのおんなじオーツのことで、それであの時は雨が途轍《とてつ》もなくザーザー降りだったから、きっとその記憶は長いこと奴の胸にうずいていたにちがいない。警察官としてのキャリア中もっとも厄介な頭の風邪を引かせた責任のある男のことを寛大な目で見られるのは、きわめて陽気な巡査だけであろう。

いずれにせよ、奴は今、人々をムショに拘禁するのは大の得意だが、口数のほうはごく少ない男になっていた。トトレイ・イン・ザ・ウォルドの中心部に監獄はひとつしかなく、また僕はそれを一人で独占したものだ。居心地のよい窓付きの小さな個室で、窓に鉄格子は嵌《はま》っていないものの脱出するには小さすぎ、ドアには格子があって、板ベッドがひとつ、そしてこういう第二の我が家には付きものの飲酒癖者と秩序紊乱《びんらん》者のだいぶ強烈な芳香がした。前にボッシャー街であてがわれたやつと比べて優れているか劣っているかについては、僕には判断しかねた。どっちも似たようなものと思われた。

僕は板ベッドに寝転がってすぐ夢見ぬ眠りに落ちたと述べたなら、読者諸賢を欺《あざむ》くことになろう。僕はいささか不安な一夜を過ごした。実際、一睡もしなかったと誓って言えるくらいなのだが、しかし眠りはしたにちがいない。なぜなら気がついたら窓から陽光が差し入っていて、僕のホストが朝食を運んできていたからだ。

こんな早朝にはめずらしい食欲で僕はそいつをいただき、食事が終了すると古い封筒をひっぱり出してきて運命の棍棒《こんぼう》殴りが元気ハツラツで活動中の時に以前何度かやったことのあることをした——すなわち、借り方と貸し方のリスト作りである。ロビンソン・クルーソーもこれをしたものと僕は理解している。現段階で僕がこのゲームで優勢なのか劣勢なのかを見てみようということだ。

最終収支は次のようになった。

貸し方	借り方
ぜんぜん悪くない朝食だった。コーヒーもとてもおいしかった。驚いた。	食べ物のことばっかり考えるんじゃない、この囚人め。
誰が囚人だって？	お前が囚人だ。
ああそうか、そういう言い方をすればそうなんだろうな。だけど僕は無実だ。僕の手は汚れちゃいない。	お前の顔よりは汚れちゃいないんだろうな。
絶好調って顔じゃないってことか？	お前、ねこが運んできた何かみたいに見えるぞ。
風呂に入ればきれいになるさ。	刑務所に行けば風呂があるからな。

本当に刑務所行きだと思うのか？

ふん、パパバセットが言ったことは聞いたろ。

うーん、二十八日もおつとめするってのはどんなものなんだろうなあ。今まで一晩しか入ったことがないから。

嫌に決まってる。死ぬほど退屈するぞ。

あんまりよくは知らないんだが、せっけん一本と讃美歌集はもらえるんじゃなかったっけ？

せっけん一本と讃美歌集なんかもらって何になる？

それで何か室内ゲームを工夫できるさ。それに僕がマデライン・バセットと結婚しなくていいってことを忘れてもらっちゃ困る。その点どう思うかを聞かせてもらおうか。

それで借り方の方は何も言わなくなった。僕は奴を沈黙させたのだ。

そう、見逃したパンくずがあるんじゃないかと探して回りながら、このことだけで、いま僕が耐え忍んでいる試練はじゅうぶんに埋め合わせがつくさと僕は感じた。それでこの線でしばらくもの思いに耽《ふけ》り、ますますわが宿命を従容《しょうよう》として甘受する境涯に至っていた。と、銀鈴を揺するがごとき声がして、僕をびっくりしたバッタみたいに跳び上がらせたのだった。最初それがどこからしてくるものかわからず、僕の守護天使の声である可能性すら一瞬考えたくらいだ。とはいえなぜか知らねど、いつも僕は自分の守護天使は男だと思っているのだが。それから格子の向こうに人間の顔らしきものが見え、目を凝らしてよくよく見ればそれはスティッフィーであった。

僕は礼儀正しくやあハローをやり、それからこんな場所で彼女に会うことへの驚きを表明した。

「オーツが君を入れてくれるとは思わなかったよ。今日は面会日じゃないだろ？」

その職務熱心な警官はただいまワトキン伯父様に会いに館に行っているところで、奴がいなくなったからこっそり忍び込んだのだと彼女は説明した。

「ああ、バーティー」彼女は言った。「やすりを渡せたらよかったんだけど」

「やすりでどうしろって言うのさ？」

「もちろん鉄格子をこすり切るに決まってるでしょ、バカ」

「鉄格子なんかない」

「あら、ないの？　それは困ったわ。じゃあその件はなしにしなきゃね。朝ごはんは食べた？」

「いま終えたところだ」

「大丈夫だった？」

「かなりおいしかった」

「そう聞いて嬉しいわ。だってあたし、自責の念に押しつぶされていたんですもの」

「君が？　どうして？」

「頭を使って頂戴。あたしがあの彫像をくすね盗《と》ったりなんかしなかったら、こんなことはぜんぶ起こらなかったんだから」

「ああ、僕は気にしてないさ」

「あたしは気にするの。あたし、ワトキン伯父様にあなたは無実で犯人はあたしだって言った方がいいのかしら？　あなた汚名を晴らすべきでしょ」

最大限の迅速さで、僕はこの提案を却下した。

「絶対にだめだ。そんなことは夢にも思っちゃいけない」

「だけどあなた、身の潔白を晴らしたくないの？」

「君に罪をかぶせてまでそんな真似はしたくない」

「ワトキン伯父様はあたしだったら監獄に送ったりなんかしないわ」

「そうかもしれない。だがスティンカーがすべてを知ったら心底ショックを受けるぞ」

「きゃあ！　あたしそのこと考えてなかった」

「今考えるんだ。教区牧師にとって己《おの》が運命を君と結びつけることは賢明かって、奴は自問しなくちゃいられなくなるはずだ。懐疑、それから不安だ。ギャングの親分の情婦になるのとわけがちがうんだぞ。ギャングの親分だったら、君が目に付くものは片っぱしからかっぱらったとしたって大喜びしてもっとやれって言葉と身振りで励ましてくれることだろうが、スティンカーはそうはいかない。奴が君と結婚したら、君には教区の資金管理をまかせたいはずだ。この事実を奴に知らせたら、奴の心が休まる時は一瞬たりともなくなるだろう」

「あなたの言うことはわかる。そうね、あなたの言うとおりだわ」

「日曜の献金袋のそばに君がいるのを見たら、奴がどんなに慌《あわ》てふためくことかって想像してみるんだ。だめだ、秘密と沈黙が唯一の道だ」

彼女はちょっぴりため息をついた。あたかも良心の呵責《かしやく》に苛《さいな》まれているがごとくにだ。だが僕の論証の正当性は認めたようだ。

「あなたの言うとおりなんでしょうね。でもあたし、あなたがムショでおつとめするのは嫌なの」

「埋め合わせはあるさ」

「どんな？」

「僕は処刑台から生還したんだ」

「しょけ――？　ああ、わかった。マデラインと結婚しなくてもよくなったってことね」

「そのとおり。前に言ったと思うんだけど、マデラインと婚姻の聖なる絆《きずな》で結ばれるって考えると君の旧友の背筋には震えが走るんだって言う時、僕は彼女のことを何ら貶《おとし》めて言っているつもりはないんだ。その事実はいささかも彼女の名誉を傷つけるものではない。僕が世界中のもっとも高貴な女性の誰と結婚するとしたってまったく同じなんだ。尊敬し、崇拝し、崇敬はするけれど、でもそれは離れたところにいる時だけって女性は存在する。マデラインはそういう部類に属するんだ」

それで僕はおそらくはあの英国古謡に言及し、この主題を更に展開しようとしていた。と、どら声がして、僕たち二人差し向かいの会話――二人が鉄格子のこちらとあちらに隔てられているという時を、差し向かいと言うことができればだが――を中断したのだった。それはおでかけから帰ってきたオーツ巡査だった。スティッフィーがここにいるのは不快だったようで、奴は厳しい態度で声を発した。

「何事でありますか？」奴は詰問した。

「何事とは何よ？」スティッフィーは気概をもって応答した。またこの時彼女は奴より一枚上手だと思ったのを、僕は憶えている。

「被疑者との会話は規則違反であります、お嬢様」

「オーツ」スティッフィーは言った。「あんたってバカね」

これは実体的真実である。だが同発言はこの警官を苛立《いらだ》たせたようだ。奴はその告発に憤り、またその旨を述べた。するとスティッフィーは口答えはよすようにと言った。

「あなたたちドサまわりのポリ公にはうんざりだわ。あたし、彼を慰めようとしてただけなのに」

警官は憤慨の鼻鳴らしをしたらしかった。そして一瞬後、どうしてそうしたかを奴は明らかにした。

「慰めていただきたいのは本官であります」奴は不機嫌に言った。「たった今サー・ワトキンにご面会したところ、本件訴追は行わないとのお話でありました」

「何と！」僕は叫んだ。

「何ですって！」スティッフィーが言った。

「何とはこのことです」巡査は言った。また、天に陽光はましませど、奴の心にそれがないのは見てとれた。むろん奴に同情はできる。犯罪者をみすみす手放すくらい警察の人間を不快にすることもあるまい。奴はいわば、プランクをお昼ごはんにいただこうと心に決めていたら高い木のてっぺんによじ登られてしまった時のザンベジ川のワニとかブラジルのピューマとかと同じ立場にあると言えよう。

「警察活動への不当な束縛と言わねばなりません」奴は言った。また奴は床に唾《つば》を吐いたものと思われる。むろん僕からは見えなかったが、唾を吐くような音が聞こえたからだ。

スティッフィーは大いに喜んで歓喜のおたけびを放った。また僕も歓喜のおたけびを放った。僕の記憶が正しければだが。つまり勇敢な態度を取り繕《つくろ》ってはいたものの、本心を明かせば地下牢で二十八日も過ごすなんてのは、どうしたって好きにはなれなかったからだ。監獄も一泊なら結構だが、何事もやりすぎはいけないものだ。

「じゃあ何でぐずぐずしてるの？」スティッフィーが言った。「早くなさいな、ポリ公。扉を広く開けよだわ」

オーツは扉を開けた。無念と落胆を隠すことなくだ。そして僕はスティッフィーと共に、監獄の壁の外側の偉大な世界へと旅立ったのだった。

「さよなら、オーツ」去り際に僕は言った。つまり人はいつだって礼儀正しくいたいものだからだ。「会えてよかった。オーツ夫人とお子さんたちはいかがお暮らしだい？」

奴の返答は川辺の泥中から脚を引き抜くカバみたいな音だけだった。また僕はスティッフィーが、奴の態度に感情を害したというように眉をひそめるのを見た。

「ねえ」戸外に出たところで彼女は言った。「あたしたちオーツには本当に何かしてやらないといけないわ。自分たちは喜びのためのみにこの世に送り出されてきたんじゃないってことが、あいつにわかるようなことを何かよ。すぐには思いつかないけど、二人で知恵を出し合えば何か考えつくわ。ねえこのままここにいて、ね、バーティー。それであたしがあの赤毛頭を悲嘆に暮れさせて墓送りにするのを助けてちょうだい」

僕は眉を上げた。

「君のワトキン伯父さんの客人としてかい？」

「ハロルドのところに転がり込んだっていいでしょ。彼のコテージに空いてる部屋があるわ」

「すまない、ごめん」

「ここにいてくれないの？」

「いない。僕は可能な限り早くトトレイ・イン・ザ・ウォルドからできる限り遠いところに行こうと思っている。〈臆病な腰抜け〉なんて表現を使ってもらったってだめだ。僕の意志は固いんだからな」

彼女はいわゆる〈ムウ〉と呼ばれるところのことをして見せた。唇を突き出してすぼめることによってそれはなされる。

「あなたに言ったってだめだと思ったわ。ぜんぜん気概ってものがないんだもの。そこがあなたの問題なの。進取の気質ゼロね。やっぱりハロルドにやってもらわなくっちゃ」

その言葉が呼び起こしたイメージに戦慄《せんりつ》しながら僕は立ち尽くし、彼女は憤懣《ふんまん》やるかたなしといった風情《ふぜい》で去っていった。で、彼女がどういうスープの容れ物中に聖職者ピンカーを着水させようとしているものかと考え、また奴にそういうことに関わり合いにならないでいられる分別があるようにと願っていたところで、ジーヴスが車でやってくるのが見えた。諸手《もろて》を挙げて歓迎すべき光景である。

「おはようございます、ご主人様」彼は言った。「よくおやすみになられましたならばよろしいのですが」

「途切れがちだった、ジーヴス。ああいう板ベッドは肉質部位には具合が悪い」

「さようと拝察申し上げます、ご主人様。また遺憾ながら眠り妨げられた一夜が明け、あなた様におかれましてはだいぶ疲労困憊《こんぱい》のご様子と拝見いたします。あなた様はソアニェ、すなわち身だしなみがおよろしいとは到底申し上げかねるお姿でいらっしゃいますゆえ」

ここで『はるかなるソアニェ川』について何か言ったってよかったとは思うのだが、僕はそうはしなかった。僕の頭はもっと深遠なる思考で占められていたからだ。僕は思索的な気分になっていた。

「なあ、ジーヴス」僕は言った。「人は生き、学ぶものだ」

「さて、ご主人様？」

「つまりだ、今回の一件は僕にとってはちょっぴり目を開かせてくれる体験だった。教訓を学ばせてもらった。いつもクソいまいましい最低男みたいに振舞うからって、そいつがクソいまいましい最低男だと決めつけるのは間違いだってことが今や僕にはわかった。よくよく見てみれば、一番ありそうもないような場所にも、人間性の息吹は見いだされるんだ」

「きわめてお心広きご見解でございます、ご主人様」

「サー・W・バセットを例にとろう。軽率にも、僕はいつだって彼のことをひとつも取り得のない地獄の番犬だと決めつけていた。それがどうだ？　彼にはこんなにも優しい側面があったんだ。絶体絶命のバートラムを、予想とはちがって見放したりなんかしないで、法に人情を加味して訴追を猶予したんだ。あの近づきがたい風貌《ふうぼう》の下に金のハートがあることを知って、僕は感動した。どうして剝製《はくせい》のカエルみたいな顔をしているんだ、ジーヴス？　僕の意見に賛成してくれないのか？」

「必ずしも全面的には賛成いたしかねます、ご主人様。サー・ワトキンの寛大なご処置を、ひとえにあの方お心の善良さに帰されることにつきましてでございます。そのご判断には、誘因が存在したのでございます」

「君の言うことがわからないなあ、ジーヴス」

「あなた様を自由の身になされることへの条件を付けたのでございます、ご主人様」

ジーヴスの言うことの理解不可能性がますます増大した。僕には彼がわけのわからないことをくっちゃべっているように思えた。自分の身の回りを世話する者には、最もして欲しくない行為である。

「条件とはどういう意味だ？　何の条件なんだ？」

「わたくしがあの方の許にご奉職申し上げるための条件でございます、ご主人様。ブリンクレイ・コートにての滞在中、サー・ワトキンはたいそうご親切にもわたくしが職務遂行にあたる様をたいへん高くご評価くださり、わたくしにあなた様の許を去ってご自分の雇用下に来るようにとお申し出くださったのでございます。あなた様のご釈放を条件に、わたくしはこのお申し出をお引き受けすることにいたしました」

トトレイ・イン・ザ・ウォルドの交番は村の大通りにある。僕たちが立っている場所からは肉屋、パン屋、食料品屋の店舗、そしてタバコとエールとスピリッツ類販売免許を有する居酒屋が見渡せた。そしてこれらの言葉を聞いた時、この肉屋、このパン屋、この食料品屋、そしてこの居酒屋が、舞踏病にかかったみたいに僕の目の前でぐるぐる回りだしたのだった。

「君は僕の許を去るのか？」僕は息を呑《の》んだ。自分の耳が信じられなかった。

彼の口の端がピクリとした。彼はほほ笑《え》もうとして、しかしもちろん考え直したようだった。

「たんに一時的なことでございます、ご主人様」

またもや僕には彼の言うことがわからなかった。

「一時的にだって？」

「おそらく一週間ほどいたしますと、サー・ワトキンとわたくしの間に見解の相違が出来《しゅったい》いたしまして、わたくしが辞職を余儀なくされる事態となる可能性が高かろうかと拝察申し上げます。さようになりましたあかつきに、もしあなた様がすでに別の者をお雇いでいらっしゃらないならば、わたくしはよろこんであなた様の雇用下に戻らせていただきたく存じております」

すべてわかった。これは策略なのだ。またぜんぜん悪くない策略だ。恒常的なさかな摂取によって巨大化した頭脳を用いて、彼は関係当事者全員に受容可能な方策を見いだしてくれたのだ。僕の眼前より狭霧《さぎり》が晴れ、そして肉屋、パン屋、食料品屋、そしてタバコ、エール、スピリッツ類販売免許を有する居酒屋は、いわゆるステイタス・クオというか原状に回復した。

感情の奔流《ほんりゅう》が僕を襲った。

「ジーヴス」僕は言った。その声が震えていたとして、それがどうした、だ。我々ウースター家の者とて人の子に過ぎない。「君は唯一無類だ。他の者は我らの疑義に応じるのみ。だけど君は応じない［マシュー・アーノルドの詩「シェイクスピア」］。誰かさんが言ったみたいにだ。君の恩に報いられることが何かあればいいんだが」

彼は例のヒツジみたいな咳払いをやった。

「あなた様のお力にてご恵与いただけるご親切がひとつございます、ご主人様」

「言ってくれ、ジーヴス。君の願いを要求してくれ。わが王国の半分だって構わない［『エステル書』五・六］」

「あなた様におかれましては、そちらのアルペン・ハットをご廃棄いただくことは可能でございましょうか？」

そう来るものと予測していて然《しか》るべきだったのだろう。あの咳払いでわかっていなければならなかった。だが僕はそう予測してはいなかったし、そのショックは激烈だった。ちょっとの間、僕はよろめいたと認めるに僕はやぶさかではない。

「そこまで君は要求するのか？」僕は言った。下唇を噛《か》みしめながらだ。

「たんなる提案に過ぎませぬ、ご主人様」

僕は帽子を脱いで、それを見つめた。朝の陽光がその上に遊んだ。それがこんなにも青く、その羽がこんなにもピンク色に見えた時はかつてなかった。

「僕の胸が張り裂けるほどにつらいことはわかってくれるな？」

「申し訳ございません、ご主人様」

僕はため息をついた。しかし、前にも言ったように、ウースター家の者は耐え忍ぶことができる。

「よしわかった、ジーヴス。好きにするがいい」

僕は彼に帽子を渡した。追跡してくるオオカミの群れの注意をそらすために、泣く泣く子供をそりから投げ出す父親になったみたいな気がした。またそういうことは冬のロシアでは四六時中起こっていることであると僕は理解している。とはいえ他にどうしようがあろう？

「君はこのアルペン・ハットを燃やすつもりか、ジーヴス？」

「いいえ、ご主人様。わたくしはこちらをバターフィールド氏に差し上げる所存でおります。あの方はこのお帽子がご自分の求婚活動の一助となろうとお考えでおいでなのです」

「彼の何だって？」

「バターフィールド氏はおつれあいとご死別された村内のご婦人にご求婚中なのでございます、ご主人様」

これには驚いた。

「だけど確かあいつはこの間の誕生日で百四歳にはなってるはずだろう？」

「確かにあの方はご高齢でいらっしゃいます。しかしながら、それでもなお――」

「老犬なれど、いまだ血気盛んなんだな？」

「まさしくさようでございます、ご主人様」

僕のハートはとろけた。僕は自分のことを考えるのをおしまいにした。現状況ではバターフィールドにチップを渡してこの滞在を締めくくることができないことに、ちょうど思い当たったのだ。この帽子が埋め合わせをしてくれることだろう。

「わかった、ジーヴス。こいつを彼にやってくれ。そして彼の求婚を天の力が加速してくれますようにだ。僕がそう言っていたと伝えてくれ」

「必ずやさようにいたします。たいへん有難うございます、ご主人様」

「ぜんぜん構わないさ、ジーヴス」

灼熱の炉の中を通り過ぎてきた男たち

年に一度のドローンズ・クラブ・スモーキング・コンサートがただいま終了となり、最後の一杯をいただきにバーに集合したささやかな集いにおいては、今宵の珠玉演目がプログラム六番、シリル（〝バーミー〟）・ファンゲイ＝フィップスとレジナルド（〝ポンゴ〟）・トウィッスルトンによるドタバタ掛け合い漫才であったとは全員一致の評決であった。赤いあごひげを付けたシリル、いっそう効果的な緑のほおひげを付けたレジナルドの両名ともが見事に本領発揮の名舞台であったと、衆目の一致するところだった。まばゆいばかりの光彩を放つ当意即妙の応答と迫力に満ちたどつき演技によって、二人は出だしから観衆のハートをわしづかみにしたのだ。

「実際」エッグ氏が言った。「あの二人の芸は去年より良かったくらいじゃないかって思うんだ。二人の至芸はどことなく深みを増したように思われるんだが」

思慮深いクランペット氏がうなずいた。

「俺も同じことに気がついた。実を言うと、あの二人はちょっと前に魂の試練であるような経験をしてきて、それが二人の上に爪あとを残してるんだ。またそのせいで演《だ》し物はもうちょっとでお流れになるところだった。誰かこの中で気づいた奴がいたかどうかは知らないが、予定は帳消しにして舞台はなしにするって二人して決めた時だってあったんだ」

「なんだって？」

「絶対的にだ。二人は平静な心持ちで観客の前に立てなくなる寸前だったんだ。二人の間には激しい悪感情が湧き上がっていた。憤慨と関係緊張もだ。二人はもはや会話を交わす間柄じゃあなくなってたんだ」

正直なところ、彼の話に一同は疑わしげだった。この二人の芸人のなかよしぶりはいつだって決まり文句みたいなものだったからだ。博識なエッグ氏が、あの二人はなんとかなんとかいったかんとかみたいだと約言して言った。

「それでもだ」クランペット氏は更に主張した。「俺が言ってることはウソ偽りなし、公式の真実なんだ。二週間前に、バーミーがポンゴに〈あすこの通りを近づいてくるご婦人は誰だい？〉と言ったら、ポンゴは〈ありゃあご婦人なんかじゃない。オラのかみさんだ〉とは言わなかったはずなんだ。奴はつめたく眉を上げ、これ見よがしにそっぽを向いてたはずさ」


もちろんいさかいの種は女だ（クランペット氏は続けて言った）。アンジェリカ・ブリスコーって名前だった。彼女はP・P・ブリスコーっていう、サマセットシャーのメイドン・エッグスフォードってところで地元の農民連中の面倒を見ている牧師の娘だった。この寒村は有名な保養地、ブリッドマス・オン・シーからだいたい十キロくらいのところにあった。で、村で人気の食料品店、〈ソープ・アンド・ウィジャリー〉の店内で、バーミーとポンゴははじめてその娘に出会ったんだ。

二人がブリッドマスに行ったのにはちょっぴりゴルフをするって目的もありはしたが、主として二人っきりで気を散らすもののない場所で集中して、俺たちがたった今見たあの掛け合い漫才のリハーサルの練り上げをやるためだった。それで今話してる日の朝、二人はソープ・アンド・ウィジャリーの店舗にぶらぶら入っていった。するとそこにはベーコンを五ポンド購入しようとしてる女の子がいて、その子があんまりにも可愛らしいもんだから二人はその場で凍りついちまった。それで二人して目を瞠《みは》って立ち尽くしていると、彼女はカウンターの向こうの親爺《おやじ》さんにこう言ったんだ。

「それで結構よ。メイドン・エッグスフォード、牧師館、アンジェリカ・ブリスコー宛に送ってくださいな」

そして彼女は去っていった。で、バーミーとポンゴは、稲妻に打たれたような心持ちで、胸高鳴らせてサーディンと認証バターを買い、店を出たんだ。

その日一日、二人は実に寡黙でいた。その晩のディナーの後、ポンゴがバーミーに言った。

「なあ、バーミー」

するとバーミーが言った。

「ハロー？」

するとポンゴが言った。

「なあ、バーミー、ひどく厄介な話なんだが、一日か二日、急いでロンドンに行ってこなきゃならなくなった。俺が面倒を見なきゃならない仕事を思い出したんだ。ちょっと行かせてもらっていいかなあ？」

バーミーは喜びを隠し切れないくらいだった。あの女の子を見て二分もしないうちに、奴はなんとかしてメイドン・エッグスフォードに通いつめて彼女と知り合いにならなきゃならないと心に決めていた。で、奴を一日中悩ませていた問題が、死体の始末をどうするか――ポンゴのってことだ

――ってことだったんだ。

「ぜんぜん構わん」奴は言った。

「できるだけ早く戻ってくるからさ」

「慌てなくていい」バーミーは心の底から言った。「実を言うと、二、三日、一時休暇を取るってのは演技には最高なんだ。どんなプロだって、なんたって一番悪いのはリハーサルのやり過ぎだって口を揃えて言うはずさ。いたいだけ向こうに行っててくれ」

そういうわけで翌朝――土曜日だった――ポンゴは汽車に乗った。そしてその日の午後、バーミーは荷物をまとめてメイドン・エッグスフォードの〈グース・アンド・グラスホッパー〉亭にでかけていった。で、そこに部屋を取り、目に愛の炎を輝かせながらサルーン・バーにぶらぶら入っていったところで最初に見たのが、カウンターごしにバーメイドとしゃべくっているポンゴだった。

どっちもあんまり喜びやしなかった。ちょっぴり遠慮がちって言ったらいいか。

「ハロー！」バーミーが言った。

「ハロー！」ポンゴが言った。

「ここに泊まってるのか？」

「ああ。お前もここにいるのか」

「ああ」

「そうか」

しばらくちょっと沈黙があった。

「それじゃあロンドンには行かなかったんだな？」バーミーが言った。

「ああ」ポンゴが言った。

「そうか」バーミーが言った。

「お前もブリッドマスに泊まっちゃいないんだな?」ポンゴが言った。

「ああ」バーミーが言った。

「そうか」ポンゴが言った。

　またもや沈黙があった。

「そうか、ここに来てたのか」ポンゴが言った。

「ああ」バーミーが言った。「お前もここに来てたんだな」

「ああ」ポンゴが言った。「おかしな偶然だなあ」

「実におかしい」

「それじゃあ、お前の鼻の頭の擦りむけんことをだ」ポンゴが言った。

「お前の鍵穴に綿ゴミの入らんことを」［第一次大戦中の兵士間の乾杯の言葉。相手にこれから降りかかる最大の災難が戦死ではなくこの程度の小不幸で済むようにとの意］

　奴はグラスを飲み干すと、お気楽な無頓着ぶりを見せつけようとした。だが奴は陰気な気分でいた。奴はあれとこれとをつなぎ合わせ、証拠を考量したりあれやこれやができる男だ。で、ポンゴも愛に引かれてこの寒村に来たんだってことが奴にははっきりわかったし、またその事実を不快に思ってもいた。実際、奴の話じゃあ、あの掛け合い漫才をぶっちぎってばっくれてとんずらしようっていう漠然とした考えが浮かんだのは、この瞬間だったそうだ。レジナルド・トウィッスルトン＝トウィッスルトンみたいなクソいまいましいでしゃばり屋の嫌な野郎に、マトン・スープは好きかと聞いて、そいつが「いいや、マットとジェフだあ」と答えたところを巻き上げた傘でぶっ叩かなきゃあならないって考えると、奴のごく繊細な感情が傷つけられるような気がしたんだ。

その後の会話はまあ停滞した。やがてポンゴは幾分よそよそしい態度でその場を辞去し、階段を上がって自分の部屋に向かった。で、バーミーはカウンターに腰掛けて、バーメイドが話してよこす、キュウリが彼女の消化器にどういう作用をするかって話をだいぶ心ここになしって態度で聞いていた。と、その時、プラスフォアーズに身を包んだ男がバーに入ってきて、するとそいつが自分の出た学校のネクタイをしていることに、バーミーは気づいたんだった。

ああ、どこか外にいる時に自分の母校のタイを見知らぬ人物がしてるのを見た時にどうするかはわかるだろう。あわてて自分のタイを押し込んで、そいつに見つかって捕まって長々と無駄話を始められる前にとっととおさらばするもんだ。で、バーミーがまさしくそうしようとした時、バーメイドがセンセーショナルな言葉を発したんだ。こうだ。

「こんばんは、ブリスコーさん」

バーミーは魔法に掛けられたみたいに立ちすくんだ。奴はバーメイドの方に振り返ると、声をひそめて訊《き》いた。

「君、〈ブリスコー〉って言ったかい?」

「ええ、お客様」

「牧師館の?」

「ええ、お客様」

バーミーはゼリーみたいにふるふると震えた。愛する女性の兄弟が自分の母校出身者であるという驚くべき幸運を思うと、骨抜きのふにゃふにゃになった気分だった。タイを覆った手を離しながら、奴は思った。結局のところ、母校を同じくする以上に強い絆《きずな》はない。つまりだ、出さきで愛する母校の卒業生に会ったら、もちろんまっすぐそいつに近寄っていって親交を深めるものなんだ。

奴はまっしぐらにその男のテーブルに歩み寄った。

「やあ」奴は言った。「貴方《あなた》のネクタイは……」

その男はちょっと神経質そうにあわててネクタイに手をやった。だが防御措置を講じられる段階はもはや過ぎてるって気づいたんだな。そいつはちょっぴり顔をしかめ加減ににっこりした。

「一杯やりたまえ」そいつは言った。

「もう頂いてるところですよ、ありがとう」バーミーは言った。「そちらのテーブルに席を移してもいいですか？　愛する母校の出身者に出会えるとはうれしいですね、どうです？」

「ああ、そうだな」

「僕のほうがいくらか後輩になりますか、どうでしょう？」バーミーは言った。つまり、その男はいくらか年長な様子だったからだ——少なくとも二十八歳ってところか。「ファンゲイ＝フィップスってのがだいたいのところ僕の名前です。貴方のお名前はブリスコーさんでしたっけ？」

「ああ」

バーミーは何度か息を呑《の》み込んだ。

「あー……うー……えー……僕は貴方の妹さんを昨日ブリッドマスでお見かけしたと思うんですが」奴は言った。顔を真っ赤にしながらだ。

実際奴の顔があんまりにも真っ赤だったものだから、相手は奴のことを不審げに見たくらいだ。自分の秘密を嗅《か》ぎつけられたってことが、バーミーにはわかった。

「君は昨日ブリッドマスで妹を見たんだって？」

「はい」

「それで今はここにいるわけだ」

「あー……そうです」

「さてさて」そいつは言った。ちょっと考え深げに息をつきながらだ。

しばらくの間《ま》があった。そのあいだ中バーミーの血管装置は相変らず大活躍していた。

「彼女に会わなきゃいけない」その男は言った。

「そうさせてください。妹さんがベーコンを買ってらっしゃるところをチラッとお見かけしただけなんですが、チャーミングな方に見えました」

「ああ、そうだとも」

「もちろん本当にちょっとお見かけしただけなんですが、とても魅力的な方だと思いました」

「もちろんだとも」

「もちろん本当にチラッと見ただけなんですが、でも当てずっぽうを言わせていただければ、実に心映えの美しい方だと、そういう印象を受けました。実のところ」抑制を完全に失い、バーミーは言った。「あの方のことを神聖な存在と呼んだとしても、的外れではないでしょう」

「君は是非とも妹と会うべきだ」その男は言った。それから首を横に振った。「ああ、だめだ。会ったってしょうがない」

「どうしてしょうがないんです？」バーミーはかなしげに言った。

「うーん、話してやる」そいつは言った。「女の子って奴がどんなもんかはわかるだろう？　連中には小さな熱望ってやつがあって、それを小バカにされると傷つくんだな。聖職者の娘だから、アンジェリカは年に一度の学校のお楽しみ会のことにかかりっきりで夢中なんだ。君がどんな男かは一目見てわかった——機知に富み、皮肉屋で、毒舌家だ。君は学校のお楽しみ会をだしに得意の破壊的な警句をお見舞いすることだろう。それであいつは君の機知に笑いはするだろうが、その皮肉にものすごく傷つくことだろうなあ」

「だけど僕は夢にもそんな……」

「ああ、だがもしそうじゃないとして、もし学校のお楽しみ会のことを好意的に言うとして、だとしてどうなる？　次の瞬間あいつは君に開催の手伝いをしてくれって頼み込むはずだ。そうなったら君は死ぬほど退屈するだろう」

　バーミーは心の底から震撼《しんかん》した。奴が望んでいたよりも、はるかにすごい展開だ。

「まさかあの方が僕に学校のお楽しみ会の手伝いをさせてくださるって、そうおっしゃってらっしゃるんですか？」

「もちろんだとも。そんな真似はいやだろ、どうだ？」

「何より喜んでやらしてもらいますよ」

「うーん、もしそんなふうに思ってるなら、話は簡単だ。あいつは俺を迎えに今すぐにも車でここに来るはずだからな」

　それで、そのとおり、二分としないうちに開いた窓の向こうから銀鈴を揺するがごとき声が、その男を「このマヌケ」呼ばわりして早く出てくるよう、なぜならその声の主にはそこで一晩中待つつもりはないのだからと呼びかけてよこしたんだ。

そういうわけでその男はバーミーを連れて外に出た。その女の子はにっこりほほ笑《え》んだ。バーミーもにっこりほほ笑んだ。その男は、バーミーはうちに来て学校のお楽しみ会の手伝いをしたがってると言った。女の子はまたにっこりほほ笑んだ。バーミーもまたにっこりほほ笑んだ。かくしてただいま車は走り去っていったが、女の子の最後のセリフはお祭りの開始は月曜日の二時ちょうどですわという注意だった。

その晩、二人して食事しながら、ポンゴとバーミーはいつもの稽古《けいこ》を合間合間に挟み込んでいた。食事の間に演技を練り上げ、形作るのがいつもの二人の習慣だったからだ。咀嚼《そしゃく》運動が知性を鋭敏化させるってことに気づいてたんだな。だが今夜の二人の話に身が入ってないことは、どんなに注意散漫な見物人にだってわかったはずだ。二人の間には、まごうかたなき冷ややかさがあった。ポンゴは自分にはリューマチを患《わずら》ってる伯母さんがいると言い、するとバーミーは、ふん、いない奴はいないだろう？　と言った。で、バーミーが自分の父親は債権者に会わせる顔がないんだと言い、するとポンゴは、会いたかったのか？　と言った。だがかつてあったきらめきと炎はそこには存在しなかった。そして二人は陰気な沈黙になだれ込み、と、ドアが開き、バーメイドがひょっこり頭を出した。

「ブリスコーお嬢様からたった今メッセージが届きましたよ、フィップス様」バーメイドは言った。「もしご都合がつくようなら、二時より少し前におこしいただきたいとのことです。できれば一時半に。何しろ色々することが沢山《たくさん》なものですから、だそうです」

「ああ、わかった」バーミーは言った。ちょっぴり動揺しながらだ。というのは相方が鋭く息を吸い込むシュッて音が聞こえたからだ。

「お返事しときますね」バーメイドが言った。

彼女はいなくなり、そしてバーミーはポンゴの目が自分に硫酸のしみみたいに注がれてるのに気づいたんだった。

「どういうわけだ?」ポンゴが訊いた。

バーミーは何気ないふうを装おうとした。

「いや、なんでもないさ。ただの地元の学校のお楽しみ会だ。こちらの牧師館の娘さん――ブリスコー嬢とおっしゃる――が、どうしても月曜日にうちに来て運営のほうを手伝ってもらいたいって俺に言ってきてるんだ」

ポンゴは歯ぎしりを開始した。だがその時奴の口の中にはジャガイモのかたまりが入っていたから、うまくはやれなかった。しかし奴は、緊張のあまり両手の指関節に血管が白く浮き出るくらいに強く、テーブルをつかんでいた。

「お前、俺に隠れてコソコソ動きまわってブリスコー嬢にお前の汚らわしいご交際を押しつけたのか?」奴は詰問した。

「お前の言い方は気に入らないな、レジナルド」

「俺の言い方なんてどうだっていい。言い方は俺が選ぶ。ありとあらゆる卑劣な女ったらしの中でも、お前は最下級の卑劣野郎だ。そうか、これが長年の友情に対するお前の答えか? お前はこの辺りを這《は》いずり回って、俺を愛する女性から引き離そうとしてるんだ」

「うーん、コン畜生……」

「もう十分だ」

「だが、コン畜生」

「これ以上何も聞きたくない」

「だけど、コン畜生。俺だって彼女を愛してるんだ。お前がたまたま彼女を愛してるからってそんなのは俺のせいじゃない。そうだろ？　つまりだ、もし誰かがある女の子を愛してるとして別の誰かもその子を愛してるなら、その子を愛してる誰かにそいつがそいつとたまたま知り合いだからって理由で身を引けなんてことは言えやしないだろ。こと愛が問題とあっちゃあ、男は自分の利益を優先させなきゃならないんだ。そうじゃないか？　ロメオでも誰でもいい、友達のためにそいつが身を引くなんて話は聞いたことがないだろう？　絶対にない。だから俺には……」

「静粛に！」ポンゴが言った。

沈黙が辺りを支配した。

「すまないがマスタードを取ってもらえないか、ファンゲイ＝フィップス」冷たくポンゴが言った。

「もちろんだとも、トウィッスルトン＝トウィッスルトン」おんなじような尊大さで、バーミーが応えた。


旧友と会話を交わさない関係になるってのは、いつだって嫌な気分のするもんだ。苔《こけ》むした村のパブに会話しなくなった旧友と二人して閉じ込められるなんてのは、ただただ不愉快な話だ。で、その日が日曜日だって場合にはとりわけそうなんだ。

メイドン・エッグスフォードは、ほかの多くの田舎の寒村と同じように、日曜日に最善最高って場所じゃあない。大通りを行ってジュビリー水桶［ヴィクトリア女王即位五十周年六十周年を記念して各地に建てられた人馬用給水塔］を見たら、後はもう家に帰ってまた出直してきて大通りを歩いてもういっぺんジュビリー水桶を見る他はたいしてすることなんかない。バーミー・ファンゲイ＝フィップスは晩禱《ばんとう》を告げる教会の鐘の音を聞くと消防車のサイレンを聞いたみたいに〈グース・アンド・グラスホッパー〉から飛び出してきた、と言ったら、翌日の終わりまでに奴が追いやられてた境遇がわかってもらえるんじゃないかな。やっととうとうジュビリー水桶のモティーフが強調されていないことが何かしら起きるとの思いは、不思議に奴の血を騒がせたんだ。奴はジャンプ三回で信者席に着いた。それで礼拝が進行するにつれ、奴の胸には不可思議な感情が芽生えはじめたんだった。

夏の村の教会というものには、どんな非情な奴の心だって動かしてしまう何かがある。扉は開け放たれてあって、そこからはライムの木とアラセイトウと遠くでふざけ回ってるミツバチたちのブンブン声が流れてきた。それはだんだんとバーミーのうちに感情の大波をあふれ返らせたんだ。座って第一講を聞いてる間に、奴は別の男になった。

その日の教訓は旧約聖書の中からの話でどういうふうにアビメレクがジャズボの父でありジャズボがザカリアの父であるかに関するあれこれ全部だった。それら言葉の美しさと奴を取り巻く周囲の平穏さに、バーミーは突然途轍《とてつ》もない悔悟の念を覚えだしたんだ。

親愛なる旧友ポンゴに自分の取った態度は公平じゃなかった、と、奴は胸の中で言った。あいつは悪名高いまでにいい奴で、これまでヘリオトロープ色のソックスを履《は》いた男の中でも一番の正直者だ。そいつから自分は意図的に愛する女性を奪い取ったんだ。イートン・ジャケットを着てた時代からなかよしできた男に、自分は汚い真似をした。アーモンドロックチョコの最後の一枚を幾度となく半分こしてきた男にだ。これは正当なことだろうか？　これは正義に適ったことだろうか？

アビメレクはジャズボに——あるいは——ジャズボはザカリアにこんなふうにしただろうか？　奴は自分に偽りが言えなかった。その答は、ノーだろう。

教区牧師の五十分間の説教が終わり、聖堂を去るバーミーは前とは違う、もっと強いバーミーになっていた。別人となった、鍛錬されたシリル・ファンゲイ＝フィップスだった。奴は偉大な決断をしていた。奴のハートはめちゃくちゃになるだろうし、おそらく残りの人生は空っぽになることだろうが、それでもしかし、自分はこのばかげた闘争から身を引き、彼女をあきらめてポンゴに譲ろう、と。

その晩、二人して冷たい夕食を取っている時、バーミーは咳払いをして悲しげな、甘やかな笑みを浮かべてポンゴを見つめた。

「ポンゴ」奴は言った。

相手はベイクトポテトから顔を上げ、冷たい目で奴をちらりと見た。

「何か俺に言いたいことがあるのか、ファンゲイ＝フィップス？」

「そうだ」バーミーは言った。「ちょっと前に俺はブリスコー嬢にメモを送った。俺が学校のお楽しみ会に出られないから、お前が代わりに行くって書いてある。彼女を受け取れ、ポンゴ、親友よ。彼女はお前のものだ。俺は出走を取り消しにする」

ポンゴは目をみはった。奴の態度は全面的に変化した。あたかもそれは奴がずっとトラピストの修道僧でいたのが突然トラピストの修道僧はやめにしておにぎやかし屋の男になろうと決めたみたいな勢いだった。

「だけど、コン畜生。崇高な真似をしてくれるじゃないか！」

「いや、いや」

「だけどそうじゃないか！　うーん……コン畜生だ。俺はなんて言っていいかわからない」

「お前にはとっても、とっても幸せになってもらいたい」

「ありがとう、親友よ」

「とても、とても、とってもだ」

「もちろんだとも！　決まってるさ。お前に一つ言っておきたいことがある。これから来る年ずっとずっとだ、我らがささやかなる家庭にはいつだってお前のためにナイフとフォークが用意されることだろう。我が家のこども達はお前のことをバーミーおじさんと呼ぶよう言われるんだ」

「ありがとう」バーミーは言った。「ありがとう」

「ぜんぜん構わない」ポンゴが言った。「ぜんぜんオッケーだとも」

この瞬間、バーメイドがバーミー宛のメモを持って入ってきた。奴はそれを読むと、くしゃくしゃに丸めた。

「彼女からか？」ポンゴが訊いた。

「そうだ」

「了解したとかそんなようなことか？」

「そうだ」

ポンゴは瞑想《めいそう》にふけるげにチーズを一切れ食べた。奴は何か一連の思考を進行させている様子だった。

「思うんだが」奴は言った。「聖職者の娘と結婚する男は、結婚式は割引価格で挙げてもらえるんだろうな、どうだ？」

「おそらくな」

「全額無料なんてことはないにしたってな」

「そうだろうな」

「いいや」ポンゴは言った。「俺はそんな考えに影響されて物を言ってるわけじゃないぞ。俺の愛は純粋で炎のごときものなんだ。いっさい汚点のない。とはいえ、こういう時節柄だから、ちょっとでも安いほうが助かるよな」

「そうさ」バーミーは言った。「そのとおり」

奴は自分の声を制御できずにいた。奴はそのメモのことで友達にウソをついたんだ。アンジェリカ・ブリスコーがメモの中で本当に言っていたのは、学校のお楽しみ会から手を引きたいならそれはそれでたいへん結構だけど、そういうことならば奴には同じ日にある『毎年恒例村のお母さんたちのピクニック』に村のお母さんたちを連れて行ってはもらえないか、ということだった。誰かが責任を持って引率しないといけないのだが、教区牧師は教会付属室で足置き台につまずいて足首を捻挫《ねんざ》してしまったというのだ。

バーミーにはこの文章の行間が読み取れた。奴にはこれが何を意味するかがわかった。自分の致命的な魅力が破滅的な作用をもたらしたんだ。彼女は自分に夢中になった。他に説明の余地はない。こんなにも途轍もなく重要な任務に、彼女が自分を軽い気持ちで選んだだなんて考えるのはばかげてる。明らかに、これはこの村の一年じゅうで一番の大イベントだ。学校のお楽しみ会の手伝いなんてのは誰にだってできる。しかし、アンジェリカ・ブリスコーはお母さんたちのピクニックを、信頼し……尊敬し……愛する男の手だけに託したのだ。

奴はため息をついた。必然は、必然だと、奴は感じた。奴は友達のために身を引き、良心を最大限に行使した。だが、運命のほうが強力すぎたんだ。


バーミーから、メイドン・エッグスフォードの村のお母さんたちの年に一度のピクニックで実際にどういうことがあったのかを聞き出すのはちょっぴり大変だった（と、クランペット氏は語った）。その話を俺にしながら、奴は古傷に苛《さいな》まれる男の気配を漂わせていた。実際、奴の舌が本当に滑らかになったのは四杯目のカクテルを飲み終えてからのことだった。それから、いわゆる石のごとくつめたい色をその目に湛《たた》えながら、奴はだいたい全部の話をしてくれたんだ。だがその時ですら、一語一語を発するごとに、どこか急所が傷むかのような風情《ふぜい》だった。

一連の次第進行のはじまりは、静粛かつ規律正しく行われたらしい。加齢の進んだ十六名のご婦人たちが大型バスに集合した。そしてこの遠征隊は牧師館のドア前にてP・P・ブリスコー牧師じきじきの見送りを受け出発した。彼の目の前ではこのビューティー・コーラスご一行様は慎み深く従順だったと、バーミーは言っていた。連中が小声で返事する声を聞くのは楽しかった。いままで出会った中で最高に素晴らしく礼儀正しいお母さんたちだったと、バーミーは言った。この時点における奴の不安は、この日の午後の行程がちょっと退屈になりやしないかってことだけだったと、奴は話してくれた。奴は倦怠《アンニュイ》を恐れていた。

奴の心配は無用だった。アンニュイなんかどこにもなかったからだ。

大型バスに積載された一行は、今言ったように、慎み深く従順な精神にて出発した。幹線道路を五十メートル行っただけで、お母さんたちにどれほどの変化が起こるものかは驚きだった。牧師館が視界から消えるやいなや、連中は信じられないほどの勢いではしゃぎだした。バーミーに、本日のお楽しみはどうやら予測した方向には進まないようだと最初に思わせたのは、ピンクのボンネットをかぶってビーズ刺繍《ししゆう》で覆われたドレスを着たきわめて体格のよろしいお母さんが、通りすがりの自転車乗りに見事トマトを命中させ、彼をドブに滑落させた時だった。これを見て十六人のお母さんたちは地獄の悪鬼のごとく大笑いし、またこれをもって本日の行程が正式に開幕したものと一同が考えているのは明らかだった。

むろん、いま冷静になって振り返ってみれば、この恐るべきイボ女連中のご乱行には、もっともな理由があったのがわかると、バーミーは話してくれた。下着の洗濯と礼拝に参列する以外に何にもすることのないメイドン・エッグスフォードみたいな場所に年がら年中閉じ込められていたら、お祭りや休日という時にはいくらかハメを外したくなるのが当然というものだ。だがこの時には奴はそうは考えなかったし、奴の精神的苦痛はものすごく強烈だったんだ。

バーミーが嫌うことがひとつあるとしたら、それは悪目立ちすることだ。で、悪目立ちすることこそ、下品なワイ歌を歌うか通行人に素朴なひやかし文句の一斉射撃をお見舞いするかどちらかの、年齢のいった十六人のご婦人といっしょに大型バスに乗った男が必ずやせずにはいられぬことなんだ。またこの点に関して奴の記憶に特別印象深いのは、メガネを掛け、ホンブルク帽――バスの運転手からくすね盗《と》ったんだな――をかぶったお母さんだったそうだ。彼女の散文のスタイルはラブレー［フランス・ルネサンス期の代表的作家。『ガルガンチュアとパンタグリュエル物語』等］に倣《なら》ってた様子だったと奴は言っていた。

この女性の非凡なまでに刺激的な警句に、とうとうバーミーはあえて抗議を発した。

「あのう、ちょっと！　あのう。なんてことです。おわかりでしょう。なんてことですか」

バーミーは言った。言いながらも、この叱責《しっせき》は思ったほどうまくは言えなかった感じがしたと、バーミーは言っていた。

とはいえ、デキはまずかろうが何であれだ、そいつは激烈としか言いようのない興奮を惹《ひ》き起こした。お母さんたちは顔を見合わせた。非難するげに眉が上げられ、息がつかれた。

「お若いの」ピンクのボンネットをかぶったお母さんが言った。彼女が代表を買って出た様子だった。「ご親切に、お考えは胸にしまっといてもらえないかね」

別のお母さんが言った。「ったく！」三番目のお母さんは奴のことを白けさせ屋と呼んだ。

「生意気は言わないで結構」ピンクのボンネットのお母さんが言った。

「そうだよそうだよ」残りの一同が賛成して言った。

「この青二才が！」ホンブルク帽のお母さんが言い、そしてよくぞ言ったと歓迎するげに全体に笑いが起こった。

バーミーは鎮静化した。家族の助言をちゃんと聞いて、大学を出たところで副牧師になっていればよかったと奴は思っていた。副牧師たちはこういう状況に対処すべく特別の訓練を受けている。口角泡《こうかく》を飛ばすタフでハードボイルドな副牧師なら、ここにいるお母さんたちを圧倒したことだろうと奴は考えた。自分は連中を弦楽器みたいに――いやむしろ十六挺の弦楽器みたいに――演奏したことだろう。しかし一度も聖職に就《つ》いたことのないバーミーは無力だった。

実際、あまりにも無力だったから、一行がブリッドマス・オン・シー目指して進行中であることに突然気づいた時にも、自分にできることなんか何にもないと思っただけだった。教区牧師の口から直接、本日のプログラムは隣村のボッツフォード・モーティマーへのドライブ、そこには興味一杯の古い僧院の廃墟《はいきょ》があり、この廃墟の中で昼食、地元の博物館（故サー・ワンデスベリー・ポット治安判事により創設、村に寄付された）を訪問、編み物を少々やって時間をつなぎ、帰宅、と奴は正式に聞かされていた。それが今や、一行の総意はブリッドマス桟橋にある遊園地へと向かっている様子だった。それでこれなる十六人のバッカス神の巫女《みこ》たちが遊園地中で野放しになるとの思いにバーミーの魂は激しく戦慄《せんりつ》したものの、奴には一言だって口を挟む神経はなかった。

この時、穏やかな学校のお楽しみ会のよろこびに囲まれ、夏の日の午後を幸福げにそぞろ歩いているポンゴの幻が目に浮かんだ、と、奴は話してくれた。

遊園地で何があったかについて、バーミーはごく大ざっぱな概略だけで勘弁してくれるようにと言った。いまだにその件を思い出すといたたまれないんだそうだ。物事の心理学というものに自分は困惑を覚えるんだと奴は告白した。こういうお母さんたちにも自分のお母さんはいたに違いなく、またそういうお母さんの膝《ひざ》の上で大昔に善悪のけじめというものを教わったにちがいないんだ。だのに……まあいい、奴がとりわけ念頭に置いていたのは〈バンプ・ザ・バンプス〉って乗り物で起こったことだったそうだ。具体的に何があったか説明することを奴は拒否した。ただ暗褐色のマントを着た女性がいて、彼女は絶対的にお楽しみだけのために生きてる様子だったと奴は言った。

一行が遊園地を出てビーチに向かったのは、ここの経営者とちょっと不快なゴタゴタがあったせいだ。純粋に技術的な金銭の問題だったと俺は理解している――ボンバジンの服を着たお母さんが十一回乗り物に乗ったのに一回分しか払っていないと園主は主張した。その結果バーミーは乱闘に巻き込まれ、だいぶ手荒な扱いを受けたんだった——また実に運が悪かったんだ。なぜってそのボンバジンの服を着たお母さんは、ビーチに向かう途中で全部誤解だって説明したからだ。嘘偽りない本当の事実は、彼女は十二回乗って二回支払ったんだそうだ。

しかしながら、このご一行様が遊園地から出たって、そのことだけで嬉しかったから、目に青あざを拵《こしら》えたのも解放の代償と思って我慢できたし、奴の気分はだいぶ上昇していた。と、突然十六人の母親たちが揃って一斉に雄たけびを上げ、奴をかっさらって貸しヨットに向かって突進したんだ。で、次の瞬間、一同はヨットにて湾内に漕ぎ出し、刺すように冷たい風を受け疾走していた。また当然ながらこういう風は、オールを握る不幸な野郎のため話を面白くしてやるために、陸地からじゅうぶん遠く離れたところで突然吹くのをやめるもんなんだ。

もちろんこの不幸な男がバーミーだ。船の主はいたものの、そいつはがさつで粗野でありはしたが、こんなノアの箱舟を漕いで浜辺に戻ろうなんて仕事に関わらないだけの分別はある男だった。バーミーはとりあえずオールを持ったが、その男は自分は舵とりの方に当たらないといけないと言い、またバーミーが、自分——バーミーのことだ——も舵の取り方は知っていると言った時、その男は自分——その男のことだ——は高価なヨットを素人の手には委ねられないと言った。その後、その男はパイプに火を点けると船尾床板にごろりと寝そべり、クッションにもたれてお楽にしている古代ローマの饗宴《きょうえん》参加者みたいな風情《ふぜい》でいた。で、バーミーは大昔のガレー船の奴隷が使ったサイズくらいのオールを二本手に、本腰入れて漕ぎ出したんだった。

オックスフォード大学時代に軽いカヌーを漕いだ他に何にも漕いだことのない男としては、自分はものすごくうまくやったと思うとバーミーは言った。奴がお母さんたちにだいぶ邪魔されたという事実を考慮すればとりわけだ。連中は『ギヴ・ユアセルフ・ア・パット』とかいうやつを歌うといって聞かなかった。で、ボルガの舟歌みたいなやつの方がずっとふさわしいとバーミーが思ったって事実は別にしても、こいつはすごく拍子をとるのが難しい曲なんだ。奴は七回オールを深く入れすぎてバランスを崩し、十六人のお母さんたちは七回歌うのをやめて一人のお母さんみたいに声を揃えてバカ笑いをした。要するに、とんでもなく苦しい経験だった。懐かしき祖国に再び上陸した時にこの女性たちが最初にやったのが砂の上でごく格式ばらないダンスを踊ることだったたって事実と、静けき夕暮れ時に家路に戻る帰り道が、多かれ少なかれそれまでの繰り返しみたいだったたって事実を足し合わせよ。そしたら〈グース・アンド・グラスホッパー〉のサルーン・バーによろめき入ったバーミーは、ただいま注文した泡立つタンカードを勝ち取ったと俺が言うのに、みんなも賛成してくれるはずだ。

奴はたった今そいつを飲み干して、もう一杯おかわりしようと合図を送っていた。と、サルーン・バーの扉が開き、ポンゴが入ってきた。

もしバーミーが自分の不幸でこんなにも頭が一杯じゃなかったら、ポンゴが惨めな姿でいるのに気付いたはずだ。奴のカラーはちぎれ、髪はぼさぼさに乱れていた。奴の顔にはチョコレートの筋が幾本か垂れており、上着の背中にはジャムサンドウィッチが半分くっついていた。それでバーミーを見てあんまりにも心動かされたふうで、ジン・アンド・ジンジャーを注文もしないうちから、ポンゴは奴を怒鳴りつけ始めたんだ。

「まったく結構な目に遭わせてくれたもんだ!」ポンゴは言った。「まったく結構な仕事を俺に押し付けてくれたもんだったな!」

バーミーは鯨飲《げいいん》の後でいくらか気分がよくなっていたから、しゃべることができた。

「何の話をしてるんだ？」

「俺は学校のお楽しみ会の話をしている」ポンゴは応えて言った。強烈な苦々しさを込めながらだ。「俺は子供の海、海、海の話をしている。しかも全員ベトベトの手をしていて、そいつを俺にこすり付けてくるんだ。俺が話をしてるのは……ああ、そんなふうに死んだ魚みたいに口をぽっかり開けたってダメだ、ファンゲイ＝フィップス。全部がぜんぶお前の仕組んだことだってのは承知のはずだ。お前の悪魔的に狡猾《こうかつ》な頭脳がこの悪魔的な計画を立案したんだ。お前はこのクソいまいましい非道を、アンジェリカと俺の関係をめちゃくちゃにするっていうクソ汚らわしい目的のために企んだんだ。目隠しされ、いやな臭いのするガキどもに丸めた新聞紙でぶっ叩かれたら、彼女の俺に対する気持ちは変化せずにはいられないってお前は考えたんだ。ハッ！」ポンゴは言い、やっとジン・アンド・ジンジャーを頼んだ。

むろんこの猛烈な攻撃を受けてバーミーはびっくり仰天した。だが奴は真っ当なファンゲイ＝フィップス家の礼儀作法感覚をそれでもまだ維持していたから、この議論が公共の場で続けられないものだってことは理解していた。すでにバーメイドの耳はそばだてられ、付け根のところがグラグラになり始めていたんだ。

「いったい全体お前が何の話をしてるのかわからない」奴は言った。「だが飲み物を俺の部屋に運んで、そこでこの件をじっくり話し合おうじゃないか。サルーン・バーで女性の名を声高《こわだか》に言いふらすわけにはいかないからな」

「誰が女性の名を声高に言いふらしてるって？」

「お前がだ。つい半秒前にお前はそいつを言いふらしていた。お前のしたことが女性の名を声高に言いふらすことに当たらないとお前は言うとしても、もっと繊細な神経を持ち合わせた男はそうは言わないんだ」

そういうわけで二人は二階に行った。バーミーはドアを閉めた。

「さてと、それじゃあ」奴は言った。「さっきの世迷い事は何だったんだ?」

「言ったはずだ」

「もういっぺん言え」

「よしわかった」

「よしきたホーだ。ちょっと待て」

バーミーはドアのところに行ってそいつをすばやく開けた。まごうかたなきバーメイドが階下に落っこちる音がした。奴はもういっぺんドアを閉めた。

「それじゃあ始めろ」奴は言った。

ポンゴはジン・アンド・ジンジャーを飲み干した。

「いまだかつて人が他人にした汚い策略の中でも」奴は始めた。「お前があの学校のお楽しみ会からコソコソ逃げだして俺に押しつけたことこそ、歴史が必ずや一番汚いと評決を下すはずのことだ。俺にはお前の気持ちが書物みたいに読める、ファンゲイ=フィップス。お前の動機は俺には水晶のごとく明瞭《めいりょう》なんだ。学校のお楽しみ会で男がどんなに不利な立場に置かれるかを、お前は承知していた。それでアンジェリカの目の前でチョコレートを塗りたくられ、新聞紙でぶっ叩かれる哀れなマヌケは自分じゃなくって俺じゃなきゃならないってことが、お前にはわかったんだ。そしてお前が自分の権利を譲るとかなんとかいうヨタ話を、俺は鵜呑《うの》みにした。コン畜生だ！」

一瞬、これらの言葉を聞いている間、頭が麻痺《まひ》してバーミーは口が利けなくなった。それからやっと物が言えるようになった。寛容なる奴の心は、自分の利他主義、自分の偉大なる犠牲がどれほど誤解されていることかと思い、義憤に煮えくり返っていた。

「まったくのたわ言だ！」奴は叫んだ。「生まれてこの方そんなバカげた話は聞いたことがない。俺の代わりにお前を学校のお楽しみ会にやった俺の動機は、混じりけなしの騎士道精神だ。俺はお前があの女の子に取り入れるよう、そのために、それだけのためにそうしたんだ。彼女がお前みたいな出目金のニキビ面《づら》のクソ野郎なんかを愛するなんて問題外だとは思いもせずにな」

ポンゴはビクッとした。

「出目金だと？」

「俺は出目金と言った」

「ニキビ面だと？」

「俺が用いた語はニキビ面だった」

「クソ野郎だと？」

「俺が結論に使った表現はクソ野郎だ。お前が今やってる求愛活動とこれから来《きた》るべき未来にするであろう求愛活動の本当の障害が何だか知りたきゃ言ってやる、トゥイッスルトン――それはお前が完全にセックスアピールに欠けてて、この世のものとは思えないご面相だってところだ。アンジェリカ・ブリスコーみたいに愛らしい、感受性の強い女の子は、わざわざチョコレートを塗りたくられてるところを見なくたって、お前なんかからは嫌悪の思いで後ずさりするんだ。彼女は自動的にそうするし、また自分の責任でそうするんだ」

「ああそうか？」

「ああそうだ」

「そうか？　ふん、それじゃあ教えてやろう。あの場であったことにもかかわらず、俺の最悪の姿を目にしているって事実にもかかわらず、俺の中の何かがこう言ったんだ。〈アンジェリカ・ブリスコーは俺を愛してるし、いつの日か俺のものになる〉って」

「俺のものって意味だろう。俺にはあの子の内気でうなだれた目の中のメッセージがわかるんだ、トウィッスルトン＝トウィッスルトン。また俺は一年以内にアンジェリカ・ファンゲイ＝フィップスをこの腕にかき抱いて祭壇に向かって歩いてるって方に十一対四の賭け率を出す用意がある。もっと行ってもいい。三十三対八だ」

「いくら賭ける？」

「十ポンドだ」

「よし賭けた」

ドアが開いたのはこの瞬間だった。

「失礼ですが、紳士様方」バーメイドが言った。

二人のライバルたちはこの侵入者をにらみつけた。彼女は親切そうな顔つきをした栄養満点の娘だった。彼女は左の足が痛むらしく擦《さす》っていた。グース・アンド・グラスホッパーの階段は急なんだ。

「こんなふうに割り込んできて失礼します、紳士様方」バーメイドは言った。あるいはそんなような趣旨のことを言った。「だけど、うっかりお二人のお話が漏れ聞こえたものですから。それで、大事な事実をはっきりお教えしとくのがあたしの義務だって思ったんです。紳士様方、その賭けは無効ですわ。アンジェリカ・ブリスコー様はもうご婚約されていらっしゃいます」

この宣言の効果のほどは容易にお察しいただけるはずだ。ポンゴはひとつだけあった椅子にどさんと座り、バーミーはふらふらと洗面台にもたれ掛かった。

「なんと！」ポンゴが言った。

「なんと！」バーミーが言った。

バーメイドはバーミーに向かって言った。

「ええ、お客様。ご到着された日にうちのバーで話してらしたあの紳士様とですわ」

彼女の最初の発言を聞き、バーミーは酔っ払って十六人のお母さんたちにぶん殴られたみたいな気分になった。しかしこの補足発言を聞いて、奴はわれに返った。

「バカ言うんじゃない、バーメイド君」奴は言った。「彼はブリスコー嬢の兄上だろう」

「ちがいますわ、お客様」

「だけど彼の名前はブリスコーだった。それに彼は牧師館に住んでるって、君は言ったじゃないか」

「ええ、お客様。あの方は牧師館でずいぶん長いことお過ごしです。お嬢様のまた従兄弟《いとこ》様でいらっしゃいますから。去年のクリスマスの時からお嬢様とご婚約されてらっしゃるんですわ」

バーミーは厳しい目で彼女を見た。激しく心かき乱されていたんだ。

「どうしてもっと前にそういうことを教えてくれなかったんだ、このあんぽんたんのバーメイド君。君のその立ち聞きの才能をもってすれば、こちらの紳士と僕の二人とも、ブリスコー嬢を熱愛してることはとうに承知でいたはずだ。だのに君はその事実を隠し通し、我々に時間を無駄にさせ、極限の不安と苦痛を体験させたんだ。バーメイド君、君はわかっているのか？　もしもっと早く話してくれてたら、ここにいる僕の友人は学校のお楽しみ会で名状しがたい屈辱を……」

「そうなんです、お客様。ブリスコー様はアンジェリカお嬢様に是非にとお願いされていたその学校のお楽しみ会には絶対行くまいと決意を固めてらしたんです。去年そこで大変な目に遭われたものですから。お気の毒なんですよ。その話をしてくださったんですの。それであたしにあの方がブリスコーお嬢様とご婚約されていることを特別に黙っててくれたら恩に着るからって頼んでらしたんです。あの方のおっしゃるにはつまり、うまいこと手札を使って、しかも特定区域内で秘密と沈黙が守られたなら、宿に泊まってるアホを自分の代わりに行かせられると思うから、ってことだったんですの。そう言いながらあの方のお顔がどんなに明るく照り輝いたことかをご覧になったら、いいことをしたって思われたはずですわ。ブリスコーさんはいつだって素敵な紳士様ですから、あたしたちはみんなあの方が大好きなんですよ。あら、いつまでもこんなところにいちゃいけないわ。バーに行って仕事をしなくっちゃ」

彼女は立ち去り、数分の間、室内を沈黙が支配した。最初にその沈黙を破ったのはバーミーだった。

「だけどさ、俺たちには芸術がある」バーミーが言った。

奴は部屋を横切ってポンゴの肩を叩いた。

「もちろんあれはいやらしい衝撃だった、なあ親友よ……」

ポンゴは覆っていた手から顔を上げ、シガレット・ケースを手で探った。奴の目には、たったいま夢から覚めたみたいな表情があった。

「うーん、そうか?」奴は言った。「こういうことはあらゆる角度から検討しなきゃならない。学校のお楽しみ会の恐怖を故意に男に体験させるような女の子を、いつまでも未練に思う価値はあるんだろうか?」

バーミーはハッと驚いた。

「そんなふうには考えてもみなかった。ついでに言えば、村のお母さんたちの間に男を冷酷に放り込める女の子だってだ」

「『スミスさんはご在宅?』って名前のゲームのことを話してくれって、ときどき俺に言うのを忘れないでくれ。こっちは頭を袋に突っ込んで立ってて、ガキたちに棒で突っつかれるんだ」

「暗褐色のマントを着たお母さんがバンプ・ザ・バンプスに乗る話を、ぜったい俺にさせてくれよ」

「ホーレスって名のガキがいて……」

「ホンブルク帽をかぶったお母さんがいて……」

「結局」ポンゴは言った。「俺たちは冷静な判断力をなくして、〈ヘイ、ユー〉って言えばあっちこっち自分の言うとおり動くのが理想の夫って思ってて、同情心のとがめも何にも感じないで地元の村の若年人口をそいつにけしかけてやれる女の子――要するに、聖職者の娘ってことだ――にうつつを抜かしてたってことだ。なあバーミー、もし幸福で成功した人生の秘訣《ひけつ》を知りたけりゃ、こういうことだ。聖職者の娘には近づくな」

「絶対に近づくなだ」バーミーは言った。「車を借りて、今すぐ帝都に急ぎ戻るってことでどうだ?」

「大賛成だ。来月十一日の晩に最高のパフォーマンスを見せたきゃ、今すぐ稽古を再開しなきゃならないからな」

「まったくその通りだ」

「もうあんまり時間はないんだ」

「まったくその通りだ。おいらにゃあ、リューマチのことで愚痴ばっかり言ってる伯母さんがいてさ」

「ふん、いない奴がいるかよ。俺の親父は借金取りに会えないんだ」

「会いたいのかい？　うちのジョー伯父さんは借金のどん底でアップアップしている」

「そりゃあ困った。何の仕事をしてるんだい？」

「水泳を教えてる。なあ、ポンゴ」バーミーが言った。「ずっと思ってたんだが、お前、今年は緑のほおひげを付けろよ」

「いやだいやだ」

「いいや、付けるんだ。俺は本気だ。ずっと心に思ってた。百ぺんも自分に言ってきた――今年のポンゴは緑のほおひげで行かなきゃならん」

「バーミー！」

「ポンゴ！」

二人は手を握り合った。灼熱の炉の中を通り経て、二人の友情はあらためて強く、真実になった。シリル・ファンゲイ＝フィップスとレジナルド・トウィッスルトン＝トウィッスルトンは本来の、あるべき姿に戻ったんだ。

驚くべき帽子の謎

一人のビーン氏が愛車のスポーツモデルのポッペンハイムにてマーブルアーチ［ハイドパーク北東角にある大理石の小型の凱旋門。一八二八年建立］を迂回すべきところそうせずに通り抜けを試みた結果、骨折し、入院していた。親切なクランペット氏は街のゴシップを届けに彼を見舞っていた。彼は看護婦と飛び将棋をやっているところで、クランペット氏はベッドに腰を下ろして葡萄《ぶどう》をつまんだ。するとビーン氏が偉大なる世界では何事が起こっているかと訊ねた。

「うーん」もう一つぶ葡萄をつまみながら、クランペット氏が言った。「ドローンズ最高の叡智《えいち》が、いまだにあの帽子の謎と格闘中でいる」

「なんだそりゃ？」

「お前まさかその話を知らないわけじゃないだろ？」

「一言たりとも聞いちゃいない」

クランペット氏はびっくり仰天した。驚きのあまり彼は葡萄を二つぶ一緒に飲み込んでしまった。

「なんと、ロンドンじゅうがその話で騒然としてるんだ。大方の見解の一致してるところは、あれは何か四次元空間に関係してるんだろうなってことだ。どういうふうかはわかるだろ。つまりさ、何か変なことが起こった時に脳みそのでっかい奴に訊《き》くと、そいつは頭を振って〈ああ、四次元空間だ！〉って言うんだ。誰もお前に大いなる帽子の謎の話をしてないなんて、とんでもないことだ」

「見舞い客はお前が最初なんだ。どういう謎だって？　どういう帽子なんだ？」

「うーん、帽子は二つあったんだ。上から下に読んでもらうと、パーシー・ウィンボルトのとネルソン・コークのだ」

ビーン氏は知的にうなずいた。

「わかった。パーシーが一つ帽子を持ってて、ネルソンがもう一つ帽子を持ってたわけだな」

「そのとおりだ。全部で帽子は二つだ。シルクハットだった」

「そのどこがどう謎なんだ？」

「なんと、エリザベス・ボッツワースとダイアナ・パンターが、そいつはサイズがぴったり合ってないって言ったんだ」

「ふん、帽子のサイズが合わないのは間々あることだ」

「だけどその帽子はボドミン謹製《きんせい》だったんだ」

ビーン氏はベッドの中からがばっと起き上がった。「何だって？」

「患者さんを興奮させないでくださいな」それまで会話に参加していなかった看護婦が言った。

「だけど、なんてこった、看護婦さん」ビーン氏が叫んだ。「あなたはこいつが言ったことを聞いてなかったんですか。こいつの話が信用できるとすると、パーシー・ウィンボルトとネルソン・コークはボドミンズで帽子を買って——いいですか、ボドミンズでですよ——そのサイズが合わなかったっていうんだ。そんなことはあり得ない」

彼は強烈な感情を込めて語ったし、クランペット氏はそうだそうだというふうにうなずいた。現代の若者は何も信じなくなったと人は言いたいように言えばいいが、しかし真っ当な心を持ち合わせた若者が信じているものが一つだけ存在する。それがボドミンの帽子の不可謬性《ふかびゅうせい》なのだ。それは永遠普遍の真理の一つである。ボドミンの帽子のサイズがぴったり合わないなどということをいったん認めようものなら、そこには疑念、教会分離主義、混沌《こんとん》一般を招来する扉が開かれることになるのだ。

「パーシーとネルソンもまったくおんなじように感じたんだ。それが二人ともがE・ボッツワースとD・パンターに対して強硬な態度をとることを余儀なくされた理由だ」

「強硬な態度をとったのか？」

「とっても強硬な態度をとったんだ」

「その話を最初からしてくださいませんこと？」看護婦が言った。

「よしきたホーですよ」葡萄をつまみながら、クランペットが言った。「頭がくらくらするはずです」

「そんなに謎めいているんですの？」

「最初から最後までとんでもなく断然最高に不可思議な話なんですよ」

まず最初に、この点は知っててもらわなきゃいけませんよ、看護婦さん（クランペット氏は言った）。この二人、パーシー・ウィンボルトとネルソン・コークは、帽子に関しちゃあ最大限に入念な注意を払わなきゃならない男だったってことをね。どこの帽子屋にでもひょいと飛び込んで最初に目に付いたやつを摑《つか》みとるなんてことは、二人の場合あり得ないってことなんです。パーシーは大柄で体格のいい、特大サイズの男で、スイカみたいな頭をしている。一方ネルソンはもっと小さい騎手の線でできてて、ピーナッツみたいな頭の持ち主だった。となれば、その頭に合った帽子を作るには芸術家の手が必要で、だから二人はいつだってボドミンに行ってたわけです。パーシーのボドミンに対する信頼は、若い副牧師が主教に対して持つ汚点なき信頼のようなものだと奴が言うのを俺は聞いたし、またネルソンだってそんなことを思いつきさえしたらそう言ってたはずなんですよ。

この話の始まりの日に二人が偶然出会ったのは、ボドミンズのドアのところでした。

「ハロー」パーシーは言った。「帽子を買いに来たのかい?」

「ああ」ネルソンは言った。「帽子を買いに来たのか?」

「ああ」パーシーは警戒するげに辺りを見回し、誰もいない(もちろんネルソン以外はってことだ)し、誰にも見られていないのを確認すると、近づいて声を落として言った。「理由があるんだ!」

「そいつは奇妙だ」ネルソンが言った。奴も声を潜《ひそ》めていた。「俺にも特別の理由があるんだ」

パーシーは用心するげに辺りを見回し、もう一段声を落として言った。

「ネルソン」奴は言った。「お前、エリザベス・ボッツワースを知ってるだろう?」

「とっても親しくだとも」ネルソンが言った。

「なかなかいい娘だろ、どうだ?」

「とってもいい子だとも」

「可愛いらしい」

「俺もその点にはつねづね気づいていた」

「俺もなんだ。彼女はとっても小さくって、とってもかわいらしくて、とっても華奢《きゃしゃ》で、何てったっけか？――彼女のことを人間のかたちをした天使と呼んだってそんなに大外れじゃあない」

「天使ってのはみんな人間のかたちをしてるんじゃないのか？」

「そうだったか？」パーシーは言った。奴は天使のことにはそんなには詳しくないんだ。「うーん、それはそれとしてもだ」奴は続けて言った。奴の顔はいくらか紅潮していた。「俺はあの子を愛してるんだ、ネルソン。で、アスコットの初日に彼女と俺はいっしょに出かける。それで俺としてはこの新調の帽子に、彼女がわが情熱に応えるのに必要な、あともうひと仕事をやってもらおうと思ってるところだ。カントリーハウスで会ったきりだから、俺はまだいっぺんもシルクハット姿を彼女に披露したことがないんだ」

ネルソン・コークは目を瞠《みは》った。

「うひゃあ、そいつは俺が生まれてこの方出会った限り、最も驚いた偶然だ！」仰天してパーシーは叫んだ。「俺が帽子を買うのも、まったくおんなじ理由なんだ」

パーシーの巨大な体格を、痙攣《けいれん》性の動きが走った。奴の目はとび出していた。

「エリザベス・ボッツワースを夢中にさせるためか？」奴は叫び、身もだえを始めた。

「ちがう、ちがう」ネルソンがなだめるように言った。「もちろんちがうさ。エリザベスと俺とは、ずっといい友達で来た。だけどそれ以上は何にもない。俺が言いたいのは、俺もお前と同じように、愛する娘に俺の素晴らしさを効果的に伝えるため、新調のシルクハットに大活躍してもらいたいと思ってるってことなんだ」

パーシーは身もだえをやめた。

「で、誰なんだ？」興味深く奴は訊いた。

「ダイアナ・パンターだ。俺の名付け親のパンターお母ちゃんの姪なんだ。おかしなもんだ。彼女のことは生まれてこの方ずっと知っていた——ガキの頃はいっしょに育ってとかそういうことだ——だが、情熱が芽生えたのはつい最近なんだ。俺はいま、あの娘を崇拝している、パーシー。彼女の頭のてっぺんから神々《こうごう》しい足の底までだ」

パーシーは疑り深そうな顔をした。

「そいつはずいぶんと長い距離になりやしないか？　ダイアナ・パンターは俺の一番仲よしの友達の一人だし、ありとあらゆる意味でチャーミングな女の子だが、ちょっと彼女はお前には背が高すぎるんじゃないか、なあ？」

「親愛なる友よ、まさしくそこのところこそ、俺が彼女を敬愛してやまない点なんだ。あの彫像のごとき壮麗さ。俺が長年見てきた何よりかによりギリシャの女神に似ている。それはそれとして、彼女が俺より背が高いって言ったって、そりゃお前がエリザベス・ボッツワースより背が高いのとおんなじだろう」

「たしかに」パーシーが認めて言った。

「で、とにかく、俺は彼女を愛している。コン畜生だ。その点異論の余地なしだ。俺は彼女を愛している。愛してる、愛してる、愛してる。で、俺たちはアスコットの初日にいっしょに昼食をいただくんだ」

「アスコットでか？」

「ちがう。彼女は競馬は好きじゃないんだ。だからアスコットは見逃さなきゃならない」

「それこそ愛ゆえにだ」畏敬の念を込めて、パーシーは言った。

「その宴席はバークレイ・スクゥエアの名付け親の家であるんだ。それから『モーニング・ポスト』紙上にて興味深いお知らせを読んでもらえるまでに、長くはかからないだろうな」

パーシーは片手を差し伸べた。ネルソンは熱くそれを握った。

「こういう新調の帽子ってのはものすごくいい仕事をしてくれるもんなんだ。そうじゃないか？」

「ぜったい間違いなしだ。女の子に関する限り、ぴったり合ったシルクハットくらいに大成功間違いなしってやつはないからな」

「ボドミンには前人未到のいい仕事をしてもらわなきゃならない」パーシーが言った。

「絶対的にだ」ネルソンが言った。

二人は店内に入った。そしてボドミン御自《おんみずか》らがその手にて採寸し、彼の手になる最高品質の帽子二点が数日中に各々のご住所に配達されることを約束した。


さてと、パーシー・ウィンボルトはどう見たって神経なんてものを持ち合わせていそうな男じゃない。だがボドミンの配達予定日が来るまでの間、奴はだいぶ神経質になっていた。奴は新調の帽子に何か大変な大惨事が起こる悪夢を見続けたんだ。また実際、この悪夢はもうちょっとで現実化しそうなところだった。パーシーは気が狂うんじゃないかっていうような思いをしたんだ。起こったのはこういうことだ。例の神経症のせいで、奴はあんまり眠れなくなっていた。で、アスコットの前日、奴は十時半になる前に目が覚めた。そこで、今日はどんな天気かなって確かめに居間の窓から外を見た。そこで奴が窓から見た光景は、絶対的に奴の血管中の血を凍りつかせたんだ。

つまり、奴の眼下には、舗道を気取った調子でもったいぶって歩く制服姿のガキがいて、そいつはボドミンズの配達のボーイだとわかった。もうひとり平服姿のおんなじようにいやらしいガキがいて、この二人のいやらしい頭の上にはそれぞれシルクハットが載っかってたんだ。道路の柵には厚紙のハット・ボックスが立て掛けられていた。

さてと、パーシーがついさっき新調の帽子をかぶってロンドン市庁舎の外に立ちロンドン市長より〈都市の自由〉を授与されている最中で、突然市長が職杖もて奴の帽子を強打して粉々に打ち砕いちまう夢から覚めたばっかりだったってことを考えれば、奴はどんな目に遭おうとビクともせずにいられたはずだってみんなは思うかもしれない。だがそうじゃなかった。奴の反応は激しかった。一瞬、一種の麻痺《まひ》状態があって、その間いつだって自分はこのボドミンズのクソガキは卑劣で軽薄な態度の持ち主でこんな高い地位には気質上ふさわしくないんじゃないかと思ってたんだと、奴は胸の中で言っていた。それから発作的にビクッと起きて活動開始し、数年来この近隣で聞かれたじゅうでおそらく一番威勢のいい怒鳴り声を発したんだ。

そいつは高性能爆弾みたいにガキどもの動きを止めた。それまで二人は気取った、もったいぶった歩き方で行ったり来たりしていて、次の瞬間、二番目のガキは電光石火の早業で逃げ出し、ボドミンズのボーイはパーシーが到着した時にはどこかにずらかり済みでいられるようにと大慌てで帽子をハット・ボックスに押し込んだんだ。

またそのガキは見事にそいつをやってくれた。パーシーが玄関に着いてドアを開けた時には、入り口階段の上にハット・ボックスが載ってる他は何にも見えなくなっていた。奴はその箱を持ってフラットに戻り、息を止め、擦《こす》れてケバ立ってはいはしまいか、光り輝くその表面に何か傷が付いてはいるんじゃないかと、慎重な手で、恐る恐るその内容物を取り出した。しかしどうやら何事もなかったようだ。ボドミンズのボーイは箱から帽子を取り出してふざけ回るまでに身を落としはしたものの、少くともそれを取り落とす大惨事にまでは至らなかったらしい。

帽子は完全にOKだった。それで翌朝、パーシーは、帽子を黒ビールで磨き、ブーツ、スパッツ、ズボン、上着、花柄のウェストコート、カラー、シャツ、おとなしめの灰色のタイ、古き良きくちなしの花を調え、エリザベスのいる家へとタクシーで向かった。そしてただいま奴はベルを鳴らし、お嬢様は今すぐお出ましでいらっしゃいますと告げられ、やがて彼女が完璧に最高に素敵な姿で登場した。

「ヤッホー！　ヤッホー！」パーシーは言った。

「ハロー、パーシー」エリザベスは言った。

さてと、当然ながらこの瞬間までパーシーは無帽で立っていた。そしてこの時、奴は帽子をかぶったんだ。彼女にじゅうぶん明るい場所で突然最高の効果を受け止めてもらいたいって思ったんだな。またそれは実に戦略的でもあった。つまり、タクシーに乗るまで待つなんてのは間抜けのすることだ。タクシーの中じゃ、シルクハットは全部おんなじに見えるもんだからな。

そういうわけでパーシーは意味ありげな一瞥《いちべつ》をしながら帽子をかぶった。そして制御不能なまでの喝采《かっさい》を待って、立っていた。

ところが少女めいた熱狂を込めて手を叩いて奴の周りで春の踊りを踊って回る代わりに、このボツツワース嬢はさかなの骨をのどに引っ掛けたコロラトゥーラ・ソプラノみたいなガラガラ声の悲鳴を放ったんだ。

それから彼女は目をパチパチさせ、いくらか落ち着いた。

「大丈夫よ」彼女は言った。「一瞬の弱さは克服したわ。ねえ教えて、パーシー。いつデビューなの？」

「デビューだって？」訳がわからず、パーシーは言った。

「ミュージック・ホールでよ。あなたミュージック・ホールでコミック・ソングを歌うんじゃないの？」

パーシーの困惑は深まった。

「俺が？　いいや。どうして？　どういう意味だい？」

「わたし、その帽子は衣装の一部で、犬にかぶせようとしてるんだと思ったの。でなきゃどうして六号も小さいサイズの帽子をかぶらなきゃならないのかわからないわ」

パーシーは息を呑《の》んだ。「君はこの帽子が僕にぴったり合ってないって言うのかい？」

「一マイルは外れてぴったり合ってないわ」

「だけどこいつはボドミンなんだ」

「お好きな名前で呼べばいいわ。あたしは公序良俗違反って呼ぶけど」

パーシーは愕然《がくぜん》とした。つまり、当然のことだ。女の子にハートを捧げたら、その子がこの神聖な帽子のことを恐るべき、無礼千万な物言いをするのを目の当《ま》たりにするなんて男にとっちゃあとんでもないことだからな。

それから奴に思い当たったことがあった。田舎でずっと暮らしてきたせいで、彼女はボドミンって名前の神聖なる意義を正当に理解してないんじゃないかってな。「聞くんだ」奴はやさしく言った。「説明させてくれないか。この帽子はボドミンが造ったんだ。ヴィーゴ街の世界的に有名な帽子職人だ。彼自ら寸法を測り、ぴたりと合うことを保証したんだ」

「わたしも息がぴたりと止まるところだったわ」

「で、ボドミンが帽子がぴったり合うって保証する時には」パーシーは言った。もしや自分はこの女の子のことをまるきり考え違いしていたんじゃないかっていう気分のムカムカ悪くなるような感覚と戦いながらだ。「それはぴたりと合うんだ。つまり、ボドミンの帽子がぴったり合ってないって言うことは、そうだなあ例えば……だめだ、そんなに恐ろしいことなんか考えつかない」

「その帽子はそんなに恐ろしいわよ。二巻物の喜劇映画から出てきたみたい。完全にチャーリー・チャップリンだわ。あたし冗談は冗談でわかるのよ、パーシー。誰よりもお笑いは大好きなつもりよ。だけど世の中には動物虐待ってものがあるの。アスコットの馬たちがそれを見てどう思うかを考えてもみて」

詩人その他文学者たちは一目ぼれについて色んなことを言ってきた。だがそれとまったく同じくらいたちまちのうちに愛が冷めるってこともあり得るんだ。それまでこの女の子はパーシー・ウィンボルトの人生で最高最大にだいじなものだったのが、次の瞬間、これ以上関係ご無用でいたい残念なイボ娘に過ぎなくなっていた。奴は女性のすることならかなり我慢できた。自分に向けられた侮辱にだって心動かされずにいられた。だがボドミンの帽子に対する破壊的中傷を容認することは奴にはできなかった。

「おそらく」奴は冷たく言った。「君はこのクソいまいましい競馬場に一人で行きたいんじゃないかな」

「もちろん一人で行かせていただくわ。真っ昼間にアスコットのパドックでそんな帽子をかぶった人といっしょにいるところを他人に見られて、あたしが平気だと思ってらっしゃるの？」

パーシーは一歩退くと儀式ばって敬礼した。

「行ってくれ、運転手君」奴は運転手に言い、運転手は走り去った。

さてと、これだけでもじゅうぶん不可思議じゃないか。これだけで大型の謎だと、諸君は言うことだろう。だが待つんだ。続きをごろうじろなんだ。まだ全部話しちゃいない。


今度はネルソン・コークの話をしよう。一時半ちょっと前にネルソン・コークはバークレイ・スクゥエアにでかけて行き、名付け親とダイアナ・パンターといっしょに昼食をとった。で、ダイアナの態度物腰立ち居振る舞いは望みうる限り絶対的に最高だった。実際、カツレツとフルーツサラダを食べながら、彼女はものすごく親しげで、今こんなだったら、新調の帽子をかぶってみせたらどんなに自分に首ったけになることかと考えたら想像力の方で尻込みするくらいだとネルソンは思った。

そういうわけで、食事が終了してコーヒーが飲まれ、レディー・パンターが消化薬とセックス小説を持って私室に上がったところで、ボンド街をそぞろ歩かないかと彼女を誘うのが賢明な手だろうって奴は思ったんだ。むろん、彼女が歩道の真ん中で奴の腕の中に崩れ落ちるって可能性もありうる。だが、もしそうなったってタクシーを呼べばいいことだと奴は自分に言い聞かせた。そういうわけで奴は散歩を発議し、彼女は身づくろいをして、ただいま二人は出発した。

それでとても信用してもらえないとは思うが、二人がブルットン街を半分も行かないうちに、彼女は突然立ち止まっておかしな態度で奴を見たんだ。

「あたし、あなたを侮辱するつもりはないのよ、ネルソン」彼女は言った。「だけど、あなた帽子を買うときはちゃんと採寸してもらったほうがいいと思うの」

もしネルソンの下でガス本管が大爆発したとしたって、これほど奴がびっくり仰天することはなかったんじゃないかと思う。

「うう、うー……」奴はのどを詰まらせた。自分の耳が正しく聞こえているとはまったく信じられなかった。

「あなたみたいな頭をした人は、そうしなきゃだめなの。お店に飛び込んで勧められたものだったら何でも買いたくなる気持ちもわかるけど、その結果はいつだってひどくだらしなくなるの。あなたがかぶってる帽子、ロウソク消しみたいに見えるわ」

ネルソンは気をしっかり持たないといけないと自分に言い聞かせた。

「君はこの帽子がぴったり合ってないって言おうとしてるのかい?」

「合ってないってかぶっててわからないの?」

「だけどこれはボドミンなんだ」

「あなたが何を言ってるのかわからないわ。それって普通のシルクハットでしょう」

「まったく違う。これはボドミンだ」

「何の話をしてるのかわからないわ」

「僕がわかってもらいたいのは」ネルソンはきっぱりと言った。「この帽子はヴィーゴ街のジョン・ボドミンの個人的な監督の下に作られたってことだ」

「うーん、それ、大きすぎない」

「これは大きすぎるわ」

「でも大きすぎるわ」

「ボドミンの帽子が大きすぎることはあり得ないんだ」

「でも、あたしには目があるし、見ればわかるの」

ネルソンは努力して自己を抑制した。

「僕は君の視力を批判するような人間じゃない」奴は言った。「だが今回の件について言わせてもらえれば、君の視力はかなりの勢いで落ちてるんじゃないかな。近視の兆候がある。ジョン・ボドミンのことをちょっと説明させてもらいたい」ネルソンは言った。立腹していたが、それでもなお威厳ある態度でだ。「この名が君にはなじみのないもののようだからね。ジョンは代々続くボドミン家の当主なんだ。ボドミン家の者はすべて皆貴族やジェントリーのために勤勉に帽子を作り続けてきた。ジョン・ボドミンには、帽子の血が流れてるんだ」

「あたしは……」

ネルソンは手で言葉を制した。

「ヴィーゴ街の彼の店舗のドア上に、通行人たちは偉大な銘を眼にすることだろう。そこにはこうある。〈英国王室御用達注文帽子舗〉とだ。それはどんなに貧弱な知性にもわかる簡素な言葉でこう言っている。もし国王陛下が新しいシルクハットを欲しくなったら、陛下はボドミンズに歩いていって『おはよう、ボドミン。シルクハットが欲しいんだ』とおっしゃるということだ。陛下はそれがぴったり合うかどうか訊きやしない。ぴったり合うのは当然って思ってるんだ。陛下には御用帽子舗のジョン・ボドミンがいて、彼のことを盲目的に信頼してるんだ。慈悲深き国王陛下がぴったり合わない帽子屋に帽子を注文するなんて思わないだろう。帽子舗たるものぴったり合う帽子を作るのが肝心要《かなめ》の大事なんだ。それでこの肝心要の大事の目的のために、ジョン・ボドミンは長年すべての神経を傾注してるんだ。だからこそ僕は——簡単に、冷静に——この帽子はボドミンだと言っているんだ」

ダイアナはちょっと不機嫌になってきていた。パンター家の血は熱いんだ。それを沸騰させるのは難しいこっちゃない。彼女はブルットン街に怒りっぽく足を叩きつけた。

「あなたっていつだって強情な石頭の偏屈だったわ、ネルソン。子供の時からよ。もういっぺん言わせていただくわ。これが最後よ。その帽子は大きすぎる。靴とズボンが見えるって事実がなかったら、その下に人がいるなんてわからないくらいだわ。あなたがなんと言おうと構わないけど、そんなものをかぶって大通りを歩いてるなんて恥を知りなさいって思うわ。あなたが構わないとしたって、通行人や通行車両の気持ちを考えてもみて」

ネルソンは身を震わせた。

「ああ君はそう思うのか？」

「ええそう思うわ」

「ああそうか」

「そうだって言ったわ。聞こえなかったの？　ああ、聞こえるはずがないわね。そんなにバカでかい帽子が耳にかぶさってるんですものね」

「この帽子が僕の耳にかぶさってるって君は言うのか？」

「まさしく耳の真上にね。そのことをどうして否定しようなんてするのか、あたしには謎だわ」

残念ながらこれからの話に、ネルソン・コークはパルフェ・ジャンティール役というか完璧な騎士じゃあ登場しない。だが奴の行為の情状酌量事由として、奴とダイアナ・パンターは子供のころ一緒に育ったってことを思い出してもらわなきゃならない。おんなじ子供部屋で育った恋人同士の争いは、いつだって人格的中傷と侮辱の応酬に成り果てるものだ。はじめは帽子に関する学術的な議論であったものが、あっという間に古傷の掘り返し合い、一族の恥部の暴き立て合いに変わって行くもんなんだ。

この場合がまさしくそうだった。「謎」と言う言葉を聞いて、ネルソンは意地の悪い笑い声を放った。

「謎だって、へっ？　君のジョージ伯父さんが一九二〇年に荷造りもせず、突然英国を離れた謎ほどの謎かなあ？」

ダイアナの目がパッときらめいた。彼女の足はもういっぺん舗道を気合を込めて蹴《け》りつけた。

「ジョージ伯父様は」彼女は高飛車に言った。「ご健康のために外国に行かれたの」

「ああそうに決まってるさ」ネルソンが言い返した。「何が自分の身のためかってことがよくわかってらっしゃったんだな」

「それにしたって伯父様はそんな帽子をかぶったりなさらなかったわ」

「やけどした子ねこみたいに逃げ出さなかったら、入れられてたはずの場所じゃあ、帽子なんぞそもそも要らなかったろうよ」

ダイアナ・パンターの立つ敷石上に、うっすらと溝ができはじめていた。

「ふん、外国に行ってしまわれたせいでジョージ伯父様が一つ見逃したことがあったわね。あなたのクラリッサ叔母様の一九二二年の大きなスキャンダルを見られなかったんだわ」

ネルソンはこぶしを握り締めた。「陪審は証拠不十分でクラリッサ叔母さんを無罪とした」奴はしゃがれ声で言った。

「ふん、何があったかはみんな知ってるわ。ご記憶でおいでなら、裁判官のとても強硬な意見が付いてたのよね」

しばしの間があった。

「俺が間違ってるかもしれないけど」ネルソンが言った。「自分の兄貴のシリルが一九二四年に競馬場に出入り禁止の警告を食らったっていう女の子に、他人のクラリッサ叔母さんのことをとやかく言える義理はないんじゃないかな」

「あたしのシリル兄さんの一九二四年の件はどうでもいいとして」ダイアナが応戦して言った。

「一九二七年のあなたの従兄弟《いとこ》のフレッドのことはどうよ？」

二人は黙ったまましばらくの間お互いを睨《にら》みつけ合っていた。二人とも、親戚の不行跡の供給がもはや尽きたことに、悲しく気づいていた。ダイアナはまだ敷石を足蹴にしていたし、ネルソンは、いったい全体どうして自分は、帽子についてこんな破壊的なたわごとが言える上に、自分より一メートルも背が高くて不恰好な女の子にどこかいいところがあるなんて思いようがあったのかと考えていた。

「あなたの義理のお兄さんの姪の義理の妹のミュリエルが……」突然元気になってダイアナが始め

た。

ネルソンは身振りで彼女を制した。

「この議論はこれ以上続けないほうがいい」奴は言った。冷たくだ。

「あたしだって好きであなたの」ダイアナが応えた。同じく冷たくだ。「つまらないわけのわからない話を聞いてるんじゃないわ。口まで届く帽子をかぶってる男なんて最低——帽子の奥から声が聞こえてくるんですものね」

「心よりごきげんようを申し上げたい、パンター嬢」ネルソンは言った。

奴は後ろをちらりとも振り返ることなく、大股で立ち去った。


さてと、ブルットン街で女の子と喧嘩《けんか》する利点は、すぐ角を曲がったところにドローンズ・クラブがあって、ちょっと飛び込めば手間暇最小で神経系の安定を回復できることだ。ネルソンは電光石火の早業でその地に落ち着いた。で、奴が最初に会ったのが背中を丸めてウィスキー・アンド・スプラッシュをダブルで飲んでいるパーシーだった。

「ハロー」パーシーが言った。

「ハロー」ネルソンが言った。

それから沈黙が、ネルソンがミックスト・ヴェルモットを注文する声のみによって破られる沈黙があった。パーシーは相変わらず目の前をじっと見つめていた。人生のブドウ酒杯を最後の滓《おり》まで飲み干したところで、底に死んだねずみがいるのに気づいた男みたいにだ。

「ネルソン」とうとう奴は言った。「モダンガールに関するお前の見解を教えてくれ」

「最低だと思う」
「俺も全面的にお前に賛成だ」パーシーが言った。「無論ダイアナ・パンターは稀有な例外として
だ。だがダイアナを別にしたら、モダンガールのために俺は二ペンスだってやらない。連中は人間
的深みと敬意に欠け、何が適切かに関する感覚がないんだ。たとえば帽子についてだ」
「まさしくそのとおり。だがダイアナ・パンターが例外だってのはどういう意味だ？　彼女こそ頭
目――その運動の最前線の一人、って言い方のほうがよければだが」ヴェルモットを啜《すす》りながらネ
ルソンが言った。「モダンガールの不快な性質を全部考えてみるんだ。そいつを足し合わせて倍々
にしたら何ができる？　ダイアナ・パンターだ。つい数分前、俺とパンターの間に何が起こったか、
話させてくれ」
「だめだ」パーシーが言った。「俺とエリザベス・ボッツワースの間に今朝あったことをしゃべら
せてくれ。なあ、ネルソン、彼女は俺の帽子が――俺のボドミンの帽子が――小さすぎるって言っ
たんだ」
「まさか？」
「一言一句彼女の言ったことだ」
「うーん、なんてこった。聞いてくれ。ダイアナ・パンターは俺のボドミンが、大きすぎるって言
ったんだ」
二人は顔を見合わせた。
「そいつはなんとかかんとかの精神だ」ネルソンが言った。「正確になんだったかは忘れた。だが
何かだ。あらゆる側面から見られる。近頃の女の子に関しちゃ、何かものすごく重大なところがう

まくいってないんだ。無法と放縦《ほうしょう》が行き渡ってるんだな」

「我が英国においてもだ」

「ああ、当然のことだ、バカ」いくらか刺々《とげとげ》しく、ネルソンが言った。「俺が行き渡ってるって言った時、外国って意味でいったんじゃない。広く行き渡ってるって意味で言ったんだ」

奴はしばらく考え込んでいた。

「とはいえ、こうは言わなきゃならない」奴は続けて言った。「お前がエリザベス・ボッツワースについて言ったことに、俺は驚いたと。何か誤解があったに違いないって思わずにはいられないいんだ。俺はいつだってエリザベスの熱烈な崇拝者だからな」

「俺だってダイアナを最高の女の子だと思ってきた。そんな不審な態度を見せるだなんて信じられない。たぶん何か誤解があったんだろう」

「ふん、とにかく俺は彼女をきっちりしかりつけてやった」

パーシー・ウィンボルトは首を横に振った。

「そんなことはするべきじゃなかった、ネルソン。彼女の気持ちが傷ついたかもしれないいじゃないか。むろん俺の件に関しちゃ、エリザベスにきつい態度で臨む他にとる手はなかったんだが」

ネルソン・コークはチッと舌打ちした。

「可哀そうに」奴は言った。「エリザベスは繊細なんだ」

「ダイアナだってだ」

「エリザベスほど繊細じゃあない」

「いや、エリザベスの五倍は繊細だ。しかし俺たちはこんなことで喧嘩してる場合じゃあない。明らかな事実は、われわれはものすごくひどい仕打ちに遭ったってことだ。とっとと家に帰って、アスピリンを飲むとしようか」

「俺もだ」

二人は帽子を預けてあるクローク・ルームに向かった。パーシーが自分の帽子をかぶった。

「まったく」奴は言った。「物のまがって見えるよほどのマヌケのすっとんとんでもなくっちゃ、この帽子が小さすぎるなんて言いやしないだろ？」

「ぜんぜんまったく小さすぎでなんかあるもんか」ネルソンが言った。「こっちも見てくれ。頭に麦わらを挿して両目が乱視の巨大女でなけりゃ、こいつが大きすぎるなんて言えやしないだろ？」

「実に見事にぴったりだ」

クローク・ルームのウェイターの、ロビンソンって名前の物知りな男が、同じことを言った。

「それじゃあ行こうか」ネルソンが言った。

「ああ、そうだな」パーシーが言った。

二人はクラブを出て、ドーヴァー街の突き当たりでわかれた。

さてと、口ではあんまり言わなかったが、ネルソンのハートはパーシー・ウィンボルトのために血を流していた。奴はパーシーの繊細な感受性を理解していたし、愛する女性とのこういう不幸な外交関係の断絶のことで奴の心がどんなに深く傷ついているかもわかっていた。つまり、何が起ころうと、どれほど奴の心が激しく傷を負おうと、ネルソン・コークの見るところ、パーシーはエリザベス・ボッツワースを愛していた。ここで必要なのは、機転の利く仲裁者だ――靴下を引き上げて一肌脱いで仲たがいを取り持ってくれる親切で良識ある両当事者の友達なんだ。

そういうわけでパーシーがクラブを出た瞬間に、奴はエリザベスのいる家までウサギみたいにすばやく向かい、幸運にも玄関ドアの前で彼女を捕まえた。つまり、当然ながらエリザベスは一人でアスコットにでかけちゃあいなかったんだな。パーシーが視界から消えた直後に、彼女はタクシー運転手に家に向かうよう言い、あの悲痛な場面以降の時間を、奴に言ってやればよかったことを考えながら、彼女の女招待主の犬――クラークソンって名のペキニーズ犬だ――を運動に連れ出すことで過ごしていた。

彼女はネルソンに会ってだいぶよろこんでいるようだった。それであれやらこれやらについておしゃべりを開始した。彼女の態度物腰全体は、地下世界の生き物としばらく接触を余儀なくされた後、ようやく気心の知れた友と出会った女の子のそれだった。また彼女の話を聞けば聞くほどに、もっともっと続けて聞きたい気持ちに奴はなった。また彼女を見れば見るほどに、エリザベス・ボッツワースを見つめて過ごす人生は、ものすごく過ごしがいのある人生になることだろうって思いが強まるんだった。

この女の子の優美な小柄さとかよわさには、ネルソン・コークの魂の深みに訴える何かがあるようだった。ダイアナ・パンターみたいな女カルネラ［イタリアのヘビー級ボクサー］を見上げ続けて多大な時間を無駄に費やした後で、こんなにも可憐で繊細な人を見ていられるよろこびは特別な名誉だと思われた。で、あれやこれやで、奴はパーシーの話を持ち出すのに途轍《とてつ》もない困難を覚えたんだな。

二人はおしゃべりしながらそぞろ歩いた。で、いいか、エリザベス・ボッツワースは相手を見上げ続けて首に筋違いを起こすことなしでおしゃべりできる女の子だった。ダイアナ・パンターと外気浴する時にはどうしたってそうなってたんだが。今やネルソンは、ダイアナ・パンターに話しかけるのは旗竿《はたざお》のてっぺんと意見交換しようとしてるみたいなものだったってことに気がついたんだ。そのことに今まで気づかずにいたことに、奴は驚いた。

「君は最高に素敵だね、エリザベス」奴は言った。

「あらおかしい！」女の子は言った。「あたしも同じことをあなたに言おうとしてたのよ」

「うそ、ほんとかい？」

「ほんとうよ。今日ガーゴイル男――パーシー・ウィンボルトがその例だけど――を見てきた後だと、盛装のし方をちゃんと心得てる人といっしょにいられるとほっとするわ」

こうしてパーシー・モティーフが導入されたわけだから、不在の友の話題に話を移すのはごく簡単だったはずだ。だがどういうわけか奴はそうしなかった。その代わり、奴はちょっとニヤっと笑ってこう言ったんだ。「え、ほんとかい、えっ、ほんとにそう思うのかい？」ってな。

「本当にそう思うわ」エリザベスは熱を込めて言った。「きっとその帽子のせいだと思う。どうしてかはわからないけど、あたし、子供の頃から帽子にはすごくうるさいの。五歳の時、アレクサンダー叔父さんがシャーロック・ホームズがかぶるような耳当て付きの鹿打ち帽をかぶってやってきた時、子供部屋の窓からジャムの壜《びん》を落っことしてあげたことを思い出すと、いつだってわくわくするもの。あたし、帽子は男の人の最終テストだと思ってるの。ねえ、あなたのは完璧よ。そんなにも見事にぴったり合った帽子は見たことがないわ。その帽子をどんなに賛美してるか、言葉には表せないくらいなの。英国大使みたいに見えてよ」

ネルソン・コークは深く息を吸い込んだ。奴は頭のてっぺんから足の先までゾクゾクしていた。目からウロコが落ちて、新たな人生が始まったみたいな気分だった。

「あのさ」奴は言った。感動に震えながらだ。「君の小さな手を取らせてもらっても、構わないかなあ？」

「いいわ」エリザベスは真心込めて言った。

「じゃあそうさせてもらう」ネルソンは言い、そうした。「それじゃあさてと」彼女の手にノリみたいにぴたりとくっつき、ちょっぴりしゃっくりしながら奴は続けて言った。「どこか静かなところに行ってお茶を一杯いただかないか？　お互いにするべき話が沢山《たくさん》あるような気がしてるんだ」

二人の男がいて片方の男のハートがもう一人の男のために血を流しているって時、もう一方の男のハートも前者のためにおんなじくらいの勢いで血を流しているってことがどんなによくあることかってのはおかしなもんだ。つまり、二人とも血を流してるんだな、一人じゃなくって。ネルソン・コークとパーシー・ウィンボルトの場合がそうだった。ネルソンと別れた瞬間に、パーシーはいくつかの選び抜かれた言葉ですべてをめでたしめでたしにしてやろうとの意志をもってダイアナ・パンター探しに直行したんだ。

つまり奴はこう思ったんだ。ただいまこの時にはネルソンは怒りのあまりダイアナに嫌悪の念を抱いているかもしれないが、こんな状態は長くは続かないし愛が再び本領発揮してくれることだろう、ってな。必要なのは人当たりのいい仲介者、争いごとを丸く治めてくれてぜんぶ大丈夫にしてくれる親切な共通の友人だって奴は思ったんだ。

ダイアナは頰をつんと上げ、鼻孔から激しく息をしながらバークレイ・スクウェアをぐるぐる回っていた。奴は彼女の横についてヤッホーをやった。で、奴の姿を見ると彼女の目の冷たい、険しい輝きは誠心誠意真心の輝きに変わったんだ。奴を見て彼女は心ときめかされた様子だったし、あっという間に快活な会話が開始された。で、彼女が話す一語一句を聞くごとに、ダイアナ・パンターとなかよく歩く以上に充実した夏の日の午後の過ごし方はないっていう奴の確信は強まったんだ。奴を魅了したのは彼女の話し方だけじゃなかった。彼女の素晴らしい体型にも、奴は同じくらいうっとりさせられた。その日の大切な時間のいくらかを、エリザベス・ボッツワースみたいなエビ娘と話をして無駄に過ごしたかと思うと、奴は自分を自分で蹴とばしたい気分になった。

奴は考えた。ここなる女性は、耳の高さがだいたい自分の口の高さとおんなじところにある女性だ。だから自分の発言が相手に届くまでの遅延は最小で済む。エリザベス・ボッツワースに話しかけるのは、井戸の一番底にいる小さい滴虫《てきちゅう》の注意を惹《ひ》こうと、井戸の上から大声を張り上げるようなものだった。この結論に達するまでにこれほどの時間が要ったことが奴には驚きだった。

相手がネルソン・コークの名を発するのを聞いて、奴はこの夢想から覚めた。

「失礼、今何て言った？」奴は言った。

「こう言ってたの」ダイアナは言った。「ネルソン・コークは下劣なチビの間抜けで、もし仕事をするだけの気力があったら、とっくの昔に小人のサーカス団と契約してるはずだわ」

「あれ、そんなふうに言うのかい？」

「それよりもっと言わせてもらうわ」ダイアナはきっぱりと言った。「ねえ、パーシー、女の子の人生をものすごく悲惨にして、髪を灰色にして修道院に入らせることとってのは、ネルソン・コークみたいな男といっしょにいるところを人に見られるのをいつだって回避できるわけじゃないっていう事実なの。あたし、自分が慈悲の精神に欠けてるだなんて思わないわ。あたしは物事を寛容な眼で見ようとしている。平らな石の下から這《は》い出してきた生きモノみたいに見えるからって、それはその人の責任というよりは不運なんだし、非難されるよりは憐《あわ》れまれるべきなんだって自分に言い聞かせようとしてきたわ。だけどあたしがひとつどうしても言いたいことは、そういう人は、足首まで届くような帽子をかぶってロンドンじゅうを意気揚々と歩いて回って持って生まれた姿かたちの醜悪さをますます悪化させるみたいなふざけた真似をしちゃいけないの。あたしブルットン街をあんな一歩歩くたびに帽子の縁が敷石にばんばん当たるバイ菌男なんかにエスコートされて歩くだなんて、ぜったいに我慢できないし我慢する気もないの。あたしがいつも言ってるしこれからも言い続けることは、帽子は最終試験だってことなの。正しいサイズの帽子をちゃんと買えない男の人をあたしは絶対に好きになれないし信用できない。あなたの帽子は、ねえパーシー、完璧よ。あたし数々の帽子を見てきたけど、帽子はこうでなきゃっていうこれより完璧な例を見たことがない。大きすぎず、小さすぎず、ソーセージに皮が張り付くみたいに頭にぴったり合ってる。あなたの頭がまたシルクハットの映える頭なのよ。それをかぶると……なんて言ったらいいかしら？……男の中の男って感じがするの。獅子《しし》のごとく、って言うのかしら。その帽子が額にかかる様とほんのごくわずかな南東方向への傾斜に、何かがあるんだわ……」

パーシー・ウィンボルトは東洋の筋肉ダンサーみたいにわなわなと震えた。ヘイ・ヒルの方向でソフトな音楽が演奏されているらしく、バークレイ・スクゥエアは奴の周りを片足でスキップして回り始めたみたいだった。

奴は深く息をついた。

「ねえ」奴は言った。「もし前に聞いた話だったら止めてくれよ。だけど今この時に我々がすべきなのは、どこか静かでこんなに沢山の家々が『美しき青きドナウ』を踊って回っていない場所に急いで行って、お茶をどっさり飲み込むことじゃないかって思うんだ。お茶とマフィンをいただきながら、僕は君にとってもだいじな話がしたいんだ」

「と、まあ」葡萄をつまみながら、クランペット氏は話を結んだ。「こういうわけなんだ。でまあ、ある意味もちろん、これは満足のゆくエンディングだって言うこともできる。

エリザベスとネルソン・コークの婚約のお知らせはダイアナがパーシー・ウィンボルトの結婚のお知らせとおんなじ日に『プレス』紙に載った。幸せなカップルがサイズの点でごくお似合いだったってことも、よろこばしいことだった。

つまり、身長一八〇センチの女の子が身長一六〇センチの男といっしょに祭壇に向かって歩くとか、また身長一八五センチの男が身長一三〇センチの女の子と教会内を足並み揃えて歩くとかって話はなしってことだ。かぶりつきの信者席から笑いは取れはするが、結婚のよろこびに役立つってもんじゃない。

さてと、原理的には、すべてはめでたしめでたしと言うべきだろう。だがその点は俺に言わせりゃあ重要じゃあない。俺が重要と考えるのは、この途轍《とてつ》もない、不可解なふたつの帽子の謎のことなんだ」

「絶対的にだ」ビーン氏が言った。

「つまりだ、エリザベス・ボッツワースが主張したようにパーシーの帽子が本当にぴったり合ってなかったなら、どうして同じものがダイアナ・パンターにはど真ん中大当たりだったんだ？」

「まったくその通り」ビーン氏が言った。

「で、逆に、もしネルソンの帽子がダイアナ・パンターが考えたような完全失敗作だったとするなら、どうしてそれからちょっと後に、エリザベス・ボッツワースには大勝利を収めたんだ？」

「まさしくそこだ」ビーン氏が言った。

「すべてがすべて、まったく不可解なんだ」

この時、看護婦が弁士の目を捉えようとする動きを見せた。

「私が考えたこと、申し上げてもいいかしら？」

「言ってくれ給え、枕ならしのお嬢さん」

「私、ボドミンズのボーイが帽子を取り違えたんだと思いますわ。帽子箱に戻す時にってことですけど」

クランペット氏は首を左右に振り、葡萄をつまんだ。

「それからクラブでまた正しい帽子と取り替わったんですわ」

クランペット氏はやさしく笑った。

「巧みな推論だ」奴は言った。葡萄をつまみながらだ。「実に巧妙だ。だがいくらか強引だな。うん、俺は、さっき言ったようにすべては四次元空間に関係したことだって考える方が好きだ。それが俺たちが唯一理解できる正当な説明だって俺は確信している」

「絶対的にだ」ビーン氏が言った。

アルジーにおまかせ

市民たちが年に一度の長期休暇をとる八月には毎度のことだが、かの人気リゾート地、ブラムレイ・オン・シーはオゾン吸引客で立錐《りっすい》の余地もないまでに埋め尽くされていた。広く購読されているこども雑誌、『ウィー・トッツ』誌社主、ヘンリー・カスバート・パーキスはパーキス夫人と共にその地にいた。ドローンズ・クラブの百万長者、ウーフィー・プロッサーも〈ホテル・マグニフィーク〉にご宿泊中で、深紅のリボンを巻いたパナマ帽をかぶってものすごくいやらしい姿だった。合衆国よりの著名なる訪問客――漫画家のウォーリー・ジュッド、アメリカ国内一六〇〇紙にて連載中の漫画、『勇敢なデズモンド』の作者である――も、この地にて週末を過ごしていた。マグニフィーク前のビーチの人だかりをよくよく見れば、『ウィー・トッツ』誌の敏腕編集者、ビンゴ・リトルとその妻ビンゴ夫人――小説家、ロージー・M・バンクスと言ったほうが通りがいい――の姿に気づかれる方もいることだろう。二人は幼き愛息、アルジャーノン・オーブリーが砂の城を作るのを眺めていた。

その日は高気圧がいい仕事をしてくれて大自然がほほ笑《え》んでいる、明るく、麗《うるわ》しく、うららかな日だった。しかしこの動乱の戦後世界にあって、大自然がほほ笑む時には、作り笑いだって拵《こしら》えられない不幸な鋤《すき》の下のカエル「キプリングの詩「パジェット議員」」がどっさりいるのが常である。そしてビンゴ・リトルがその一人だった。太陽は輝いていたものの、彼のハートに輝きはなかった。空は青かったが、彼の心はもっとブルーだった。彼の顔に哀愁を刻んでいたのは、間もなくビンゴ夫人が〈ペン・アンド・インク・クラブ〉の年に一度の夕食会でロンドンに行ってしまうという事実ではなかった。彼女がいなくなると寂しくてたまらないのはいつものことではあった。しかし彼の気分をかくも落ち込ませ、彼の士気をかくもなえさせていたのは、つい先ほど彼女の口からこぼれ出た発言であったのだ。

ビンゴの金のカフリンクが謎の消失を遂げたことに言及し、プロのカフリンク盗が暗躍中であるに相違なく、この件を速やかに官警の手にゆだねねばならないと確信していると、彼女は述べたのだった。

「警察が出動して」彼女は説明した。「ぜんぶの質店を捜索してくれるわ」

ビンゴより陽光を拭《ぬぐ》い取り、温暖なその日にありながら、氷のように冷たい脚のムカデ類に背筋を這《は》い上られているがごとき気分にさせていたのはこのことだった。彼の施政方針に何よりかによりなじまぬことがひとつあるとしたならば、それは警察にそういう店を捜索されることであった。とりわけシーヴュー・ロードにある店がいけない。というのは昨日、結果的には七位に入着した馬を後援するための金五ポンドを入手せんがため、彼自らがそのカフリンクを同質店に質入れしたからである。またビンゴ夫人のこの種の行為に関する見解は、ごく厳格であった。

「そんな真似がほんとに賢明だと思うのかい？」彼は口ごもりつつ、言った。

「もちろんよ。それしかないわ」

「連中の仕事をだいぶ余計に増やすことにならないかなあ」

「あの人たちはそのためにお金をもらってるのよ。それに警官ってそういう追跡劇が楽しいんだと思うわ。んっ、まあなんてことでしょう」時計を見ながら、ビンゴ夫人は言った。「もうこんな時間？　急がなくっちゃ。さよなら、エンジェル。アルジーのお世話をよろしくね」

「彼の福祉はわが常なる関心事だよ」

「一瞬だって視界から出しちゃだめよ。明日の晩には戻りますから。さよなら、愛《いと》しき人」

「さよなら、わが人生の果実の実る木よ」ビンゴは言った。そして一瞬後、一人考え込む身の上となったのだった。

　隣で声がしたとき、彼はまだ陰気な黙想に深く沈んでいた。「ああ、リトル君、おはよう」と言うその声に、ギクッと夢想から飛び起きると、パーキス夫妻がそこにいるのに彼は気づいた。

「コチョコチョコチョ」パーキス夫人が、アルジャーノン・オーブリーに申し向けた。

　子供はというと同発言に無言の軽蔑《けいべつ》にて応対した。落胆したパーキス夫人は、美容院の予約があるから行かなければと述べた。彼女が姿を消したところで、パーキス氏の唇から押し殺したうめき声がほとばしり出た。彼が目をとび出させ、わが息子であり継嗣《けいし》たる人物を凝視していることに、ビンゴは気づいた。

「うわぁぁ！」激しく身を震わせながら、パーキスは言った。

「失礼ですが、どういうことでしょう？」ビンゴは言った。彼の態度はひややかだった。彼は己《おの》が長男の容姿について何らの幻想も抱いてはいなかった。偉大な癒し手たる時が、いずれアルジャーノン・オーブリーを父親のような洒落《しゃれ》た伊達《だて》者にしてくれるであろうことはじゅうじゅう承知してはいたものの、ただいまその目に映る彼は、未熟な幼児期にある多くのおさなごらと同じく、足の巻き爪に苦しむ大量殺人者の顔つきをしていた。とはいえなお、こういうむき出しの嫌悪表現に彼は反感を覚えた。パーキスその人とて油絵に描かれるような御仁《ごじん》ではないし、人を批判できるような立場にはない、と彼は感じたのだ。

パーキスはあわてて説明した。

「すまない」彼は言った。「感情に流されるべきじゃなかった。私のような立場に置かれたら、幼い子供を見るだけで、骨の髄まで凍りつくということなんだよ。リトル君」アルジャーノン・オーブリーの目を避けながらパーキスは言った。つまりこの子供は、ジャック・デンプシーがリング上で対戦相手に向けたような冷たく、険しい目を彼に向けていたからだ。「ここで明日、赤ちゃんコンテストがあるんだ。そこで私は審査員を務めねばならない」

ビンゴの尊大さは消えうせた。彼には相手の気持ちが理解できたのだ。そういう任務がどういうことを意味するかを彼は知っていた。ドローンズ・クラブのフレディー・ウィジョンが一度南フランスにて類似のコンテストの審査員を務めたことがあり、その時どんな目に遭ったかを物語る彼の話は、ドローンズの喫煙室の聴衆を魔法に掛けたように聞き入らせたものだった。

「ありゃりゃ！」彼は言った。「どういうわけでそうなったんです？」

「パーキス夫人のお膳立《ぜんだ》てなんだ。社主の露出が増えれば、新たな予約購読者が増えて『ウィー・トッツ』の部数も増大すると考えているんだな。予約購読者だって！」熱情を込めて手を振りながら、パーキスは言った。「予約購読者なんていらない。私はありとあらゆる赤ちゃんなんぞから完全に関係無用の平穏な休日を楽しみたいだけなんだ。この恐ろしい重荷から誰か解放してくれるなら、巨万の富を渡したっていい」

あたかも電気ショックがビンゴの身体を駆け抜けたかのようだった。おそらく彼は十五センチは跳び上がった。

「下さるんですか?」彼は言った。「巨万の富を?」

「巨万の富をだ」

「巨万の富とおっしゃると、具体的には五ポンドぐらいまではいくんでしょうか?」

「もちろんだとも。それでいい金の使い方をしたと思うはずだ」

「それじゃあ下さい」ビンゴは言った。「代わりに僕が審査員席に立ちます。『ウィー・トッツ』誌の部数増大のためには、編集長が公衆の目の前に出たって同じくらい役立つはずです」

一瞬、歓喜のあまりパーキスは全身くまなくうち震えた。彼の唇で「ひゃっほーい!」なる言葉がわなないているかのようだった。それから彼の顔からきらめきが消えた。

「だが、パーキス夫人のことはどうする? 妻は命令を発した。どうやって不服従を通せばいい?」

「親愛なるパーキスさん、オツムを使いましょうよ。脚を捻挫《ねんざ》するとか関節を外すとか、何とかすればいいだけです。窓から飛び降りる。トラックに轢《ひ》かれる。何シリングか渡せばトラック運転手はよろこんであなたを轢いてくれますとも。それで準備完了です。明らかにあの間抜けのバアさんは——パーキス夫人と申し上げているべきでした——歩行不能になって苦痛に苛《さいな》まれつつソファに横たわるあなたに、赤ちゃんコンテストの審査員をやって回れとは言えないでしょう。あなたは五ポンドがどうとかおっしゃってましたよね。その金の色を見せてもらえたら嬉しいんですが」

夢の中にいるがごとくに、パーキスは五ポンド札を取り出した。夢の中にいるがごとくに、彼はそれを手渡した。夢の中にいるがごとくに、ビンゴはそれを取った。

「リトル君――」パーキスは口を開き、そして言葉は途切れた。それからアルジャーノン・オーブリーに、インドの苦力《クーリー》労働者が樹に上って安全を確保したところで途方に暮れた足元のワニにやるような挑発的な目つきを投げかけると、帽子を頭の横っちょに載せ、陽気な鼻歌を歌いながら大股で歩き去っていった。そしてビンゴは紙幣をいとおしげに見つめ、もうちょっとで心のこもったキスをしてしまいそうな勢いだった。と、刺すように冷たい風が海より吹きよせ、彼の手からそれを吹き飛ばし、するとそれはさながら鳩の翼を装着したかのごとく、遊歩道《エスプラナード》の方向にひらひらと飛び去っていったのだった。

　これは最高に鋭い機知を持ち合わせた人物をも八方塞《ふさ》がりにする状況である。ビンゴは完全に八方塞がりになった。むろん彼の最初の衝動は、飛んでゆくお宝を追いかけることだった。それが上の道を行くなら、彼は下の道を行き、と。しかし即座にクロスカントリー競技を開始するべく筋肉を引き締めながらも、彼の脳裡《のうり》にはアルジャーノン・オーブリーを視界から離しちゃだめよというビンゴ夫人の別れの言葉がひらめき浮かんだのだった。その言葉の背後にある思惑《おもわく》がどういうことかが、彼にはわかっていた。すなわち視界から離れたら、この子供は海にさまよい入って三度《みたび》溺《おぼ》れるか、手に持ったシャベルで行楽客の頭を叩き割り、正道を踏み外して法のあちら側に行ってしまうかもしれない、ということである。詩人が述べたように[テニスン「サー・ギャラハド」冒頭]、手に鋤を握らせたらばこの子供がどれほど人の頭を叩き割りがちであることかを、ビンゴほど承知している者はなかった。ある種のホンブルク帽に、いつだってこの子は惹《ひ》き付けられずにいられないのである。

　自分がいわゆるディレンマの角の捕われでいることが、ビンゴにはよくわかった。彼はハムレットのごとくそこに立ち、憂鬱《ゆううつ》で優柔不断でいた。そして躊躇《ちゅうちょ》している間に、その紙幣は彼の手から失われてしまったのだった。五ポンド札は今まさに発進しようとしていた車の中にひらひらと舞い入り、運転手は奇跡の時代はいまだ過ぎ去らずとの突然の確信を示す表情を浮かべそれを手にし、走り去ったのだった。

ほぼ十分間というもの、ビンゴは両手に顔を埋めて過ごした。その十分が過ぎたところで、彼はアルジャーノン・オーブリーを腕にかかえて遊歩道をよろよろ歩き出し、ホテル・マグニフィークのドアを通り抜けた。と、ウーフィー・プロッサーが登場したのだった。

詩人ワーズワースは空の虹を見た時にハートがいつも跳び上がると我々に述べたが〔ワーズワースの詩「虹」〕、ビンゴがウーフィー・プロッサーを見た時にも、彼のハートは同一の運動をした。ウーフィーが美形だとかそういうことのゆえではない——彼の吹き出物だけをもってしたって、虹のお仲間入りは絶対に無理である——だが彼には、かくも多くの際立って金持ちな男が持ち合わせている、際立って金持ちに見えるという特性が備わっていた。また、際立って金持ちであるだけでなく、彼はアルジャーノン・オーブリーの名付け親でもあった。ビンゴの心のうちでほのぼのと希望が明け初《そ》めてき、彼は前方へとぴょんぴょん弾《はず》んでいったのだった。

「ウーフィー、やあ親愛なる友よ!」

ビンゴが持っているモノを見て、ウーフィーはあわてて後ずさりした。

「ヘイ!」彼は叫んだ。「そいつを俺に向けるな」

「うちの赤ちゃんってだけじゃないか」

「あえて言う。あっちに向けるんだ」

「お前にキスしたいんじゃないかなあ」

「離れろ！」威嚇《いかく》するかのごとくパナマ帽を振り回しながら、ウーフィーが叫んだ。「俺は武器を帯びてるんだぞ！」

この会話はあるべき方向からだいぶ逸脱しているようだと、ビンゴには思われた。

「気がついてもらえてるかなあ、ウーフィー？　俺が蒼《あお》ざめやせ衰えていることにさ」

「俺にはまったく問題なしに見えるがな。少なくとも」ウーフィーは言った。ただいまの発言に限定を加えながらだ。「お前に可能な限りは問題なしってことだ」

「ああ、それじゃあ顔には出てないってことか。驚いたよ。見ればわかると思ったんだが。つまり俺は切羽詰った苦境に立ってるんだ、ウーフィー。誰か五ポンド貸してくれる奴を見つけないことには――」

「見つけるのは難しいことだろうな、そういう人物のことは。どうして五ポンド必要なんだ？」

ビンゴは喜んで説明した。ウーフィー・プロッサーが財を分かち合うことにアレルギーのある男だとは承知していたものの、自分の話はどんなに強烈な販売抵抗をも打破せずにはいられぬ話だと感じていたのだ。感情の昂《たかぶ》りのあまり途切れがちな口調で、彼は冒頭部から最後に己《おの》が身の上に起こった恐るべき悲劇に至るまで、その話を語りおろした。話し終えた時、ウーフィーはしばらくの間、物思いに沈んでいる様子だった。それから常ならばどんよりした彼の目が輝いた。沈み込んでいた物思いによって、彼にインスピレーションがもたらされたとでもいうようにだ。

「お前はその赤ちゃんコンテストの審査員をやると言ったな？」

「ああ、だからってどうにもならないんだ。パーキスにもう五ポンド出してくれとは頼めない」

「その必要はない。俺の見るところ、問題はごく簡単だ。お前の第一の目的は細君の頭から金のカフリンクと質屋の話を追い出すことだ——言い換えれば、彼女に考えるべき別の材料を与えればいいんだ。よし。そのガーゴイル息子を出場させて一等賞を獲らせよう。大喜びするあまり、金のカフリンクのことはきれいさっぱり頭から消えうせるさ。俺が保証する。俺は母親じゃあないが、母親の気持ちは何から何までわかるんだ。そのブサイク野郎の勝利を誇りに思うあまり、他のことは全部忘れられることだろう」

ビンゴは茫然《ぼうぜん》として彼を見つめた。巧妙なペテンでドローンズ・クラブの仲間たちからしばしば半クラウン——あるいはそれ以上の額を——巻き上げてきたウーフィーの脳みそが、ヒューズ切れになったのだと彼には思えた。

「だが、ウーフィー、なあ、よくよく考えてみろよ。俺が赤ちゃんコンテストの審査員をやって、自分の赤んぼの手をとって〈優勝者！〉って宣言しようもんなら、リンチにはあわないとしたって、こっぴどい目に遭《あ》わされることになるんだぞ。ああいうお母さんたちってのはタフな連中なんだ。フレディーがカンヌでひどい目に遭った時、お前は現場にいたんだろう」

ウーフィーはいらいらしたふうに舌をちっと鳴らした。

「当然そんな当たり前のことを見逃しちゃあいないさ。赤んぼは名前は何だったかなんとかかんとか・リトルなんて名前でエントリーするんじゃない。名前は何だったかなんとかかんとか・プロッサーって名前で出場するんだ。一言で言えば、俺がそのチンピラを会合場所に連れて行く。そいつの叔父ってふれ込みでな。そしたらお前が厳正な審査の結果、そいつに一等賞を授与するんだ。もしそんな計画がほんとのところ正直かどうかなんてことで心配してるようなら、忘れるんだ。どうせ賞品はおしゃぶりとかマフラーとかそんなようなもんだ。金はからんでないんだからな」

「聞くべきところはあるな」

「あるどころの話じゃない。もし金がらみなら、そんな策略を弄《ろう》そうなんてことを俺はぜったい夢にだって思わない」さも高潔そうに、ウーフィーは言った。「だがマフラーを誰が勝ち取るかなんてことを、誰が気にするかだ。じゃあ決まりだ。嫌ならいいんだぜ。俺はただ友情から、お前の家庭をるつぼ状態にしたくないってためだけにものを言ってるんだ。俺の理解が正しけりゃ、そのカフリンクのことが表面化したら、お前の家庭はるつぼに転じるんだろう？」

「ああ、まさしくるつぼと化すんだ」

「それじゃあ俺の計画の採用を是非にとお勧めする。採用するか？　よし。ちょっと失礼」ウーフィーが言った。「電話を掛けなきゃならないんで」

彼はホテル内に入り、ロンドンの賭け屋に電話した。以下がそれに続いた会話の内容である。

「もしもし、マクアルピンさん？」

「本人です」

「プロッサーです」

「はい、それで？」

「聞くんだ、マクアルピン君。俺は今ブラムレイ・オン・シーにいるんだが、明日ここで赤ちゃんコンテストがある。うちの甥が出場するんだ」

「はい、それで？」

「それでもし幾ばくか賭けられたら、成りゆきの興趣が増すんじゃないかと思ったんだ。競馬場の会計担当としてのおたくの活動は、海辺の赤ちゃんコンテストの賭け金もカバーするのかなあ？」

「もちろんですとも。うちはあらゆるスポーツ・イベントを取り扱ってます」

「プロッサーの子供に、君はどれだけのオッズをやる？」

「あなたの甥御さんとおっしゃいましたか？」

「その通り」

「あなたに似てらっしゃる？」

「実によく似ている」

「それじゃあ五〇対一をあげましょう」

「よし。じゃあ一〇ポンドで」

ウーフィーはビンゴの許へ戻った。

「俺が心配するのは」彼は言った。「いざとなったら、お前が平常心を失うんじゃないかってことだ」

「いや、そんなことはない」

「何かしら動機を付け加えないと、そうなるかもしれない。だからこうしよう。お前が審査結果を宣言した瞬間に、俺はお前に五ポンド渡してやる。それで金のカフリンクを質屋から取り返して、お前の細君がガキの勝利にもかかわらずその件について忘れないでいるっていう、ありそうもない成りゆきになっても不快事は避けられる。安全策をとった方がいいからな」

ビンゴは口がきけなかった。あまりにも胸が一杯で言葉にならなかったのだ。彼の幸福感をまったきものとしなかった唯一のものは、その大会が始まる前に、ウーフィーが炎の二輪戦車で天国に連れ去られてしまう［『列王記・下』二・十一］のではないかという突然の不安だけだった。

それでもなお、翌日の午後、アレーナに向かいながら、彼ははっきりした不安とおののきを意識していた。また、集まった競技者たちを見ても、その不安の減じることはなかった。

たしかに、出場者たちの大多数は、もし警察が捜査網を張っていないとするとずいぶん職務怠慢だと感じさせるような、いわく言い難い何かを、その容貌《ようぼう》のうちに備えていた。しかし比較的人間らしいものも一ダースはゆうにいたから、もし彼らを無視してアルジャーノン・オーブリーを優勝させたら、だいぶ批判が起こるであろうと予測できた。疑義が発され、調査が執《と》り行われよう。競馬クラブに召喚されて出走停止処分を受けることだって大いにありうる。

しかしながら、巨大な問題が懸案であるからには、筋肉を強固にして血を振り絞り、当たって砕ける他はない。そういうわけで、ビンゴは壇上に向かい、揃いも揃って凶暴な三四七人のお母さんたちと見える生き物たちの喝采《かっさい》に一礼し、彼女らの子供の咆哮《ほうこう》を制するため――それが可能であるならばだが――片手を挙げ、彼が夜なべで苦心して仕上げた演説を開始したのだった。

彼は英国の将来について語った。それはここなる赤ちゃんたちとその他の似たような連中の双肩に掛かっているのであると、指摘しながらだ。言うまでもなく自分が言う英国とは、かの詩人シェークスピアが、これなる国王たちの玉座、これなる王権を授与された島、これなる王者の国、これなる軍神マースの玉座、これなるもう一つのエデン、半楽園、これなる大自然みずからが悪疫と戦争の魔手に対抗して建造した天然の要塞［『リチャード二世』二幕一場ジョン・オヴ・ゴートンの演説］と述べた地のことである。これより麗《うるわ》しき地はなしであることに、皆さんはもちろんご同意してくださることでしょう、と。

彼は『ウィー・トッツ』について語った。この素晴らしい雑誌を強烈におだて上げ、ご参集の皆様全員がただいま展開中のお得なご予約特典をご利用くださるようにと強く勧めた。

彼は語った——ここで彼の態度はあらためて真剣さを帯びた——英国を英国たらしめているフェアプレイのクリーンな精神について。その精神は、仮に自分の被推薦者に不可と出るようなことがあったとしても、他国のうらやんでやまぬ英国スポーツマン精神をもって、すべてのご臨席のお母様方に審査員の決定をよしと受け入れさせることであろうと確信するところである、と。自分の友人で南フランスにて赤ちゃんコンテストの審査員を務めた者がいるが、彼はナイフとハットピンで武装した残念賞の怒れるお母さんたちに海沿いを四百メートルも追いかけられた。そんなことはブラムレイ・オン・シーにおいては起こりようがない。否、否である。英国のお母さんはそうではない。その件に関して、もうちょっと軽い話として、ブロードウェイを歩いている二人のアイルランド人の小咄《こばなし》——本日午後のご参集の皆様方におかれてはご存じでない向きもおありかもしれないが——のことを自分は思い出した、と、彼は述べた。

話はうまくいった。テレビの公開録画の観客だってこれほど心の底から笑いはしなかったことだろう。しかしバカ笑いに明るい笑みを返しつつ、内心、彼の魂は塩を振られたナメクジみたいに縮こまっていた。時の過ぎ去れども、ウーフィーと大事なお荷物の姿はなかったのだ。とっくの昔に、奴は彼を連れてここにいるはずであったのに。

彼は再び演説を開始した。彼はグラスゴーのソーチーホール・ストリートを歩いている二人のスコットランド人の話をした。しかしもはや彼の笑いの魔力は失われ、観衆の心をわしづかみにすることはなかった。イラついた声が、「早いことやって」と言い、そうした所信表明はご参集のご一同様を明らかに喜ばせた。彼がホワイトチャペルの街角に立つ二人のコックニーに関する三つ目の話を始めた時、おそらくは百を超すイラついた声が「早いことやって」と言い、間もなくその声はおそらく百五十にまで増加した。

だがまだウーフィーの姿はない。

五分後、早期決着を求めるカナダの森のシンリンオオカミの吠《ほ》え声にも似た民衆たちのうなり声が起こり、ビンゴは行動を余儀なくされた。蒼白な顔で彼は眼下に広がる顔、顔、顔の海より行き当たりばったりに子供を選び、かわいらしいウールのジャケットを贈呈し、失意の人となって椅子に沈み込んだのだった。

そしてそこに座り、これから起こることどもの様相に思いを遊ばせぬよう努める彼の肩を、コツコツたたく指があり、見上げると横に警察官が立っているのに彼は気づいた。

「リトルさんでありますか?」警官は言った。

まだ放心状態でいたビンゴは、はい、そう思いますと言った。

「本官にご同行を願えませんでしょうか」警官は言った。

別の警官が別の際、すなわち年に一度のテムズ川におけるオックスフォード大学とケンブリッジ大学のライバル漕艇手《そうていしゅ》たちの水上対決の晩に、ビンゴに対して類似の発言をしたことがあった。またそうした際にはおとなしくご同行するのが最善であるとは常々了解してきたところである。彼は立ち上がり、警官に従ってドアのところまで行った。そしてこの状況ではおそらく当然の好奇心から、なぜ自分は逮捕されるのかと彼は訊《き》いた。

「逮捕ではありません、サー」歩きながら警官は言った。「交番で被疑者の本人確認をしていただきたいのであります――もし本人確認が可能ならば、でありますが。被疑者はあなたのご友人で、あなたの認識と承認の許に行為したと供述しているのであります」

「わからないなあ、おまわりさん」ビンゴは言った。彼にはこの警官の言うことがわからなかった。

「どう行為したんです?」

「あなたのお子さんを散歩に連れ出したのであります、サー。あなたの指示でやったと被疑者は主張しております。事情はこうであります。被疑者はあなたのお子さんを連れて公道をコソコソ歩行中のところをパーキス夫人に発見されたのであります。赤いリボンのパナマ帽をかぶったうさんくさい男で、パーキス夫人は、あなたのお子さんを視認し、胸の中でこうつぶやかれたのであります。〈あら、まあ、あのカラスに石を投げつけなくっちゃ!〉と」

「彼女はなんと言ったと……パーキス夫人のセリフはなんだったとおっしゃいましたか?」

「〈あら、まあ、あのカラスに石を投げつけなくっちゃ!〉であります、サー。パーキス夫人の疑念がかき立てられたのであります。夫人は警官を呼び、本官は同被疑者を誘拐の容疑で逮捕し、相当量の騒ぎと不快事の後、留置場に収容いたしました。同人の名はプロッサーであると供述しております。プロッサーという名に、お聞き憶えはおありでしょうか、サー?」

被疑者プロッサーを交番に連行する過程で相当量の騒ぎと不快事があったという同警官の言明は、前者の外見により裏づけられた。彼の目は腫《は》れ上がり、カラーは留め具より引き剝《は》がされていた。もう片方開いている方の目は、憤激と全人類への嫌悪にギラギラと輝いていた。

机を前に座っていた巡査部長が、被疑者を本人確認するよう、ビンゴを差し招いた。

「この男はあなたを知っていると主張しておりますが」

「その通りです」

「あなたのご友人なのですか？」

「親友です」

「するとあなたが彼にお子さんをお渡しになったのですね」

「えー、そういう言い方もできますかね。どちらかというと貸与したわけですが、もちろん」

「ホー！」巡査部長は言った。獲物を奪われたジャングルのトラのごとくにだ。もしジャングルのトラがこういった状況で「ホー！」と言うものであればだが。「本当でありますか？」

「ええ、本当ですよ」

「まったくとんでもない目に遭わせやがって、巡査部長君」ウーフィーは言った。「さてと、それでは」彼は高飛車に言った。「僕は自由の身と考えてよろしいですね」

「そうお考えですか？　だとしたら徹頭徹尾大間違いであります」巡査部長は言った。少なくとも希望と夢の残骸《ざんがい》の中から、何かしら救い出せるものはあるとの思いに顔を輝かせながらだ。「全然まったくあなたは自由の身ではないのであります。公務執行中の警察官を妨害した件があります。あなたはウィルクス巡査の腹部を殴打されたのであります」

「またやってやるさ」

「二週間、あるいは十四日間は無理であります」巡査部長は言った。今や本来の陽気な姿に戻っている。「裁判官は本件をきわめて重大な事件であると考えることでしょう。きわめて重大であると。よしいいぞ、巡査。被疑者を連れてゆけ」

「ちょっと待って」ビンゴは言った。とはいえ今はそういう時ではないと、何かが彼に言ったような気はしたのだが。「約束の五ポンドをもらえるかい？」

彼の懸念は正しかった。そういう時ではなかった。ウーフィーは返事をしなかった。彼はまだ機能する方の目でビンゴを長いこと、いつまでも長いこと見つめていた。それでビンゴがよろめき歩き去ろうとすると、巡査部長がお忘れ物がありますよと指摘した。

「お子さんをお忘れであります、サー」

「あ、ええ、はい」

「後送しますか？　それともご自分で持ち帰りになられますか？」

「あ、自分で持って帰ります。ええ、もちろん持ち帰りますとも」

「了解であります」巡査部長が言った。「では包ませます」

本年代記の冒頭に立ち戻れば、妻のロージーと警察と質店の件で話し合うビンゴ・リトルのことを、我々が鋤の下のカエルと比較したことが思い出されよう。巡査部長と別れて十五分ほどの後、浜辺にアルジャーノン・オーブリーと並んで座りながらも、自分はウェブスターズ辞典がカエル族の陸生動物と呼ぶ生き物の仲間であり、誰かが自分の敏感な魂に犬釘を打ち込んでいるという感覚はビンゴの中でますます強まっていた。彼は将来を憂慮の目もて打ち眺め、いられるものならそんなものは一切合財見ないでいたかった。どもりどもり罪を告白した後に不可避的に発されるであろう、妻らしい鋭く息を呑《の》む音、妻らしい言葉の大洪水が、彼にはすでに聞こえるような気がした。彼とロージーはいつだってつがいのキジバトみたいに仲良しだったが、しかし条件さえ整えば、雌のキジバトはカリブ海のハリケーンだってうらやむくらいの猛烈さで己《おの》が思うところを表明できるということが、彼にはあまりにもよくわかっていたのだ。

身震いしながら不快な夢想より覚めると、アルジャーノン・オーブリーが自分の横からさまよいだしていることに彼は気づいた。そして南東を眺め、ちょっと離れたビーチ沿いにいるのを視認したのだった。子供はホンブルク帽をかぶった男をシャベルで打ちつけていた。ビンゴの見るところ、手首を効かせた連続打を用いているようだ。（ホンブルク帽をかぶった人物の頭をシャベルで殴打する場合、連続打がすべてである）

彼は立ち上がり、第二当事者が座って後頭部を撫《な》でさすっている場所へと急いだ。アルジャーノン・オーブリーの社交上の保証人の立場として、謝罪が必要と感じたのだ。

「あのう」彼は言った。「うちの子供があなたを殴りつけまして、ほんとうに申し訳ありません。もう二度とこういうことのないようにします。申し訳ありませんがこの子はホンブルク帽に対して無力なんです。この帽子は磁石みたいにこの子を引き付けるらしいんです」

長身でやせ型で角ブチのメガネをかけたその男は、しばらくの間返事をしなかった。幻を見た者のごとくに、彼はアルジャーノン・オーブリーをじっと見つめていた。

「こちらはお宅のお子さんですか？」彼は言った。

ビンゴははいそうです、これはうちの子ですと言い、するとその男は今日は自分のラッキーデーだというようなことをつぶやいた。

「なんて拾い物だ」彼は言った。「天国からマナが降ってきたようなもんだ！　よろしければ私はこのお子さんの絵を描かせていただきたいのですが。もちろんビジネスということで行きましょう。

あなたにはこのお子さんの代理人として活動する権限があると、そう理解してよろしいでしょうか。五ポンドでどうでしょう？」

ビンゴは悲しげに首を横に振った。

「残念ながら、無理です」彼は言った。「お金がないんです。お支払いできません」

「あなたが払うんじゃない。私が支払うんだ」その男は言った。「もし五ポンドでよろしければ……」彼は言葉を止め、鋭い目でアルジャーノン・オーブリーをチラッと見、考えを変えたようだった。「だめだ、五ポンドじゃいけない。それじゃあボロ儲《もう》けが過ぎる。一〇ポンドにしましょう」

ビンゴは息を呑んだ。ブラムレイ・オン・シーはテレビ画面の西部劇のごと、目の前でチラチラした。一瞬、この人は長いことのらくら怠け暮らした挙句にようやく身を入れて仕事をしだした自分の守護天使に違いないとの思いが、彼の脳裡《のうり》に去来した。それから視覚がはっきりしてくると、この人物が翼を生やしていないのが見えた。それだけではなく、彼はアメリカ訛《なま》りで話していた。ドローンズ・クラブのメンバーの守護天使なら、オックスフォード・アクセントで話すはずである。

「一〇ポンドですか？」彼はガラガラ声で言った。「この僕に一〇ポンド下さると、そういうことをおっしゃってらっしゃるんですか？」

「二〇ポンドにしよう。それだけの価値はじゅうぶんにある。さあどうぞ」男は言い、内ポケットから紙幣を取り出した。

ビンゴはそれをうやうやしく受け取り、経験より学んだところから、船体にくっついたフジツボみたいにしっかりとそれを摑《つか》んだ。

「アルジーの肖像画は、いつから描き始められるんですか？」

角ブチのメガネが炎を放った。

「なんてこった!」不快げに、彼は叫んだ。「私が肖像画家だとでも思ってるんですか? 私はウォーリー・ジュッドです」

「ウォーリー・どちら様ですって?」

「ジュッドです。『勇敢なデズモンド』の作者です」

「何の作者ですって?」

「あなたは『勇敢なデズモンド』をご存じじゃないんですか?」

「すみませんが、知りません」

男は深く息を吸い込んだ。

「文明国でそんなセリフを聞こうとは思わなかった。『勇敢なデズモンド』は私の漫画です。『ミラー』紙はじめ、アメリカ国内一六〇〇紙の新聞紙上で連載中です。勇敢なデズモンド、悪漢の天敵」

「そのデズモンドというのは探偵なんですか?」

「私立探偵です」訂正して彼は言った。「いつも彼は地下世界の怪物たちと戦っているんです。彼は獅子《しし》のごとく勇敢なのです」

「いい奴みたいですね」

「その通り。最善最高の人物です。だが問題がある。デズモンドは直情的です。彼はこういう地下世界の怪物たちをいつも殺戮《さつりく》して回っている。腹を撃つんです。となると、どういうことになるかは言うまでもないでしょう」

「地下世界の怪物の供給が不足しだしているんですね？」

「まさしくその通り。常に新怪物が必要なのですが、あなたのお子さんを見た瞬間に、私は見つけたと思った。あの不機嫌な顔つき！　人食いザメに移植したって何の問題もなさそうなあの険悪な目。天与の才能です。今すぐ〈ホテル・スプレンディード〉に連れてきていただけますか。まずは手始めのスケッチを描きたいのです」

ビンゴの口から歓喜のため息が漏《も》れた。そのせいでポケットの中の紙幣が音楽的にカサカサと鳴った。そしてしばらくの間、彼はそこに立ち、何か偉大な賛歌が流れてくるのを聴いていた。

「三十分後にしてください」彼は言った。「シーヴュー・ロードの知り合いのところに寄らなきゃいけないんです」

訳者あとがき

本書は *Stiff Upper Lip, Jeeves*（一九六三）の翻訳である。stiff upper lip とは、内心の動揺を表情に出さずに平然としたふうを維持するという趣旨の慣用表現で、そうすると上唇がかたくなるらしい。ジーヴス、やせ我慢の記とでもしたらよろしいか。まぬけでかわいいこのフレーズは、ウッドハウス脚本執筆、フレッド・アステア主演映画 *A Damsel in Distress*（一九三七）の挿入歌のタイトルにもなっており、大アステアもかつてこう言って歌って踊ったのである。

本編は『ウースター家の掟』（一九三八）の続編を成すもので、作品中では、あれからほんの数カ月あまりが過ぎたばかりという設定で、あの時あの場所に登場したあのメンバーたちが全員集合してあい変わらず元気でやってくれている。ガッシー／マデライン枢軸の存亡とバーティー望まぬ結婚生活へ突入の危機、という、お約束のモティーフは健在で、「あなたには、何ていうか、頭のくるくるしたアヒルちゃんみたいな可愛らしさがあるのよ」と、かつていみじくも語ったバーティー・ウースターの元婚約者、ポーリーン・ストーカーの妹、エメラルドが堂々の初登場を飾って（『サンキュー、ジーヴス』［一九三四］でパパストーカーは、「わしに娘はひとりしかおらん」と断言していた、と指摘するのは無粋に過ぎようか）、いきなりの大仕事をしてくれている。

『掟』のビッグシーンへのセルフ・パロディとでも言うべき、犬のバーソロミューに追われて洋服ダンスに飛び乗るバーティーのシーンもある。同じ場所で同じく進歩のないことを繰り返す同じ人たちの動向に振り回されるのが、どうしてこんなに面白いのか。齢《よわい》八十二歳のウッドハウスの健筆に敬礼せざるを得ない。

今回初登場の探検家、プランク少佐はバーティー／ジーヴスものでは初お目見えだが、別シリーズにおいては既におなじみの人物であった。彼は一九四八年刊行の *Uncle Dynamite* に、ポンゴ・トウィッスルトンのフレッド叔父さんことイッケナム卿の学友として登場している。とはいえ同書においてプランクはラグビーではなくクリケットの愛好家だった。ちなみにこのプランク少佐は、ウッドハウス最後の完成作となったジーヴスもの *Aunts Aren't Gentlemen*（一九七四）にも登場する。さらに付言すれば、今回同時収録の「灼熱の炉の中を通り過ぎてきた男たち」の、色々と問題の多いヒロイン、アンジェリカ・ブリスコーも同書で活躍する。バーティーではないが「こんなに狭い世界は見たことがない」くらいに、この世界は狭いのである。

さらにシリーズ内クロス・レファレンスを充実させるべく補言しておくならば、プランクの住むホックレイ・カム・メストンとは、『でかした、ジーヴス』（一九三〇）最終話「タッピーの試練」において、タッピー・グロソップが参戦したラグビーの泥仕合が開催されたあの村である。いいプロップがいないばっかりに去年はアッパー・ブリーチングに負けたと、プランクが遺恨に思う両村の最初の試合は、「ヘンリー八世治世下に執《と》り行われ、何平方キロを覆う地帯一帯で正午から日没まで戦われ、その際の死者は七名でございました」と語られる、歴史と伝統を誇るものだったのである。

同時収録作品についても少々説明しておこう。キーワードは「学校のお楽しみ会」、「帽子」、「赤ちゃんコンテスト」で、本編と組ませる整合性のある作品を選んだつもりである。「灼熱の炉の中を通り過ぎてきた男たち」(Tried in the Furnace)、および「驚くべき帽子の謎」(Amazing Hat Mystery)は一九三六年の名作短編集 *Young Men in Spats* より、「アルジーにおまかせ」(Leave It to Algy) は一九五九年の短編集 *A Few Quick Ones* より、それぞれ採った。バーミーとポンゴの名はバーティーによってしばしば言及されるが、二人が主役のストーリーはこれまで紹介したことがなかった。バーミーの正式名は、シリル・ファンゲイ＝フィップス。ファンゲイの綴りは Fotheringay ではっきり読むとファンゲイ、さらに短縮するとファンジーとなる。スタンレー・ファンショー・ユークリッジのファンショーの綴りの Featherstonehaugh ほどではないにしろ、同じような名前ジョークである。ちなみにバーミーとはバカとか間抜けとかキチガイといったような意味で、ポンゴというのはオランウータンのことだから、どちらもずいぶんと身も蓋《ふた》もないあだ名である。

　バーティーが盲愛する青い羽根飾りの付いたピンクのアルペン・ハットは、ボドミンのシルクハットに比べたらば外道と思われようが、しかし、ノーマン・マーフィーの *A Wodehouse Handbook, vol. 1*, 2006, p. 194 によれば、一九三八年のイギリスに羽根飾り付きのチロル帽をかぶる短いブームが起こったのは事実だそうである。バーティーがアルペン・ハットに寄せる思いの熱さ激しさは、二人の若紳士のボドミンに対する思いと同一とご理解いただき、本編におけるバーティーへの共感を強くしていただけたならば深甚である。

　もうひとつは本編と刊行年の近い短編で、ビンゴ・リトルが赤ちゃんコンテストの審査員を務めている。フレディー・ウィジョンが南仏で審査員をする話は、他二編と同じ*Young Men in Spats*に収録されているのだけれど、戦後世界で無事に暮らすビンゴファミリーの近況もお伝えしたいと思ってこちらを採った。ウッドハウス・ワールドにおいて、「戦後」と言えば、第一次大戦後の戦間期を指すのかと思えばさにあらず。ちらちらするテレビがどうのと作中に書かれている通り、どうやら第二次大戦後に軸足を置きつつも戦間期テイストはそのまま、ビンゴ一家はそれなりに健在にやっているようでよろこばしい。

ウッドハウスも戦後世界で変わらず健在に過ごしていた。時は既にケネディ大統領時代。マリリン・モンローが謎の死を遂げ、キューバ危機が勃発し、ビートルズもデビューした。しかし作家の生活は「午前中は仕事。十二時には今夢中になっているテレビドラマを見る。昼食。犬を連れて郵便局に行くので二時から三時まではつぶれる。五時まで仕事の構想。入浴、カクテル、夕食、読書、二人ブリッジをして、それで一日は終わりだ。同じ日課が毎日毎日続く。またどういうわけかそれが単調にならない」と、一九六〇年六月六日付ガイ・ボルトン宛書簡に書かれたペースで続いてゆく。

とはいえ平穏な日常に影を落とす出来事がなかったわけではない。ウッドハウスとダリッジ・カレッジで同級、同室となって以来、ずっと無二の親友であったビル・タウンエンドが一九六一年に八十歳で死去している。本書を執筆した六二年には、愛妻エセルがガン手術を受け、余命九カ月と診断された。エセルはウッドハウスの死後更に十年以上を生きて一九八四年に九十九歳で没するわけだから、結果的にこの診断は誤診であったわけだが、宣告当時の衝撃は想像して余りあろう。八十一歳のウッドハウスが、入院中の老妻に宛てた手紙がこれである。

僕の大事なかわいいバニー。君がいなくてどんなに寂しいか、君が無事に僕の許に戻ってきてくれることをどれほど祈っているか、君に伝えたくてこの手紙を書いている。愛しているよ、ダーリン。百万回言うより。

ああ、君がいなくて昨日の晩はどんなに孤独だったことか！　この家は死体置き場みたいだった。

君の小鳥たちの面倒は僕が見ている。粒餌と水を今日は昼にやって昨日は五時にやった。だからみんな大丈夫だ。

かわいそうなダーリン。きっとひどい目に遭っているんだろうね。連中がレントゲンで君をへとへとに疲れさせてないといいのだけれど。でもきっとつらいんだろう。だけどきっと全部大丈夫ってことになるんだろうし、二、三日で君が帰ってこれるのはわかっている。

僕の愛のすべてを込めて。僕が君のことをずっと考えていることと、僕が君をどんなに愛しているかを忘れないで。

君のプラミー

(Frances Donaldson, *P. G. Wodehouse—A Biography*, 1982)

初期ビートルズのラヴソングみたいな手紙と人は言おうか。

長く生きるということは、それだけ多くの人との死別を経験するということでもあるのだろうが、ウッドハウスが終《つい》の棲家としたロング・アイランドのレムゼンバーグを訪れた際、作家の晩年を幸福にした二つの幸運を思って安堵したことがある。愛妻と最後まで連れ添えた幸運と、親友ガイ・ボルトンと晩年を共にできた幸運である。『比類なきジーヴス』(一九二三)で、バーティーが意気投合したアメリカの脚本家ジョージ・キャフィンことガイ・ボルトンがその地に住んでいたから、そもそもウッドハウスはここレムゼンバーグに移り住んだのだった。それから二十年余にわたって、ボルトンと並んで歩きながら仕事の話、新作ミュージカルの構想を語り合うのが二人の日課だった。

ウッドハウスの日課には昼のテレビでソープオペラを観ることが入っていたが、一九六五年には英国BBCテレビがジーヴスもののテレビ・シリーズ *The World of Wooster* を放送開始する。バーティー・ウースターをイアン・カーマイケルが、ジーヴスをデニス・プライスが演じた。古いペンギンのペーパーバックに、モノクルを掛けたバーティーの写真が表紙になっているものがあるが、あれがイアン・カーマイケルのバーティーである。カーマイケルは今年二月に八十九歳で死去した。ウッドハウス自身は威厳に満ちたプライスのジーヴスを、カーマイケルのバーティーよりも気に入っていたそうである。六七年に番組が終了すると、続けてBBCは *The World of Wodehouse* として、ブランディングズ城ものとユークリッジをテレビシリーズ化放映する。これらは新たなファン層を大いに開拓したし、作家に幸福な思いをさせたことだろう。その一方でまたウッドハウスは年一冊の変わらぬペースで、着々と新作を発表し続けてもいた。

近頃のウッドハウス関連最大ニュースというと、ウッドハウス研究の泰斗《たいと》ノーマン・マーフィーが、世界のウッドハウス・ファンのため二十年以上の長きにわたり無料で催行してきたウッドハウス・ウォークの精華が、*Three Wodehouse Walks*, 2009, Popgood and Groolley という小冊子のかたちで世に問われたことであろうか。同書は、「二十年以上にわたり、親切にも私とウッドハウス・ウォークを共にし、本書の刊行を強く勧めてくれたウッドハウジアンたちに捧げ」られている。私だってノーマンのウォークには三回参加させてもらったウッドハウジアンだから、献辞を捧げられた幸福な仲間たちの一人である。しかし、ノーマン・マーフィーはしゃべりの早さと聞き取りにくさで大層有名な人で、三べん同じ話を聞いても、やっぱりちんぷんかんぷんなことは多かった。ここにこうしてノーマンの語り口もそのままに、あふれ返る蘊蓄《うんちく》がハンディな冊子に活字でまとめられたことは大変よろこばしい。

本書翻訳にあたっても、ノーマン・マーフィーにはたくさんの助言をいただき大変お世話になった。勝田文さんの漫画『プリーズ、ジーヴス』のことでも日常的に質問に応えていただいている。この春には娘まで連れてマーフィー邸に転がり込み、エリンさんとノーマンさんのご厄介になってきてしまった。こんなふうに国際的なご迷惑をかけられるのも、何もかにもウッドハウスのお蔭である。日本の読者の皆さんにも、ノーマンのウッドハウス・ウォークに参加していただけるといいなと思わずにはいられない。

歩きやすい靴を履いて、グリーンパーク駅改札口に朝十時集合。帽子をかぶってきりりと巻いた傘を持ったノーマン・マーフィーの案内で、「バーティー・ウースターのロンドン」ウォークにごいっしょしましょう。

二〇一〇年四月

森村たまき

ウッドハウス・コレクション
がんばれ、ジーヴス

2010年 5月24日　初版第1刷発行
2018年10月20日　初版第2刷発行

著者　P・G・ウッドハウス

訳者　森村たまき

発行者　佐藤今朝夫

発行　株式会社国書刊行会
東京都板橋区志村1-13-15
電話 03(5970)7421　FAX 03(5970)7427
http://www.kokusho.co.jp

装幀　妹尾浩也

印刷　株式会社シナノパブリッシングプレス

製本　村上製本所

ISBN978-4-336-05216-2

ウッドハウス
コレクション

◆

森村たまき訳

比類なきジーヴス
2100円

＊

よしきた、ジーヴス
2310円

＊

それゆけ、ジーヴス
2310円

＊

ウースター家の掟
2310円

＊

でかした、ジーヴス！
2310円

＊

サンキュー、ジーヴス
2310円

＊

ジーヴスと朝のよろこび
2310円

＊

ジーヴスと恋の季節
2310円

＊

ジーヴスと封建精神
2100円

＊

ジーヴスの帰還
2310円